DANNY WALLACE

# HAMISH UND DIE WELTSTOPPER

DAS BUCH

Der zehnjährige Hamish lebt in Starkley, der viertlangweiligsten Stadt Englands (ja, es hat nicht mal zur langweiligsten Stadt gereicht, was ja immerhin *irgendwas* Besonderes gewesen wäre!). Hier passiert eigentlich nie was Aufregendes – bis zu dem Tag, an dem plötzlich mitten im unsagbar langweiligen Erdkundeunterricht einfach mal die Welt stehen bleibt. Der Lehrer erstarrt mitten im Sprechen, die Vögel kleben am Himmel fest, die Klassenkameraden fallen beim Nasepopeln in Dornröschenschlaf – nur Hamish ist noch putzmunter! Nach einer Weile erwacht die Welt zwar wieder, aber der seltsame Vorfall wiederholt sich kurz darauf. Hamish ist begeistert: Jetzt kann er endlich all das tun, was er schon immer tun wollte!

Doch Hamish ist nicht allein auf der Welt, wenn sie stillsteht. Plötzlich tauchen grässliche, hässliche Geschöpfe auf und fallen über Starkley her. Es sind die fürchterlichen WELTSTOPPER. Was haben sie nur vor? Und wird es Hamish und seinen Freunden gelingen, sie aufzuhalten?

DER AUTOR UND DER ILLUSTRATOR

Danny Wallace, geboren 1976, lebt in einer alten Streichholzfabrik im Londoner East End. Als Journalist schrieb er für den *Independent* und den *Guardian*, als Comedy-Produzent, Autor und Moderator ist er im Fernsehen, Radio und Theater präsent. Sein Romandebüt *Auf den ersten Blick* war ein großer internationaler Erfolg. *Hamish und die Weltstopper* ist sein erstes Jugendbuch.

Jamie Littler ist ein bekannter Illustrator, der schon viele Kinderbücher mit seinen liebenswerten Zeichnungen bereichert hat.

DANNY WALLACE

# HAMISH UND DIE WELTSTOPPER

MIT ILLUSTRATIONEN VON
JAMIE LITTLER

Aus dem Englischen von
Jörn Ingwersen

heyne>fliegt

Die Originalausgabe erschien unter dem Titel
*Hamish and the Worldstoppers* bei Simon & Schuster UK Ltd

MIX
Papier aus verantwortungsvollen Quellen
FSC® C014496

Verlagsgruppe Random House FSC® N001967
Das für dieses Buch verwendete FSC®-zertifizierte Papier
*Munken Premium Cream* liefert Arctic Paper Munkedals AB, Schweden.


Printed in Germany 2015
Umschlaggestaltung: Das Illustrat, München,
unter Verwendung eines Motivs von © Jamie Littler
Redaktion: Martina Vogl
Satz: Greiner & Reichel, Köln
Druck und Bindung: GGP Media GmbH, Pößneck

ISBN 978-3-453-27007-7

www.heyne-fliegt.de

Für EB und Clo.

Mit all meiner Liebe.

*Danny Wallace*

Für meine Schwester Nicole

und ihr Gesicht.

*Jamie Littler*

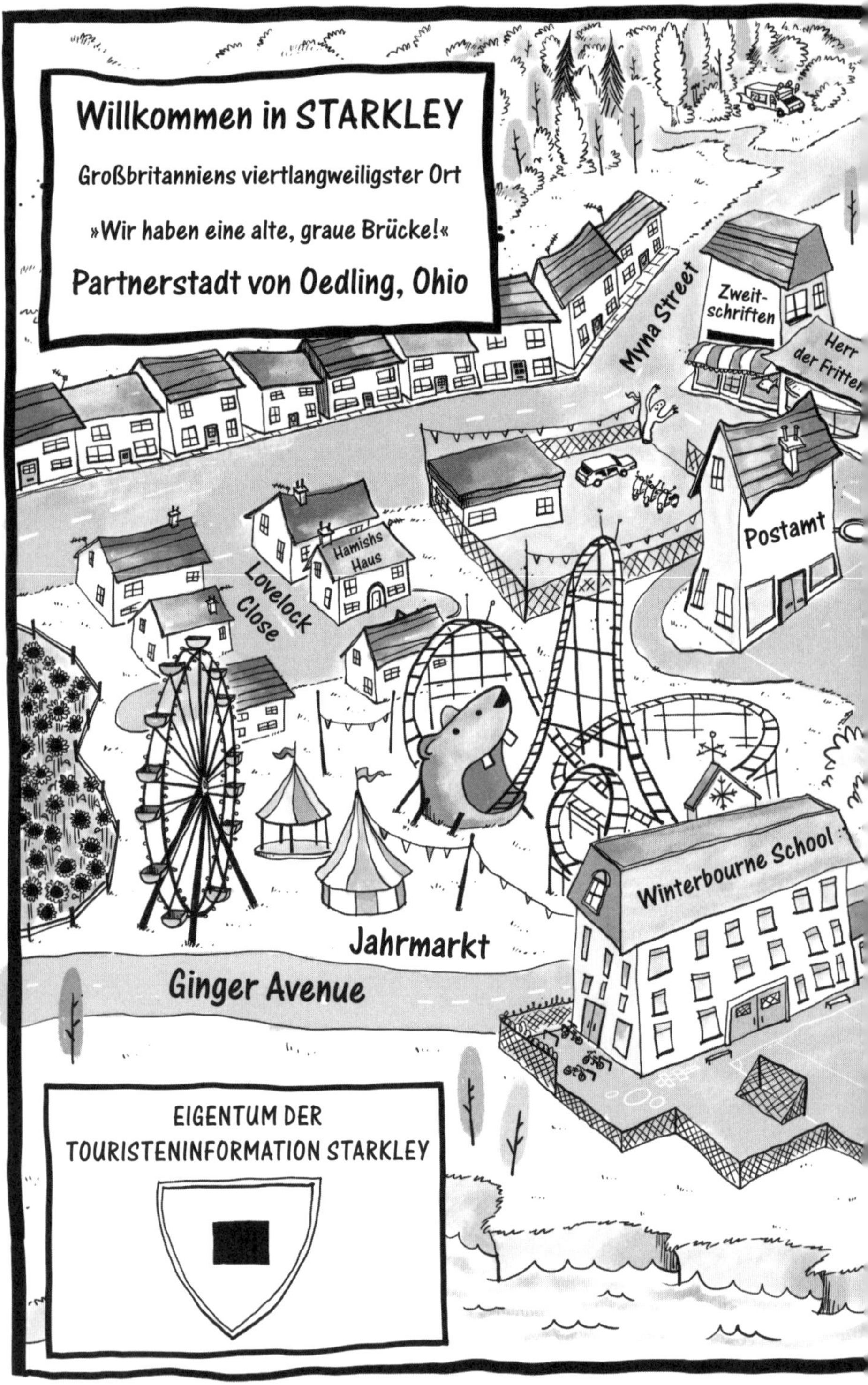
Willkommen in STARKLEY
Großbritanniens viertlangweiligster Ort
»Wir haben eine alte, graue Brücke!«
Partnerstadt von Oedling, Ohio
Myna Street
Zweit-
schriften
Herr
der Fritten
Hamishs
Haus
Lovelock
Close
Postamt
Winterbourne School
Jahrmarkt
Ginger Avenue
EIGENTUM DER
TOURISTENINFORMATION STARKLEY

Elderberry Avenue
St. Autumnal
Pizza Hut
Turmuhr
Madame Couscous' Zuckerwaren
Au Backe
High Street
Viola Road
Flycatcher Lane
Gemeinde-verwaltung
Queen's Leg
Alumroot
Bus-haltestelle
Knotweed Lane
Alte Brücke

Mittwoch, 21. Januar 2015, 7. Jahrgang, Ausgabe Xiii



### WAR DAS EINE MOTTE?

Hat jemand letzten Dienstag eine Motte im Fenster von Slackjaw's Motorparadies gesehen?

»Entweder war es eine Motte oder ein kleines beigefarbenes Stück Plastik«, sagt Lorna Boom aus Starkley. »Ich konnte es mir nicht näher ansehen, weil ich einen Friseurtermin bei Diane von British Hairways hatte, die mir normalerweise die Haare schneidet, aber die war im Urlaub, also musste Barry es machen.«

Heute Morgen nun kehrte Diane aus dem Urlaub zurück, konnte bisher jedoch nicht dazu befragt werden, ob es sich um eine Motte oder ein kleines Stück Plastik handelte, da sie zu Hause bleiben musste, um auf die Lieferung von einem kleinen Stück Plastik zu warten. (Ein solches hatte sie erst kürzlich während der Probefahrt eines gebrauchten Volvos verloren.)

Nachrichten & Kulinarisches

### ELF-UHR-FLAUTE IM MINI-MARKT

Montagmorgen um elf Uhr waren keine Kunden im Mini-Markt, wenn auch Berichten zufolge einige Minuten später ein Kunde hereinkam.

»Er hat ein Softeis und zwei Eier gekauft«, erklärte die schockierte Mrs. Fimble. »Es war direkt unheimlich. Ich habe ihn nur angestarrt.«

Am Dienstag war dann alles wieder ganz normal.

### FRAU WÄHLT FALSCHE NUMMER

Es war ein kurioser Abend für Starkleys Zahnarzt Eric Fussbundler, als er vergangenen Montag ans Telefon ging und eine Frau nach einer gewissen »Maureen« fragen hörte.

»Nur gibt es bei uns keine Maureen«, erklärte Eric. »Daher musste ich ihr mitteilen, dass sie sich wohl verwählt hatte! Es tat ihr sehr leid, und ich habe nie wieder von ihr gehört, sodass ich nur annehmen kann, dass sie die fragliche Maureen ausfindig gemacht hat. So etwas passiert hier in der Gegend normalerweise nicht. Wahrscheinlich haben sich die beiden darüber köstlich amüsiert!«

St

Mittwoch, 21. Januar 2015, 7. Jahrgang, A

# TURMUHR GEHT NOCH IMMER VOR

Nach Aussage eines Experten mit Armbanduhr geht die Turmuhr von Starkley immer noch vor.

»Ich stand eine ganze Weile da, als der Minutenzeiger plötzlich einen Satz machte!«, sagte er. »Es muss etwas dagegen unternommen werden!«

Bisher bestehen keinerlei Pläne, etwas dagegen zu unternehmen.

### KARTOFFEL SIEH FAST AUS WIE HU

Tinky Patel aus Starkley glaubt, unsere Leser könnte sich vielleicht für ein Foto interessieren, das er von ein kleinen Kartoffel gemacht h die – seiner Aussage nach – wie ein Hund aussah.

»Sie sah aus wie ein Hund sagt Mr. Patel. »Obwohl es eine Kartoffel war. Warten Si ich hol eben das Foto.«

Leider konnte Mr. Patel das Foto nicht finden, versicherte uns aber, dass die Kartoffel wirklich aussah wie ein Hund.

### BLEISTIFT VERLOREN?

Am Montag wurde neben einem Mülleimer ein Bleistift gefunden. »Wir sind zuversichtlich, ihn seinem Besitzer zurückgeben zu können – wer es auch sein mag!«, sagte Polizeiwachtmeister Saxon Wix. »Dafür werden wir alles in unserer Macht Stehende tun!«

Der Bleistift ist gelb, mit einem Radiergummi am Ende, und hat die Form eines Bleistifts. »Er ist von durchschnittlicher Länge«, sagt Wachtmeister Wix, »und auf der einen Seite steht der Name MANJIT SINGHDALIWAL.«

Die Polizei bittet die Öffentlichkeit um sachdienliche Hinweise.

MAD

INTERN

*RALORGAN FÜR GROSSBRITANNIENS VIERTLANGWEILIGSTEN ORT*

# arkley Post

abe Xiii

PREIS 65p

## MANN GEHT IN FALSCHEN LADEN

Der alte Mr. Neate aus der Alumroot Alley wollte heute zum Bäcker gehen – und landete stattdessen beim Schlachter!

»Als ich meinen Irrtum bemerkte, machte ich auf dem Absatz kehrt und ging zum Bäcker«, sagte der alte Mr. Neate lachend.

Die Nachricht verbreitete sich wie ein Lauffeuer. Auf der *Starkley Post*-Website ist sie inzwischen sogar die beliebteste Geschichte aller Zeiten – noch vor KOMISCHES GELBES AUTO IM ORT und WAS RIECHT DA SO?

## GEMEINDE STARKLEY ERWÄGT NEUEN DRUCKER

Vor fünf Jahren erwarb die Gemeinde Starkley einen neuen Drucker von Alan Cartridge in Frinkley, und es gibt Pläne, diesen zu ersetzen.

»Noch stehen wir ganz am Anfang unserer Planung, aber ich kann bestätigen, dass wir unter Umständen die Möglichkeit in Betracht ziehen, eventuell in einen neuen Farbdrucker zu investieren«, sagte Gemeindesprecherin Tiffany Ramp. »Aber vielleicht auch nicht, denn der alte Drucker arbeitet eigentlich einwandfrei.«

Letztes Jahr investierte die Gemeinde in ein neues Mousepad – ein Luxus, den der hiesige Lehrer Ever Longblather als »Wahnsinn« bezeichnete.

AME COUS COUS

Der Bleistift ist

MADAME COUS C

INTERNATIONALE WELT DER ZUCKERWAREN

S WIEDER VORRÄTIG!

1

# Was um alles in der Welt?

Hamish Ellerbys Augen waren groß wie Nektarinen, als er starr und steif auf seinem Stuhl hockte.

Und er hockte so starr und steif da, weil er vor Schreck wie gelähmt war.

Das Ganze war doch irre.

Was um alles in der Welt passierte hier?

*Echt jetzt – was um alles in der Welt?*

Es war so schnell gegangen. Das Unheimlichste, Coolste, Schrecklichste, Genialste, Gruseligste, Wunderbarste, was er sich vorstellen konnte.

Am liebsten wäre Hamish aufgestanden und hätte sich umgesehen. Aber er konnte nicht. Er traute sich nicht, auch nur einen einzigen Muskel zu bewegen.

Es war *unglaubli-schräg!*

Eben erst hatte sich der schlaksige Mr. Longblather auf seinen Handknöcheln abgestützt und über das Pult gebeugt, wie er es immer tat, wenn er der Klasse 4e der Winterbourne School eine Frage stellte.

»Wer kann mir etwas über Bodenerosion erzählen?«, hatte er gefragt, und sofort verließ sie allesamt der Mut, denn sollte es etwas Langweiligeres als Bodenerosion geben, so hat man mir das bisher verschwiegen. Mr. Longblather war einer dieser außergewöhnlich langweiligen Lehrer, die das außergewöhnliche Talent besitzen, außergewöhnlich langweilige Themen noch langweiliger klingen zu lassen als ohnehin schon. In dieser Hinsicht zumindest war Mr. Longblather etwas ganz Besonderes.

Nachdem die Frage gestellt war, hatte Hamish sein Federmäppchen angestarrt und seine *Hm-da-muss-ich-mal-eben-überlegen*-Miene aufgesetzt. Er fuhr mit seiner Hand durch die dicken schwarzen Haare, die seine Mutter »Die Matte« nannte, und kniff seine großen grünlich-braunen Augen zu, als versuchte er, sich eine Antwort einfallen zu lassen. Hin und wieder genügte das, um Leuten den Eindruck zu vermitteln, er würde über Bodenerosion nachdenken. (Tatsache: Hamish hatte noch nie ernstlich über Bodenerosion nachgedacht. Sie war ihm eigentlich egal. In Wahrheit wusste er gar nicht genau, was Bodenerosion überhaupt war.)

»Bodenerosion!«, hatte Mr. Longblather wiederholt, wobei er inzwischen leicht säuerlich wirkte. »Kommt schon, **4e!** Bodenerosion!«

Daraufhin hatte Mr. Longblather die Fäuste in die Hüften gestemmt und geseufzt. Hamish ließ sein Federmäppchen nicht aus den Augen.

»**IRGENDJEMAND** wird doch wohl **IRGENDWAS** wissen über …«

Und da hatte er dann eine Pause gemacht …

Und Mr. Longblathers Pause dauerte und dauerte.

Hamish dachte noch, dass es eine ziemlich dramatische Pause war. Sie würde gut in eine Vorabendserie oder eine Talentshow passen. Schon bald jedoch wäre diese Pause vorbei, denn schließlich gehen Pausen immer vorbei, oder? Deshalb sind es ja Pausen und nicht das Ende.

Doch diese Pause dauerte.

Und dauerte.

Und dauerte.

Und dauerte immer noch.

Eine halbe Ewigkeit sagte keiner was. Noch nie war die Klasse so still gewesen. Das war wirklich *seeeeeehhhr* seltsam.

Also hob Hamish schließlich mit einem Zögern die Hand.

Doch nichts geschah.

Mr. Longblather sagte nicht: »Hamish Ellerby, du Wunderkind, erzähl uns bitte alles, was du über Bodenerosion weißt.«

Und er sagte auch nicht: »Hamish Ellerby, du bist der Held dieser Schule, das klügste Kind im ganzen Land und demnächst vermutlich der kommende Experte in Sachen Bodenerosion.«

Er sagte aber auch nicht: »Na gut, Hamish, spuck's aus!«

Mr. Longblather sagte überhaupt nichts.

Und das war der Augenblick, in dem Hamish merkte, dass irgendwas nicht stimmte. Denn als er schließlich aufblickte, sah Hamish, dass Mr. Longblather sich nicht rührte.

Er war wie versteinert.

Eine Statue.

Rührte sich nicht.

Hing fest.

*Super*fest.

*Das ist doch komisch*, dachte Hamish. Er runzelte die Stirn und sah sich seinen Lehrer etwas näher an. Mr. Longblathers Mund stand weit offen, seine dicke rosa Zunge schwebte zwischen seinen Vorderzähnen. Mr. Longblather trug ein sehr schmales, sehr trauriges Bärtchen, das aussah, als wollte es seinem Gesicht so schnell wie möglich entfliehen. Zwischen den braunen, drahtigen Härchen sah Hamish ein wenig Sabber glitzern.

Und dann fiel Hamish etwas noch Seltsameres auf, falls das überhaupt möglich war.

Ein kleiner Spucketropfen hing in der Luft, direkt vor Mr. Longblathers Mund. Das Sonnenlicht fing sich darin und ließ ihn glitzern wie einen Ministern.

Natürlich war es nicht ungewöhnlich, dass Mr. Longblather seine Klasse vollspuckte. Er war einer dieser Lehrer, die beim Sprechen speicheln. Du kennst die Sorte, bei der sich alle um die Plätze in der letzten Reihe prügeln. Tatsächlich war Mr. Longblather ein derart schlimmer Wiederholungs-

täter hinsichtlich ungebetener Speichelzuteilung, dass Astrid Carruthers' Mutter ihr sogar erlaubt hatte, einen Regenschirm mit zur Schule zu bringen. Ungewöhnlich war allerdings, dass ein Tropfen der ekligen Flüssigkeit mitten in der Luft hängen blieb.

Wie konnte er da so hängen? Es war unglaublich! Am liebsten hätte Hamish eine Hand ausgestreckt und die kleine, feuchte Kugel berührt. Wahrscheinlich war es das erste Mal in seinem Leben, dass er die Spucke von jemand anderem gern angefasst hätte.

Er sah sich um, weil er wissen wollte, ob der Rest der **4e** den kleinen Spuckestern auch bemerkt hatte, doch das war der Augenblick, der ihn *echt* schockierte.

Die rührten sich auch alle nicht!

*Keiner* bewegte sich.

Grenville Bile, der Schulrüpel, hatte einen schmuddeligen Wurstfinger halb in der Nase und zog ein Gesicht, als hätte er eben Stinkekäse gerochen.

Aber er bewegte sich nicht.

Colin Robinson hatte ein dürres Bein leicht angehoben und sah aus, als hätte er ein schlechtes Gewissen.

Aber auch er rührte sich nicht.

Die schlaue Astrid Carruthers hielt ihren Regenschirm unter dem Tisch mit beiden Händen fest und war bereit, ihn zu öffnen – für den Fall, dass Mr. Longblather sich ihr zuwandte und einen Monsun von Speichel auf sie herniederregnen ließ.

*Aber Astrid Carruthers bewegte sich keinen Zentimeter.*

Hamish fing an zu schwitzen.

»Hallo?«, sagte er, doch niemand antwortete. In der Totenstille des Klassenzimmers hallte seine Stimme nach. »Hallo …?« Sein Freund Robin neben ihm war mitten beim Blinzeln. Er sah aus wie ein Foto, das man vermutlich löschen würde.

Langsam wurde es Hamish mulmig. Er warf einen Blick aus dem Fenster und sah Rex Ox, den Hausmeister der Schule. Vielleicht sollte er ihn rufen … Doch da merkte Hamish, dass Rex Ox' Füße wie am Boden festgewachsen waren und sich die breiten Schultern nicht bewegten. Der knallorange Laubbläser in seinen Händen schwieg.

Und – ach du je – das gibt's doch nicht! Überall um ihn herum *hingen Blätter in der Luft!*

Und da – drüben bei den Mülleimern – sprang eine Katze von einer Mauer zur anderen, nur dass sie irgendwie in der Luft zu schweben schien.

Sie sah aus wie ein komischer Katzenballon.

Und dann presste Hamish seine Hände gegen die Fensterscheibe und blickte zum Himmel auf – da war ein Flugzeug! Im Stillstand! Als wäre es an zwei Wolken gepinnt, die sich ebenfalls nicht bewegten!

Hamishs Augen konnten gar nicht alles aufnehmen. Sie wurden größer und größer und größer und größer …

Was sollte er tun? Was macht man, wenn *die ganze Welt stillsteht*?

Seine Gedanken rasten. *Komm schon, Hamish, denk nach!* Er war ein heller Kopf. Einmal hatte er ein Buch über Gravitation gelesen. Er konnte sogar das zungenbrecherische Wort »malliziös« buchstabieren.

Ich meine »maleziös«.

Ich meine »melaziös«.

Egal! Ich will damit nur sagen, dass Hamish *haufenweise* Wörter buchstabieren konnte.

War das hier also ein Test? Oder ein Traum? Oder ein Scherz? Der 1. April war aber schon letzten Monat gewesen.

Waren denn alle eingeweiht? Wurde Hamish Ellerby hier auf den Arm genommen?

Ein Zehnjähriger wäre mit einer solchen Situation doch bestimmt überfordert, oder? Also traf Hamish eine ungemein bedeutsame Entscheidung. Er wusste genau, was zu tun war.

Er würde genau das tun, was die anderen taten.

Nämlich absolut rein gar nichts.

Hamish saß nur da. Still. Verwirrt. Hin und wieder warf er einen Blick auf die Uhr an der Wand, was im Grunde keinen Sinn hatte, denn auch die Uhr war stehen geblieben.

Und je länger die Pause dauerte, desto bewusster wurde Hamish, dass er sich sehr, sehr fürchtete.

*Was ist, wenn die Welt sich nie mehr weiterdreht?*, dachte er, allein in der Stille. *Was ist, wenn diese Unterrichtsstunde zum Thema Bodenerosion nie zu Ende geht?*

Er merkte, dass seine Hände ein wenig zitterten. Fast war ihm zum Weinen zumute. Sollte sich die Welt nie mehr weiterdrehen, wäre er der einzige Junge in Starkley, der sich rühren konnte. Mit wem sollte er spielen? Würde er jemals wieder mit seiner Mum sprechen können? Was war, wenn sie sich auch nicht mehr bewegte? Wer würde ihm Würstchen mit Kartoffelbrei machen? Wer würde ihm Geld für *Chomps* geben – seine liebsten Schokoriegel? Aber Moment mal –

schlimmer noch … was, wenn das *Ende der Welt* gekommen war?

Hamishs Bauch fühlte sich an, als trampelte ein Dachs darin herum. Ein überaus trampeliger Dachs mit einem schweren Nervenleiden, das seine Beine zucken ließ.

Und immer noch wartete Hamish.

Und dann, nachdem vielleicht eine Minute oder eine Stunde oder ein *ganzer Monat* vergangen waren …

**»… BODENEROSION!«**, schrie Mr. Longblather, was Hamish so sehr erschreckte, dass er mit den Knien unten an sein Pult schlug. Im nächsten Augenblick spürte er, wie die kleine Sternschnuppe aus Speichel ihren Flug fortsetzte und mitten auf seiner Nasenspitze landete.

Doch das war Hamish ganz egal! *Es tat sich was!*

Die Uhr tickte weiter, als wäre nichts gewesen. Irgendwo klingelte es. Einer von Mr. Longblathers haarigen Knöcheln schlug auf den Tisch.

Hamish sah zu Grenville hinüber, der immer noch mit seinen Nasenlöchern beschäftigt war und nach etwas bohrte, das er »die Früchte meiner Nase« nannte. Draußen fuhren Autos vorbei. Die Katze landete sicher und sprang hinter ein paar Tonnen, die klapperten und schwankten, als sie dagegen stieß. Dicke braune Blätter umtanzten Rex Ox' Kopf, während sein Laubbläser röhrte.

Hamish war total erleichtert. Bäume schwankten, Schatten wankten, Flugzeuge flogen, Wolken schwebten, Wind wehte … und Mr. Longblather wollte immer noch eine Antwort hören.

»Ich kann warten. Ich habe alle Zeit der Welt!«, knurrte er.

Und dann mussten alle lachen, weil Colin Robinson einen fahren ließ.

# 2

# Langweilig!

Hamish kam zu dem Schluss, dass es das Beste war, einfach nicht darüber nachzudenken.

Wozu sich damit aufhalten? Darüber nachzudenken, war doch allzu beunruhigend. Besonders weil … na ja … Pausen, die kein Ende nahmen, kamen in Starkley sonst nicht vor.

Im Grunde passierte in Starkley *nie* etwas Spannendes.

Erwähnenswert war an Starkley eigentlich nur, dass es nichts Erwähnenswertes gab.

Es war eine Kleinstadt direkt an der Küste, was bedeutete, dass die meisten Autos, die nach Starkley kamen, wendeten und wieder wegfuhren. Man konnte auf der Bank unter der Turmuhr sitzen und zusehen, wie die Autos in den Ort gefahren kamen und gleich wieder umkehrten. Samstags saßen viele Leute da und taten das, weil es sonst kaum was zu tun gab.

Das Spannendste, was man in Starkley je erlebt hatte, war wohl gewesen, dass man es zu Großbritanniens viertlangweiligstem Ort gewählt hatte. Ein *großer* Tag für Starkley!

»Viertlangweiligster Ort!«, hatten die Leute gesagt. »Wir haben es geschafft!«

Jemand hatte vorgeschlagen, im Gemeindesaal ein Fest zu feiern. Doch das wurde abgesagt, weil jemand anders nicht die nötigen Gesundheits- und Sicherheitsformulare ausgefüllt hatte.

*Laaaaangweilig!*

Noch schlimmer war jedoch, dass alle fanden, zum *viert*langweiligsten Ort gewählt zu werden, mache Starkley *sogar noch langweiliger* als den Ort, der den ersten Preis gewonnen hatte. Denn dieser Ort habe wenigstens einen Preis gewonnen, und einen Preis zu gewinnen, sei doch ziemlich spannend. Dadurch sei dieser Ort *Milliarden* Mal weniger langweilig als Starkley! Alle schienen stolz darauf zu sein, dass Starkley nicht mal langweilig genug war, zum langweiligsten Ort Großbritanniens gewählt zu werden – und das machte es einfach *unglaublich* langweilig.

Soll ich dir mal was sagen? Wenn du meinst, *dein* Heimatort sei langweilig – hier die drei Top-Schlagzeilen auf der Website der *Starkley Post*:

**MANN LÄUFT AUS VERSEHEN ANDEREM MANN INS BILD**

Es handelte sich um einen Artikel über einen Mann, der aus Versehen einem anderen Mann ins Bild gelaufen war. Dabei hatte er den Kopf leicht eingezogen, was – wie er offenbar hoffte – mit sich bringen würde, dass er auf dem Bild nicht zu sehen wäre. War er aber.

Langweilig!

## MRS. PIPPERKINS KUCHEN FAST VERBRANNT (IST ABER NOCH MAL GUT GEGANGEN, UND KAUM JEMAND HAT WAS GEMERKT)

Da hatten die Leute im Ort eine Weile was zu tratschen, denn normalerweise ließ Mrs. Pipperkin ihren Kuchen nie verbrennen, sodass alle ziemlich erleichtert waren, dass er am Ende doch noch okay war.

Laaaaang-*weilig!*

## JUNGE SIEHT FLIEGE UND ÖFFNET FENSTER

Hamish sparte es sich, den Artikel weiterzulesen. Er hatte so eine unbestimmte Ahnung, wovon er handelte.

*Super-ultra-langweilig!*

Aus diesem Grund beschloss Hamish, den Umstand zu ignorieren, dass die Welt am Morgen stehen geblieben war. Zu viele Leute würden ausflippen. Niemand würde wissen, wie man damit umgehen sollte. Und außerdem hatte das mit dem Ignorieren beim ersten Mal doch auch schon tadellos funktioniert.

Ja, genau. Ich sagte »beim ersten Mal« … Denn Hamish hatte ein Geheimnis. Etwas, das er nicht mal sich selbst eingestehen wollte.

*Hamish hatte schon einmal erlebt, dass die Welt stehen geblieben war.*

Er hatte seiner Mum nichts davon erzählt. Und auch seinem älteren Bruder Jimmy nicht, der fünfzehn war und viel zu sehr damit beschäftigt, sich ein fusseliges Oberlippenbärtchen wachsen zu lassen und mit seinem Handy Fotos von sich zu machen, auf denen er cool und grimmig aussah. Der würde ihm gar nicht erst zuhören. Also hatte Hamish für sich behalten, dass er gesehen hatte, wie die Welt stehen geblieben war. Er fürchtete, man würde ihn schräg finden. In der Schule fanden ihn jetzt schon einige schräg, auch ohne dass er ihnen wilde welt-stoppende Geschichten erzählte.

Es war zwei Wochen her. Er hatte draußen im Garten des Hauses Lovelock Close Nummer 13 gestanden. Es war Abend, der Himmel dunkelrot, und Licht kam nur von den Fenstern her.

Hamish hatte etwas Sonderbares in der Luft hängen sehen. Etwa zwei Meter über dem Boden.

Zwei Meter konnte Hamish ganz gut abschätzen, weil sein Dad zwei Meter groß war. Der sagte immer: »Ich bin der größte Mann der Welt!«, und reckte sich dabei. Hamish mochte das immer gern, aber er wusste, dass sein Dad nicht der größte Mann der Welt war. Das war Mr. Ramsface nebenan. Der sah aus wie eine überdimensionale Bohnenstange.

Hamish hatte das merkwürdige Ding im Garten nicht aus den Augen gelassen und war langsam darauf zugegangen. Er fragte sich, was um alles in der Welt so still und leise sein konnte.

Er ging näher heran, trat vorsichtig aufs Gras, um das Ding nicht zu vertreiben, was es auch sein mochte.

Und als er ganz nah herankam, staunte er.

Es war eine Amsel.

Ihr Schnabel stand offen. Ihre Flügel waren ausgebreitet. Aber sie rührte sich nicht.

Schweigend hatte Hamish ihren dunkelgelben Schnabel und die Rillen an ihren Beinen betrachtet. In ihren glänzenden Augen sah er sein Spiegelbild.

Wunderschön war sie.

Und einen Moment lang schien es, als starrten Hamish und die Amsel einander an.

Und dann …

**FAF-FAF-FAF-FAF-FAF-FAF-FAF …**

Der Vogel flatterte zum Himmel auf, flog über die Bäume und segelte vor dem Mond entlang.

Hamish hatte ihm hinterhergesehen und war dann ins Haus gegangen. Seine Mum war nach einem weiteren langen Arbeitstag auf dem Sofa eingeschlafen. Ein Speichelfaden zog sich von ihrem Mund zum Kissen wie eine schleimige Seilbrücke, und sie gab so ein erschöpftes Schnarchen von sich, wie Mütter es manchmal tun, auch wenn sie es nicht wahrhaben wollen. Jimmy hockte neben ihr auf dem Sofa, blickte aber kaum auf. Er war zu sehr damit beschäftigt, alle Antworten bei *Britanniens Schlaueste Schlaumeier* zu wissen.

Also, nein. Hamish hatte niemandem von der verzauberten Amsel erzählt. Der einzige Mensch, dem er es anvertraut hätte, war sein Dad. Bestimmt wäre sein Dad fasziniert gewesen. Wahrscheinlich wäre er total begeistert.

Sein Dad fehlte ihm.

**»HEY, DU!«**, rief jemand ziemlich laut.

Hamish hörte auf, an den Vorfall mit der Amsel zu denken, und sah sich um. Er hatte den halben Heimweg von der Schule hinter sich und war schon an Slackjaw's Motorparadies vorbei.

**»DU, HAMISH!«**

Hamish sah, wer es war.

*Oh, nein. Einfach weitergehen!*

**»KOMM HER!«**, rief eine andere Stimme. **»ICH WILL MIT DIR REDEN, DU KLEINER RINGELSCHWANZ!«**

Es war Scratch Tuft, die stinkende Missgeburt. Und hinter Scratch Tuft zottelte Mole Stunk, genauso ekelhaft und widerlich.

Die beiden waren das *Letzte*. Sie waren fiese, miese, kleine Schlangen mit kalten Augen und verkniffenen Gesichtern. Das Schlimmste aber war: Wo sich Scratch und Mole herumtrieben, konnte auch Grenville Bile nicht weit sein.

Grenville Bile, der meinte, sein Speck sei pures Muskelfleisch.

Grenville Bile, der ständig nach den »Früchten seiner Nase« bohrte.

Grenville Bile, der meinte, er sei ein so guter Wrestler, dass er nach Amerika gehen und Milliarden und Abermilliarden verdienen könnte. Vorerst aber wollte er weiter die Schulbank drücken, um seinen Abschluss zu machen.

Grenville Bile … der Sohn des Postmeisters!

***»DU KLEINER PILLERMANN!«***, brüllte Mole. ***»KEINEN SCHRITT WEITER!«***

Hamish blieb stehen und richtete sich auf, um furchtloser zu wirken. Er konnte Scratch und Mole nicht leiden. Warum ließen sie ihn nicht in Ruhe? Scratch und Mole gehörten zu denen, die Spinnen in Gläser sperrten und durchschüttelten und sich dabei diebisch freuten. Sie gehörten zu denen, die in Flaschen pinkelten, um sie an Bushaltestellen zu deponieren, für den Fall, dass jemand Durst bekam.

Sie waren die schlimmsten Mädchen überhaupt.

Und Hamish wusste, was sie wollten. Sie wollten seinen Chomp.

Hamish hatte immer einen Chomp dabei, und Scratch und Mole versuchten immer, ihn zu klauen. Manchmal brachten sie ihn direkt zu Grenville, wie eine Opfergabe. Scratch betete Grenville so sehr an, dass sie sogar ein Poster von ihm an der Wand hängen hatte. Und Mole betete ihn so sehr an, dass sie ihre Geburtsurkunde gesucht, »Mole« durchgestrichen und stattdessen »Grenvilla« geschrieben hatte, was aber offenbar nicht zählte.

Seufzend wühlte Hamish in seinen Taschen herum, bereit, seinen Schokoriegel herzugeben. Aber er konnte ihn nirgends finden! Da fiel ihm ein – er hatte ihn in der Mittagspause gegessen. Einfach aufgefuttert!

Sekunden später standen sie direkt vor ihm. Selbst wenn sie sich auf ihren spindeldürren Beinchen streckten, reichten sie ihm nur bis zur Brust. Hamish konnte sie riechen. Es ging das Gerücht, sie würden so schlimm stinken, dass selbst Schmeißfliegen hustend das Weite suchten und verzweifelt die Luft anhielten.

»Ich fürchte, ich habe meinen Chomp schon aufgegessen«, erklärte Hamish, der nicht anders konnte, als hilfsbereit zu sein, selbst in solchen Augenblicken.

**»HALT'S MAUL!«**, keifte Mole. **»HALT DIE FRESSE!«**

Schon durchwühlten ihre kleinen Hände seinen Ranzen.

Dann seine Taschen.

Dann seine anderen Taschen.

Langsam wünschte sich Hamish, er könnte die Welt noch mal anhalten. Dann würde er abhauen – wie die Amsel. Die Mädchen würden denken, er hätte sich in Luft aufgelöst.

Moment mal … was wäre, wenn …?

Hamish schloss die Augen. Wenn *er* die Welt anhalten könnte … das wäre ja wohl das Coolste überhaupt!

Während Mole Stunk und Scratch Tuft an seinen Ärmeln zerrten, in seinen Socken suchten und ihn fast auf den Kopf stellten … *wünschte* Hamish es sich.

Er wünschte es sich so sehr.

Er wünschte, die Welt würde stehen bleiben.

Er wünschte, die Welt würde auf der Stelle stehen bleiben!

Er wünschte und wünschte und wünschte, und plötzlich wurde es tatsächlich ganz still …

Er kniff die Augen fest zusammen. Hatte er es geschafft? Hatte er es im Griff? Konnte das wahr sein?

Da hörte er, wie sich jemand räusperte.

**»A-heeeeeem.«**

Er machte ein Auge auf. Mole und Scratch starrten ihn an.

**»WIESO HAST DU KEINEN CHOMP DABEI?«**, bellte Scratch. **»DAFÜR BRINGST DU UNS MORGEN GANZ VIELE MIT!«**

**»GENAU!«**, schrie Mole. **»MORGEN IN DER PAUSE WOLLEN WIR ZWEI MILLIONEN CHOMPS SEHEN! SONST KNÜLLEN WIR DICH WIE 'NE TÜLLE!«**

**»GENAU!«**, kreischte Scratch. **»WIR PINGELN DICH WIE'N PINGPONG!«**

Hamish stand nur da und blinzelte, während die stinkenden kleinen Mädchen hinter ihn traten. Zwei *Millionen* Chomps? Das waren ziemlich viele! Das waren mehr, als man in einer *Woche* essen konnte!

Und zwei Sekunden später verwuschelten die beiden grässlichen Gören ihm die Haare und rannten gackernd weg.

Hamish wusste, dass sie wahrscheinlich Grenville Bile davon erzählen würden.

Morgen in der Schule konnte er sich bestimmt auf was gefasst machen.

Da ahnte Hamish allerdings noch nicht, dass ihn morgen in der Schule etwas *ganz* anderes erwarten sollte.

3

# Die Explorer

Im Haus Lovelock Close Nummer 13 saß Hamishs Mum, las die *Starkley Post* und knabberte ihre Lieblingskekse.

Die Schlagzeile auf der Titelseite lautete

**MANN FÄHRT WEG, KOMMT ABER WAHRSCHEINLICH BALD WIEDER**

»Möchtest du ein Schoko-Trösterchen, Hamish?«, fragte sie.

*Bestimmt nicht*, dachte Hamish. *Trösterchen sind eklig. Die schmecken wie Holzspäne mit Erde.* Hamish konnte sich nicht erklären, warum so viele Leute sich von Trösterchen getröstet fühlten.

»Haben wir noch irgendwas anderes?«, fragte er scheinheilig und trat an den Schrank. Vielleicht hatte seine Mum einen Aussetzer gehabt und zwei Millionen Chomps gekauft. Man konnte nie wissen.

Doch der Schrank war leer.

»Ich muss noch rüber zum Kaufhaus Kaufrausch«, sagte seine Mum und sah dabei aus, als ärgerte sie sich über sich selbst. In letzter Zeit hatte sie so viel zu tun. Hamishs Mum arbeitete im Rathaus von Starkley, in der Beschwerdestelle. Früher war das einmal der leichteste Job der Welt gewesen, weil in Starkley kaum jemand was zu meckern hatte.

Neuerdings jedoch gab es erheblich mehr zu tun. Es hatte ganz langsam angefangen. Aber mit der Zeit fanden die Leute immer mehr, was ihnen nicht passte.

Mr. Slackjaw von Slackjaw's Motorparadies beschwerte sich, weil er meinte, irgendwer würde sich nachts seine Mopeds ausleihen.

Und Madame Couscous, die Besitzerin des Süßwarenladens, beklagte sich, dass die Leute manchmal nach einer Süßigkeit fragten, sich dann aber umentschieden und etwas anderes wollten, und **DESHALB SOLLTEN SIE OFFIZIELL VERWARNT UND EINGEKERKERT WERDEN.**

Hamishs Mum fand allerdings, das ginge dann doch etwas zu weit. Aber sie musste jede Beschwerde ernst nehmen. Obwohl so viel Papierkram zu erledigen war, dass sie manchmal am liebsten selbst gern Beschwerde eingereicht hätte.

(Was sie nie tat, weil sie wusste, dass dadurch nur *noch mehr* Papierkram auf sie zukäme.)

Hamishs Mum verwuschelte ihm die Haare.

»Ich bring dir ein paar Chomps mit, falls du es darauf abgesehen hast. Oder du könntest sie dir auch von deinem Taschengeld kaufen.«

Hamish bekam 4 Pfund dafür, dass er im Haushalt mithalf.

Normalerweise gab er sie für Folgendes aus:

40p: zwei Chomps von **MADAME COUSCOUS' INTERNATIONALER WELT DER ZUCKERWAREN.**

£1.50: das neueste Comic-Heft von Captain Beetlebottom.

Captain Beetlebottom war der Größte. Er hatte einen Käferpo! Allerdings hatte er die Nase von einem Pony – sodass Hamish sich oft fragte, wieso er eigentlich nicht Captain Ponynose hieß.

£1: eine Fahrt mit dem »Zahnlückenotter«.

Das war die schärfste Achterbahn seit dem legendären Kotzkometen! Da Starkley direkt am Meer lag, machte der Jahrmarkt hier immer zuallerletzt Station. Jedes Mal wurde er auf einer Wiese beim Wäldchen aufgebaut, gleich neben Farmer Jamers Sonnenblumenfeld. Und der Zahnlückenotter war die größte, höchste, spindeligste, furchterregendste Achterbahn aller Zeiten. Das ganze Jahr über sparte Hamish, um so oft wie möglich damit fahren zu können, sobald der Jahrmarkt wieder in die Stadt kam. Sein Rekord aus dem letzten Jahr lag bei zwölf Fahrten! Es wären dreizehn geworden, aber nachdem er sich in einen Mülleimer übergeben hatte, musste er nach Hause.

£1: eine wohltätige Spende für den alten Herrn, der sich um die Turmuhr kümmerte und im Krieg gewesen war.

Und 10p sparte er fürs Alter. In dieser Hinsicht war Hamish ziemlich vernünftig.

Allerdings wusste er, dass er diese Woche die ganze Summe investieren und vielleicht sogar auf sein Erspartes zurückgreifen musste. Und alles nur, um sicherzugehen, dass Scratch und Mole ihn nicht knüllten wie eine Tülle.

Hamish warf einen Blick aus dem Fenster.

Der Nachbar – Mr. Ramsface – spielte mit seinen beiden Mini-Ramsfaces in der Auffahrt Kricket. Die Ramsfaces waren eine komische kleine Familie, die abends gemeinsam zur Ukulele seltsame Lieder über Boote sang. Manchmal war es das Letzte, was Hamish abends hörte. Er tat, als würde es ihn stören, aber eigentlich fand er es ganz hübsch.

Der kleine Billy Ramsface redete immer nur über Riesenkraken, was das Gespräch etwas schwierig machte. Die kleine Betty Ramsface redete eigentlich immer nur über Hühner und meinte, sie sollten alle kleine Hüte tragen. Mrs. Ramsface schrieb sehr lange Folksongs über alles Mögliche, während Mr. Ramsface sonderbare Kostüme aus Haushaltsmüll bastelte, nur um seine Kinder zum Lachen zu bringen. Manchmal sah Hamish ihnen vom Fenster aus zu. Besonders wenn ihm sein Dad fehlte.

Hamishs Blick schweifte zur eigenen Auffahrt. Wie üblich war sie leer. Er merkte, dass er traurig wurde, als er dorthin sah, wo früher der Wagen seines Vaters gestanden hatte.

»Ich glaube, ich sollte wohl mal Abendessen machen!«, sagte seine Mum, die wie immer versuchte, gute Laune zu verbreiten. Sie wusste nur zu gut, wie schwer die letzten fünf

Monate seit dem Zweiten Weihnachtstag für die Familie Ellerby gewesen waren. »Heute gibt es Pommes mit Bohnen und Saft! Mein Küken, wärst du so nett, Jimmy Bescheid zu sagen?«

Wie üblich war Jimmy oben in seinem Zimmer. Er hörte schreckliche Musik, viel zu laut.

»Jimmy?«, sagte Hamish, als er in der Tür stand.

Jimmy seufzte.

»Ich heiße James?«, sagte er hochnäsig, was wie eine Frage klang. »Und ich wäre dankbar, wenn diese Familie mich auch so nennen würde?«

Hamish blinzelte seinen Bruder an. Seit wann war er nur so aufgeblasen? Ach, ja – seit er fünfzehn geworden war.

»Entschuldige, Jimmy«, sagte Hamish. »Ich meine, James?«

»Ja?«, sagte sein Bruder schnippisch. »Was ist? Ich habe zu tun?«

Warum klang bei ihm eigentlich alles wie eine Frage? Und es war doch offensichtlich, dass er keineswegs zu tun hatte. Jimmy verbrachte die meiste Zeit mit seiner Xbox oder dem Versuch, mit seiner Freundin, der schlaksigen Felicity Gobb, zu skypen. Er wurde immer ganz rührselig, wenn er an sie dachte, als hätte er sich im Nebel von Felicity Gobb verirrt. Im Gobb-Nebel, wie Hamish es nannte. Bei ihr klang auch immer alles wie eine Frage, sodass es Hamish im Grunde lieber war, wenn Jimmy mit Felicity skypte, weil das bedeutete, dass sie ziemlich weit weg sein musste.

Verzeihung – ich meinte: *dass sie ziemlich weit weg sein musste?*

Außerdem brachte Felicity jedes Mal ihren kleinen Bruder Ratchett mit, und der rülpste dauernd und fragte, ob er was mit nach Hause nehmen dürfte.

Zum Beispiel: »Kann ich das da mit nach Hause nehmen?«

»Nein, Ratchett. Das ist unser Fernseher.«

»Oder: »Kann ich das da mit nach Hause nehmen?«

»Nein, Ratchett. Das ist unser Onkel Adrian.«

Oder: »Kann ich das da mit nach Hause nehmen?«

»Ratchett – du zeigst gerade auf unser Haus.«

Das hielt ihn allerdings nicht davon ab, es dennoch zu versuchen. Daher war Hamish froh, wenn Felicity und Jimmy miteinander skypten.

»Mum sagt, heute gibt es Pommes mit Bohnen. Ist das okay?«, fragte Hamish.

Jimmy seufzte schwer.

»Sag Mutter, wenn mir Pommes mit Bohnen aufgezwungen werden, dann muss ich das wohl irgendwie über mich ergehen lassen?«

Damit knallte er Hamish die Tür vor der Nase zu und drehte seine Musik voll auf.

Einen Moment stand Hamish nur da und starrte die Tür an. Früher hatten Jimmy und er alles gemeinsam gemacht. Sie hatten Abenteuer erlebt. Sie hatten so getan, als wäre der Garten eine Tropeninsel und sie wären grimmige Piraten. Sie waren mit ihren Rädern durch den Wald gerast und hatten so getan, als wären sie auf Verfolgungsjagd. Sie waren unzertrennlich. Und mal ehrlich – wenn Jimmy damals mitbekommen hätte, dass Mole und Scratch Hamish das Leben schwer machten, wäre er wie ein anständiger großer Bruder dazwischengegangen. Wie Captain Beetlebottom. Und er hätte Hamish ganz sicher dabei geholfen herauszufinden, wieso die Welt immer wieder anzuhalten schien …

Inzwischen war es, als hätte Jimmy – oder besser: *James* – einfach keine Zeit mehr für Hamish. Er sah nur noch – *Gobb-Nebel.* Mum meinte, dass es Jimmy schlecht ginge. Dass er seinen Dad genauso sehr vermisste wie Hamish. Sie meinte, er sei vielleicht so distanziert, weil er nicht noch einmal verletzt werden wollte. Aber Hamish hatte trotzdem das Gefühl, dass Jimmy zu dem Schluss gekommen war, sein kleiner Bruder sei zu jung und zu unreif, um für ihn noch interessant zu sein. Und im Stillen fragte sich Hamish, ob Jimmy wohl beeindruckt wäre, wenn Hamish mit Problemen wie Scratch und Mole allein fertigwurde. Vielleicht würde er dann sogar wieder mehr mit ihm zu tun haben wollen.

Hamish ging in sein Zimmer und setzte sich aufs Bett. Er starrte die Sonnenblume auf seiner Fensterbank an. Selbst diese Blume erinnerte ihn an seinen Dad. Der hatte sie dort hingestellt, und jetzt pflegte Hamish sie und half ihr zu blühen und zu gedeihen, obwohl sein Dad gar nicht mehr da war, um davon etwas mitzubekommen. Wie kam es nur, dass sich in letzter Zeit alles so verändert hatte?

Seine Mum gab sich große Mühe, für alle zu sorgen, während sie gleichzeitig ihrer Arbeit nachging und unermüdlich gute Laune verbreitete. Dauernd gab es Pommes mit Bohnen oder irgendetwas anderes, das ihre Kinder glücklich machte. Hamish wusste, dass sie seinen Dad auch vermisste. Manchmal konnte er sie nachts weinen hören, aber am Morgen danach verlor sie kein Wort darüber, und Hamish traute sich nicht zu fragen, um sie nicht aus der Fassung zu bringen.

Allerdings gab es etwas, das ihn verlässlich glücklich machte.

Hamish zog die Schublade seines Nachtschränkchens auf und nahm eine kleine, blaue Schachtel heraus. In goldener Schrift stand darauf: *Die Explorer.* Er klappte den Deckel auf.

Da lag sie vor ihm. Schimmerte im Licht. Tickte noch. Die Explorer. Die alte Uhr seines Vaters. Offenbar musste sie nie aufgezogen werden. Seltsamerweise jedoch ging sie immer etwas vor. Hamish hütete die Uhr gut. Jeden Tag holte er sie hervor, polierte sie, stellte die Zeit richtig ein und dachte an den Moment vor so vielen Monaten, als sein Dad sie ihm gegeben hatte.

Hamishs Dad war im Verkauf gewesen. Niemand wusste so recht, was das bedeutete. Aber er war oft unterwegs, in dem schnittigen Opel Vectra, den seine Firma ihm gestellt hatte. Und wenn er dann wiederkam, hatte er immer die erstaunlichsten Geschichten zu erzählen, von fremdartig klingenden Orten wie »Guild-fjord« oder »Croydonia«. Es waren Orte, an denen *alles* möglich zu sein schien! Hamish baute das Boggle-Spiel auf, während sein Dad ihm davon erzählte, wie er in irgendein Motel eincheckte – und merkte, dass ihm wütende rumänische Spione auf den Fersen waren. Oder er musste feststellen, dass außerirdische Lebensformen versuchten, ihm die Würstchen vom Tablett zu klauen. Oder er stolperte über eine Bande niederträchtiger internationaler Leichenschmuggler, als er eben versuchte, seine Parkgebühren zu entrichten.

Nur zu gern lauschte Hamish den Abenteuern seines Dads. Dann saßen sie da und spielten, bis Schlafenszeit war, und er lauschte und lauschte und lauschte. Bis zu jenem Tag, an dem der Opel nicht nach Hause kam.

Manchmal fragte sich Hamish, ob die Explorer ein Abschiedsgeschenk gewesen war. Doch er verdrängte diesen Gedanken jedes Mal. Schließlich gibt man jemandem nur ein Abschiedsgeschenk, wenn man ihn verlassen will, oder? Und sein Dad war einfach nur verschwunden. Er hatte ja nicht gewusst, dass er sie verlassen würde. Er konnte sie *unmöglich* vorsätzlich verlassen haben.

»Hamish! Jimmy! Essen!«, rief Hamishs Mum von unten und riss ihn aus den Gedanken an seinen Dad.

»Ich heiße JAMES?«, rief Jimmy barsch. »Respektiert eigentlich IRGENDWER in diesem Haus meinen Namen?«

»Ich habe nur vergessen, dass du jetzt James bist!«, rief seine Mum. »Entschuldige, Jimmy!«

Hamish beschloss, die Uhr seines Vaters morgen in der Schule zu tragen.

Die Explorer würde ihm Mut machen, wenn er vor Scratch und Mole stand.

Unwillkürlich warf Hamish einen Blick aus dem Fenster, für den Fall, dass heute der Abend war, an dem er endlich sah, wie der Opel Vectra seines Vaters in der Auffahrt hielt. Für den Fall, dass heute der Abend war, an dem sein Dad endlich wieder nach Hause kam.

# 4

# BLITZ!

Am nächsten Morgen ging Hamish so manches durch den Kopf.

Dass die Welt stehen blieb, bereitete ihm zwar Sorgen, aber noch drängender war das Problem mit den beiden bösen Mädchen, die eine große Lieferung Chomps von ihm erwarteten.

Während des Frühstücks hatte er einen Plan geschmiedet: Er musste Scratch und Mole nur unbedingt aus dem Weg gehen.

Hamish hatte sich ausgerechnet, dass er sein Taschengeld zweihundertneunzehn Jahre lang würde sparen müssen, um zwei Millionen Chomp-Riegel kaufen zu können. Oder er musste seine Mum überreden, das Haus zu verkaufen, und er wusste nicht so recht, wie er ihr das beibringen sollte. Den Mädchen aus dem Weg zu gehen, schien ihm seine einzige Chance zu sein.

Sollte das jedoch fehlschlagen, so hatte er alle seine Ersparnisse zusammengekratzt. Die reichten für mindestens zwei Chomp-Riegel. Vielleicht konnte er die beiden schmuddeli-

gen Mädchen damit eine Weile hinhalten.

»Okay!«, rief seine Mum, schon halb draußen. »Bis heute Abend!«

Hamish sah sie die Auffahrt entlangeilen, während sie sich Lippenstift ins Gesicht malte und ihr dabei alles Mögliche aus den Taschen fiel. Jedes Mal wenn sie sich bückte, um etwas aufzuheben, fiel ihr etwas aus einer anderen Tasche.

»Uups!«, rief sie, als überall um sie herum Kleingeld auf der Straße kullerte und ihre Akten mit dem Wind davonzufliegen drohten.

»Uups!«, rief sie und jagte auf der Straße ein paar Münzen hinterher, während sie sich mit dem Lippenstift einmal quer über die Wangen malte und dann doch mit ansehen musste, wie ihre Unterlagen in die entgegengesetzte Richtung flatterten.

*Arme Mum*, dachte Hamish und machte sich auf den Weg zur Schule.

Als er an einem Schild draußen vor dem Zeitschriftenladen vorbeikam, der Werbung für die *Starkley Post* machte, fiel ihm folgende Schlagzeile auf:

MANN VERLÄSST STADT

*Komisch*, dachte er. *Muss wohl die Zeitung von letzter Woche sein.*

Aber nein, Hamish täuschte sich. Es war die Zeitung von heute. Zwei Wochen nacheinander dieselbe Geschichte? Also, das war doch irgendwie seltsam.

HH

Die Winterbourne School war eine recht moderne Schule. Sie bestand aus flachen Bauten mit großen Fenstern, und vorn gab es ein großes gelbes Schild, auf dem zur Begrüßung »Immer reinspaziert!« stand. Sie war viel schöner als die St. Autumnal am anderen Ende des Ortes. Die sah eher aus wie ein riesiges rotes Gefängnis oder eine Schule für Zauberlehrlinge. Die Kinder auf der St. Autumnal waren ziemlich eingebildet, und die Schüler der beiden Schulen mischten sich eigentlich kaum.

Draußen vor dem Haupteingang plauderte Mr. Longblather mit der Direktorin Frau Fussbundler. Offenbar war er noch langweiliger als sonst, denn sie sah aus wie eine Blume, die im Regen verwelkte. Immer wieder sagte sie Sachen wie: »Na, gut«, und »Meine Güte, wie spät es schon ist!«, aber Mr. Longblather verstand den Wink mit dem Zaunpfahl offensichtlich nicht und *bla-bla-blah*te immer weiter.

Der Sportlehrer – Tyrus Quinn – machte draußen vor der Turnhalle Liegestützen, im viel zu engen Trainingsanzug. Für einen Sportlehrer stand er ungewöhnlich gut im Futter.

Stell dir vor, eine Katze hätte sich in deine Socke gezwängt – genau so sah er aus. Früher war Mr. Quinn einer von Hamishs Lieblingslehrern gewesen. In letzter Zeit fand er ihn irgendwie … gemein.

Apropos gemein: Unruhig blickte Hamish in die Runde. Weder Scratch Tuft noch Mole Stunk war irgendwo zu sehen. Normalerweise drückten sie sich mit Grenville in der Ecke vom Schulhof herum und warfen den kleineren Kindern böse Blicke zu. Aber heute war Grenville allein, las in seiner Wrestling-Zeitschrift und übte seine *Moves*.

Hamish warf einen Blick auf die Uhr seines Vaters. Sie war ihm zu groß, also hatte er sie mit Gummibändern befestigt, damit sie ihm nicht vom Handgelenk rutschte. Es war schon fast neun Uhr. Sollten Scratch und Mole noch nicht da sein, wenn es pünktlich um kurz nach neun zum Unterricht klingelte, dann wäre das möglicherweise seine Rettung.

Doch dann …

**»EY! HAMISH ELLERBY!«**

Oh, nein.

**»KOMM HER, DU KLEINER AUFGEBLÄHTER MUFFELFURZ!«**

Da waren sie! Stiegen von ihren pinken Kinderrädern und hielten auf ihn zu. Hamish tastete in seiner Tasche nach den Schokoriegeln und betete, dass er die beiden damit beschwichtigen konnte.

## »HAMISH, DU MIESER KLEINER SCHNIEDEL-PIEDEL!«

Langsam ging er rückwärts, fort von ihnen, doch schon bald stieß er gegen den Schulzaun. Jetzt gab es kein Entrinnen mehr. Er konnte nur noch dastehen und warten, während die beiden näher und näher kamen und …

Moment mal.

Was war *das*?

War das ein Blitz? Ein kurzes Aufleuchten von einem weit entfernten Blitz?

Hamish blickte zum Himmel auf. Grau in Grau, wie meist in Starkley, aber heute regnete es nicht. Er lauschte nach einem Donnergrollen …

In diesem Augenblick wurde ihm bewusst, dass er überhaupt rein gar nichts hörte.

Kein Wort.

Kein Lachen.

Kein Geschrei.

Nicht das Grunzen von Tyrus Quinn bei seinen Liegestützen.

Nicht Grenville beim Üben seiner Moves.

Nicht Mr. Longblathers Gelaber.

Das alles hatte mit dem Blitz aufgehört.

Hamish sah sich auf dem Schulhof um.

Scratch und Mole standen nur wenige Meter vor ihm, mit bösen Mienen auf ihren verkniffenen Gesichtern. Die Fäuste waren zu festen Kügelchen geballt. Die spitzen, schiefen gelben Zähne lagen bloß. Doch hielten sie ganz still. Hamish wedelte mit der Hand vor ihren Gesichtern herum, um zu prüfen, ob sie reagierten, doch ihre winzigen Augäpfel glotzten nur ins Leere.

*Na, das könnte interessant werden*, dachte er.

Und während er noch etwas weiter mit der Hand wedelte, fiel Hamish die Uhr seines Vaters auf, die um sein Handgelenk klapperte. Sie tickte noch.

Er sah auf Scratchs Armbanduhr. Die war stehen geblieben.

Er sah auf Moles Armbanduhr. Die war auch stehen geblieben.

Aber die Explorer lief noch, tickte noch, *funktionierte* noch.

Irgendwas daran machte ihm Mut. Es gab ihm das Gefühl, nicht allein zu sein. Die Uhr seines Vaters war bei ihm. Vielleicht war das ein bisschen so, als wäre sein Vater selbst bei ihm.

Hamish hatte eine Idee. Die Explorer besaß eine Stoppuhr. Er drückte auf Start und nahm die Zeit von … nun, wie sollte

er es nennen? Der Pause? Er fing an, sich auf dem Schulhof umzusehen …

Ein Fußball hing in der Luft. Zwei Jungen waren bei dem Versuch, den Ball zu köpfen, erstarrt. Hamish umkreiste sie, um sicherzugehen, dass sie nicht vielleicht doch von irgendwelchen Drähten gehalten wurden, denn er hielt es nach wie vor für durchaus möglich, dass ihm die ganze Stadt einen Streich spielte. Ihm fiel ein 5-Pence-Stück auf, das einem der kleineren Jungen gerade aus der Tasche fiel. Hamish griff danach und steckte es wieder zurück.

Astrid Carruthers sah aus wie eine schwebende Statue, zwei Handbreit über ihrem Sprungseil, mit seligem Lächeln im Gesicht.

Grenville Bile hielt Colin Robinson hoch und wollte ihn offenbar gerade in einen Busch werfen. Armer Colin Robinson.

Und da – eine Biene wollte eben ein kleines Mädchen stechen. Ganz, ganz vorsichtig schob Hamish die Biene mit zwei Fingern auf die andere Seite vom Schulhof.

Und dann plötzlich …

**BLITZ!**

… war der Schulhof wieder von Lärm erfüllt.

Tyrus Quinn grunzte wieder.

Die beiden Jungen, die nach dem Ball sprangen, stießen mit den Köpfen zusammen und fielen hin, jaulend und jammernd.

Astrid hüpfte weiter.

Colin flog in diesen Busch.

Die Biene stach einen Baum.

Und – ach, du Schande – Scratch und Mole stürmten weiter dorthin, wo Hamish eben noch gestanden hatte …

*Nur dass er gar nicht mehr dort stand.*

**KADONNNNG!**

Scratch und Mole rannten volle Kanne gegen den Drahtzaun, wurden zurückgeschleudert und landeten hart auf ihren Allerwertesten.

**»AAAUUUUUUU!«**, heulten sie. **»AAAUUUUUUU!«**

Der ganze Schulhof brach in schallendes Gelächter aus, als die Mädchen sich humpelnd trollten und dabei die Pobacken hielten. Alle Umstehenden zeigten mit dem Finger auf sie und hielten sich mit der anderen Hand den Bauch.

Hamish drückte den Knopf an seiner Stoppuhr.

»Sieben Minuten und sieben Sekunden«, sagte er mit Blick aufs Zifferblatt. Und dann fragte er sich insgeheim, was man in sieben Minuten und sieben Sekunden *sonst* noch alles anstellen konnte.

5

# Was würdest du tun?

Für den Rest des Tages machten Scratch und Mole einen großen Bogen um Hamish.

Sie litten unter der Erniedrigung, der Blamage. Sie konnten nicht verstehen, wieso sie eben noch auf Hamish zugestürmt waren und im nächsten Augenblick rücklings am Boden lagen. Ihr Stolz war verletzt. Wie hatte der dämliche Hamish Ellerby sie ausgetrickst? Sie schlichen herum und musterten ihn misstrauisch aus der Ferne. Hin und wieder gesellten sie sich zu ihrem Helden Grenville Bile, deuteten auf Hamish und flüsterten. Grenville Bile starrte ihn nur an und ließ die Fingerknöchel knacken.

Der Vorfall war Hamish eine Lektion gewesen. Er wusste, dass er von jetzt an besser aufpassen musste. Wenn er nicht wieder an seinem Ausgangspunkt stand, sobald sich die Erde weiterdrehte, würde es den Leuten irgendwann auffallen. Vorhin war die Sache noch mal gut gegangen. Aber er sollte es für sich behalten. Nur er und die Explorer blieben vom Blitz unbeeinflusst. Nur er und seine Explorer konnten sich während der Pause bewegen.

Aber wieso? Und was sollte ihm das sagen? Unwillkürlich schien es ihm, als müsste das Ganze einem *höheren Zweck* dienen.

Er musste nur noch rausfinden, was das war.

Es klingelte zum letzten Mal an diesem Tag, und Hamish trat aus dem Klassenraum in den langen, quietschigen Flur. Er fand sich neben seinem Freund Robin wieder.

»Robin«, sagte Hamish etwas verlegen. »Kann ich dich mal was fragen?«

»Ist es etwas, worauf ich die Antwort weiß?«, stammelte Robin. »Denn wenn nicht, wäre es mir lieber, wenn du es nicht tätest.«

Robin war ein nervöses Kind. Und er bekam nur ungern Fragen zu Themen gestellt, mit denen er sich nicht hundertprozentig auskannte. Leider traf das auf die meisten Themen zu. Beispielsweise durfte man ihn nichts fragen, was mit Mathe, Geschichte oder Naturwissenschaften zu tun hatte.

Oder Englisch, Französisch oder Erdkunde.

Und man sollte ihn lieber nichts über Gartenpflege fragen.

Oder Kaulquappen oder das Weltall.

Oder Spinat.

Besonders Spinat.

Zum Glück wollte Hamish von Robin im Moment nichts über Spinat wissen.

»Was würdest du tun …«, fragte Hamish, wobei er sich nach allen Seiten umsah, »… wenn die ganze Welt stehen bleiben würde, nur du nicht?«

Robin zog zwei dicke Augenbrauen hoch, während er mit Hamish die Treppe zum Haupteingang hinunterging.

»Eine interessante Frage, mein Freund«, antwortete Robin mit gewichtiger Stimme und nahm die Hände hinter den Rücken. »Ich denke … ich würde vor allen Dingen Hamburger mit Käse essen.«

»Oh«, sagte Hamish.

»Und ich würde so richtig lange aufbleiben. Und dann noch mehr Hamburger mit Käse essen.«

Robin mochte Hamburger mit Käse. Cheeseburger hingegen konnte er seltsamerweise überhaupt nicht leiden.

»Du würdest lange aufbleiben und Hamburger essen?«, fragte Hamish ein wenig enttäuscht. »Sonst nichts?« Es musste doch etwas Besseres geben, was man mit der Pause anfangen konnte.

»Doch«, sagte Robin. »Natürlich. Außerdem würde ich fernsehen. Und ich würde alle Spiele spielen, die ich nicht spielen darf, weil sie erst ab fünfzehn sind. Und ich würde mir alle Rambo-Filme ansehen, bis auf die Stellen, wo geschossen wird, denn das regt mich doch zu sehr auf. Und dann würde ich die Wellenmaschine im Swimmingpool anwerfen und Surfen üben.«

Er stutzte.

»Wobei ich selbstverständlich darauf achten würde, dass sämtliche Sicherheitsvorschriften eingehalten werden …«

Hamish spürte, dass er weiche Knie bekam.

»Ich würde mich königlich amüsieren«, sagte Robin, der langsam Gefallen an der Vorstellung fand. »Aber vor allem würde ich Hamburger mit Käse essen.«

Da kam Hamish ein Gedanke.

»Aber hättest du denn gar keine Angst?«, fragte er.

»Angst?«, sagte Robin. »*Pah!* Wovor denn?«

Das war komisch. Robin hatte nämlich vor so ziemlich allem Angst.

»Na ja, dass sich die Welt vielleicht nicht weiterdreht? Ich meine … das ist doch eine ziemlich erschreckende Vorstellung, oder?«

Robin fing an zu lachen.

»Ist doch egal! Es wäre eine *Welt ohne Regeln*, Hamish! Man könnte machen, was man will! Nie mehr zu einer bestimmten Uhrzeit ins Bett, nie mehr zur Schule, nie mehr aufstehen müssen, wenn deine Mum es sagt!«

»Verstehe …«, sagte Hamish, denn da hatte Robin recht. Und wenn Robin keine Angst hatte, wieso sollte Hamish dann welche haben?

»Nie mehr fünf kleine Mahlzeiten am Tag!«, sagte Robin verzückt. »Nie mehr darauf achten müssen, dass man genug Wasser trinkt! Man könnte in Fanta baden! Man könnte sich zum Frühstück Spaghetti mit M&Ms kochen! Man müsste nie wieder Liegestützen machen! Man könnte tun und lassen, was man will, *weil einem dann die ganze Welt gehört*, Hamish!«

Hamish sah Robin an. Seine Augen leuchteten vor Begeisterung. Dann schüttelte Robin den Kopf und kam wieder auf den Teppich.

»Andererseits …«, sagte er, als er die große Schultür aufdrückte und die Stufen zum Hof hinunterhüpfte. »Im echten Leben wäre es schlimm.«

»Ja?«

»Na klar. Fürchterlich. Ich fände es grauenvoll. Aber als Idee …« Doch Hamish hörte schon nicht mehr zu, weil ihm aufgefallen war, dass vor dem Schultor ein Streifenwagen parkte. Die Lichter blinkten, und daneben standen zwei ernst dreinblickende Polizisten in Uniform. Die Kinder, die durchs Tor hinausdrängten, liefen langsamer, sobald sie die Beamten sahen. Offensichtlich hielten die beiden nach jemandem Ausschau.

Sofort bekam Hamish ein schlechtes Gewissen.

*Oh, nein*, dachte er. *Die suchen mich! Die wollen mich verhaften, weil die Welt stehen geblieben ist und ich weiter rumgelaufen bin.*

Jetzt war es so weit. Das war der Moment, in dem Hamish Ellerby verhaftet und in ein Heim für maleziöse Kinder gesteckt wurde!

Ich meine melaziös.

Ach, du weißt schon, was ich meine.

Aber …

»Scratch Tuft und Mole Stunk?«, fragte der eine Polizist, der eine Polizistin war.

Langsam teilte sich die Menge. Mittendrin standen Scratch und Mole eng beieinander. Zögernd nahmen sie sich bei der Hand. Hamish wurde klar, dass sie, so fies und gemein sie auch sein mochten, doch immer noch nur kleine Mädchen waren.

»Ich fürchte, wir bringen schlechte Nachrichten. Es geht um eure Eltern«, sagte die Polizistin sanft, und als sie sah, dass die Mädchen zitterten, führte sie die beiden behutsam weg.

6

# MADAME COUSCOUS'
## INTERNATIONALE WELT DER ZUCKERWAREN

Was Robin gesagt hatte, gab Hamish zu denken.

Wenn die Welt wieder stehen blieb – *er* aber nicht –, was konnte er da alles anstellen? Immerhin bekam er Zeit geschenkt. Sollte die nächste Pause genauso lange dauern wie die letzte, würde er mindestens *sieben Minuten und sieben Sekunden* Extrazeit bekommen! Hamish war überzeugt davon, dass sich mit mehreren solcher Pausen bestimmt etwas Sinnvolles anstellen ließ. Vielleicht konnte er was erfinden, ein fliegendes Auto oder einen Schwebelöffel. Oder er konnte ein Allheilmittel entdecken. Oder er konnte daran arbeiten, der Welt Frieden zu bringen.

Das alles *konnte* er tun.

Oder er konnte einfach nur haufenweise Süßigkeiten in sich reinstopfen.

Hamish fand, dass das vorerst schon mal ein durchaus brauchbarer Plan war, und so machte er sich, um diesen Plan in die Tat umzusetzen, auf den Weg zur High Street.

Hamish drückte die Tür von Madame Couscous' Internationaler Welt der Zuckerwaren auf. Das Glöckchen über der Tür bimmelte.

Durch große quadratische Fenster fiel Sonnenlicht herein, doch was da in der Luft tanzte, war kein Staub. Es war Zucker.

Madame Couscous blickte nicht auf, als sie das Glöckchen hörte. Sie hockte hinter ihrem Verkaufstresen, las in der *Starkley Post* und knabberte Cocktailwürstchen aus einem Glas.

Oh, Hamish liebte diesen Laden! Wie alle anderen Kinder in Starkley auch. Bei Madame Couscous gab es den besten Naschkram auf der ganzen Welt. Der Laden war legendär. Einer der wenigen Orte, die definitiv *nicht* langweilig waren. Früher war sein Dad oft mit ihm hergekommen, auf »geheimer Mission«, wie er sagte, und dann hatte er ihm gekauft, was er haben wollte. Die Quittung dafür bekam Hamish in Form einer Füllung von Dr. Fussbundler. Er fasste sich an die Wange und verzog das Gesicht bei dem Gedanken an den gewaltigen Bohrer. Wie er an seinem armen Zahn gerüttelt und gerissen hatte, bis ihm das Hirn im Kopf klapperte. Doch die Tortur hatte Hamish gern in Kauf genommen, weil es bedeutete, dass er weiterhin zu Madame Couscous gehen konnte.

Einmal im Jahr kaufte sich die skurrile alte Dame ein Weltticket und ging einen Monat lang auf Abenteuerurlaub.

Sie reiste mit Zügen und Flugzeugen und Bussen, auf Drahteseln und Einrädern.

Sie erklomm Berge und durchschwamm Flüsse.

Sie kämpfte gegen Bären und zerquetschte Spinnen!

Und alles nur, weil sie wild entschlossen war, den Kindern von Starkley die besten Süßigkeiten der Welt mitzubringen.

In Frankreich hatte sie bei einem kauzigen alten Weingummibauern hoch oben in den Pyrenäen die leckersten Minzbonbons mit Käse-Schinken-Geschmack gefunden. Sie brachte das Zeug mit nach Starkley, und schon nach einer Stunde war alles ausverkauft! *Délicieux!*

In Italien hatte sie sich mit dem Premierminister um die letzte Schachtel von italienischem Krabbenkandis geprügelt. Er war der Ansicht gewesen, er hätte Anspruch darauf, weil er der Premierminister war. Nun, davon wollte Madame Couscous nichts hören. Also riss sie die Schachtel an sich, stürmte aus dem Laden und durch die schmalen Straßen, dann eine Gasse entlang und auf eine Gondel, mit der sie dann den ganzen Weg bis zum Flughafen gerudert war, immer mit dieser Schachtel kandierter Krabben unterm Arm.

DELIZIOSO!

Bei ihr gab es mexikanisches Chili-Brausepulver. **ÑAM!** Bei ihr gab es Erdnussbutter-Eier, die

sie hoch oben im Wipfel eines russischen Baumes entdeckt hatte. **VKUSNIJ!**

Bei ihr gab es frittierte Götterspeise aus Amerika. **YUMMY!**

Und diese dicken Toffee-Würstchen, die in Deutschland in aller Munde sind. **Leckerschmecker!**

Das Einzige, was es bei ihr nicht gab, waren norwegische Salmiakmaulstopfer. Diese Dauerlutscher aus Norwegen konnte sie auf den Tod nicht leiden. Die Dinger waren ihr dermaßen zuwider, dass sie gleich *sämtlichen* Norwegern Hausverbot erteilt hatte.

Weil sie also dafür sorgte, dass den Kindern von Starkley (so gut wie) alle Süßigkeiten der Welt zur Verfügung standen, sollte man nun eigentlich erwarten, dass Madame Couscous eine liebenswürdige Frau war. Und das war sie auch gewesen …

Bis zu jenem Tag, an dem sie es nicht mehr war.

Im Februar hatte sie von ihrer alljährlichen Reise keine einzige neue Süßigkeit mitgebracht. Nur eine Schachtel Tic Tac vom Flughafen. Ihr Wust von weißen Haaren war jetzt dunkelgrau – als hätte jedes einzelne Haar urplötzlich schlechte Laune bekommen. Das Rot ihrer Wangen schien sich ausgebreitet zu haben, sodass nun ihr ganzes Gesicht puterrot leuchtete. Und immer wenn jemand fragte, wie es kam, dass sie sich so verändert hatte, bellte sie ihn an wie ein bissiger Hund.

Es war schon seltsam, wenn eine erwachsene Frau bellte wie ein Hund.

Viele Leute fragten sich, ob man sie gegen ihre böse Zwillingsschwester ausgetauscht hatte – so boshaft und herzlos war sie geworden.

Heutzutage bewahrte Madame Couscous hinter ihrem Tresen sogar einen knorrigen braunen Stock auf, mit dem sie die Kinder schlug, wenn sie zu lange brauchten, ihr Kleingeld hervorzukramen. Und dabei konnten sie noch nicht mal was dafür, dass es so lange dauerte – ihre armen kleinen Hände zitterten, weil sie wussten, dass die furchterregende Seniorin ihnen diesen langen Stock mir nichts, dir nichts entweder über die Finger oder die vier Buchstaben ziehen konnte. Manche Kinder verbrachten nach einem Besuch bei Madame Couscous den Rest des Tages damit, sich Splitter aus dem Po zu pulen.

Was zur Folge hatte, dass Hamish sich dem Tresen mit einiger Vorsicht näherte.

Madame Couscous saß direkt unter einem großen weißen Schild, auf dem stand:

**NUR 1 ¼ SCHULKINDER ZUR SELBEN ZEIT!**

Endlich blickte sie zu ihm auf, gelangweilt.

»Jaaaaaa?«, sagte sie.

»Ähm …«, machte Hamish und versuchte, sich zu entscheiden, nach welcher Süßigkeit er fragen wollte.

»Was soll das heißen: ›Ähm …‹?«, fragte Madame Couscous und schlug mit solcher Wucht auf den Tresen, dass eine volle Flasche mit brasilianischen Bananenbabys auf dem Regal erbebte. **»WAS STEHT AUF DEM GROSSEN ROTEN SCHILD?«**

Hamish sah dort hinauf.

»Da s-s-s-steht: ›Keine Norweger‹«, stotterte er.

Entnervt schloss Madame Couscous die Augen.

**»NICHT *DAS* GROSSE ROTE SCHILD!«**, schrie sie. **»DAS ANDERE!«**

Hamish las das Schild daneben.

»Also … da steht: ›ABSOLUTE RUHE‹.«

**»GENAU!«**, kreischte sie und deutete mit ihrem knochigen Finger auf ihn. »Und **DU** hast eben **GESPROCHEN!«**

»Aber … aber Sie haben mich doch was gefragt!«, sagte Hamish verzweifelt. »Sie haben ›Jaaaaa?‹ gesagt.«

**»NA UND?«**, keifte sie und holte ihren Stock hervor. »Du musstest ja nicht **ANTWORTEN!** Du hättest es mir auch pantomimisch sagen können!«

»*Pantomimisch*?«, fragte Hamish.

**»HÖR AUF ZU REDEN!«**, schrie sie. **»ICH WILL ABSOLUTE RUHE!** Habe ich mich **KLAR** ausgedrückt?«

»Schon«, sagte Hamish. »Aber Sie fragen mich ja immer wieder was …«

**»HÖR ENDLICH AUF ZU REDEN!«**, schrie sie.

»Tut mir leid«, sagte Hamish. »Ich wollte wirklich nicht …«

»Na, gut. Das war's!«, sagte Madame Couscous mit hoch erhobener Nase. »Du hast **HAUSVERBOT!«**

»Hausverbot?«, fragte Hamish, und als er merkte, dass er es laut ausgesprochen hatte, schlug er eilig beide Hände vor den Mund.

»Hausverbot!«, sagte sie. »Der elende, kleine Schwätzer

Hamish Ellerby hat in Madame Couscous' Internationaler Welt der Zuckerwaren **HAUSVERBOT**, und auch **ALLE SEINE FREUNDE, FÜR IMMER UND EWIG!«**

Mit großer Geste notierte sie seinen Namen in ihrem Buch. Es war fürchterlich! Das Grauen! Warum tat sie das?

»Keine polnischen Butterlollys mehr für dich!«, sagte sie mit bösem, verkniffenem Grinsen und beugte sich ganz nah vor Hamishs Gesicht, damit er sie auch richtig sehen konnte. »Keine afghanischen Anissamen! Keine belgischen Bonbons! Keine schwedischen Zimtsterne! Keine chinesischen Schokoriegel!«

Hamish bewegte sich rückwärts aus dem Laden, während Madame Couscous immer größer und größer und wütender und wütender zu werden schien.

Durch die offene Tür zum Lagerraum konnte Hamish ungeöffnete Kisten voller Chomps sehen. Das mussten *Millionen* sein!

»Keine schottischen Augenträner für dich!«, kreischte sie. »Keine Fitzelbritzler aus Falaraki! Weder für dich *noch* für deine Freunde **– AUF IMMER UND EWIG!«**

Und dann fing sie an zu bellen. Hamish drehte sich um und rannte aus dem Laden.

Als er die Straße hinunterwetzte, hörte er noch das Gackern von Madame Couscous, der Wächterin des Zuckerwerks, und ein Heulen, das klang wie ein tollwütiger Hund, der große Schmerzen litt.

Als Hamish nach Hause kam, war seine Mum am Telefon und sah sehr besorgt aus.

Sie hatte immer noch überall Lippenstift im Gesicht, von heute Morgen.

»Scratch und Mole, die Ärmsten«, sagte sie, als sie den Hörer auflegte. »So süße kleine Mädchen.«

Hamish rümpfte die Nase. Viele Leute schienen zu glauben, Scratch und Mole wären artig und höflich. Sie ahnten nicht, dass die beiden in Abwesenheit Erwachsener völlig andere Menschen waren.

Statt zu knurren: **»KOMM HER, DU SCHRAUBENGESICHTIGE RUMPELRÜBE!«**, sagten sie: »Oh, Mrs. Ellerby, Sie sehen heute aber reizend raus«, oder »Ach, welch herrlicher Morgen! Wie schön ist doch das Leben!«.

Ich wette, das machst du auch manchmal, du kleiner Lümmel.

»Was ist passiert, Mom?«, fragte Hamish. »In der Schule habe ich die Polizei gesehen.«

Sie setzte ihn erst mal hin.

»Ihre Eltern … also, anscheinend sind sie verschwunden.«

»Wie – alle vier?«, fragte Hamish. »Auf einmal?«

»Ja«, sagte seine Mum. »Es ist sonderbar. Es heißt, sie machen sich ein paar lustige Tage in Magaluf und denken, sie können die Mädchen einfach sich selbst überlassen. Wie schrecklich, wie schrecklich!«

Hamish dachte an seinen Vater, der auch verschwunden war, und seine Mum sah es ihm an.

»Oh, Hamish«, sagte sie. »Ich weiß. Wir …«

Aber sie wusste nicht, was sie sagen sollte. Was *konnte* sie auch sagen?

Normalerweise sagte sie immer: »Wir müssen einfach weitermachen.«

»Ist schon okay, Mum«, sagte Hamish, weil er nicht darüber reden wollte. »Ich zieh mich um und bin dann mit Robin verabredet.«

Hamishs Mum sah ihn traurig an. Hamish wandte sich ab, bevor sie noch mal versuchen konnte, ihn darauf anzusprechen.

»Ist dir aufgefallen, dass mit den Erwachsenen irgendwas nicht stimmt?«, fragte Hamish, während er auf seiner Lieblingsschaukel im Park saß. Er hatte sich seine Nachmittagssachen angezogen – seinen weißen Pulli mit dem großen blauen »H«, die schwarz-weißen Baseballschuhe mit den silbernen Flügeln und seine coole schwarze Jeans.

»Was meinst du?«, fragte Robin, der sein Fernglas vor den Augen hatte, weil er glaubte, am anderen Ende des Parks einen Wurm gesehen zu haben. Robin fürchtete sich vor Würmern. Deshalb trug er immer Gummistiefel.

»Irgendwie habe ich das Gefühl, dass da was nicht stimmt«, sagte Hamish. »Wie kommt es zum Beispiel, dass Madame Couscous jetzt immer so unfreundlich ist?«

»Oh«, sagte Robin, immer noch auf der Suche nach unheilbringenden Würmern. »Der Laden ist gruselig. Da gehe ich nicht mehr hin.«

»Na, dann ist ja gut«, sagte Hamish. »Denn da hast du von jetzt an Hausverbot.«

»*Was* habe ich?« Robin sah Hamish erschrocken an.

»Du hast lebenslanges Hausverbot, wie alle meine Freunde. Nur weil ich was gesagt habe.«

Robin seufzte.

»Na, da bin ich aber erleichtert«, sagte er. »Letztes Mal hat es eine ganze Woche gedauert, bis ich mir alle Splitter von ihrem Stock aus dem Hintern gepflückt hatte. Aber du hast recht. Mir ist auch aufgefallen, dass einige Erwachsene viel grantiger sind als früher.«

»Wer zum Beispiel?«

»Zum Beispiel Rex Ox in der Schule«, sagte er. »Neulich war er mit seinem Laubbläser unterwegs. Du weißt ja, dass ich Lärm nicht gut vertragen kann. Und dann hat er auch noch meinen Fußball auf die Düse gesetzt und in die Luft geschossen. Immer höher ist er geflogen, aber Rex Ox hat nur gelacht. Wahrscheinlich ist mein Ball längst auf dem Mars gelandet.«

Hamish war schockiert. Rex Ox war immer ein netter

Hausmeister gewesen. Oft hatte er die Kinder mit seinem kleinen Sitzrasenmäher herumfahren lassen und musste damit nur aufhören, weil Manjit Singhdaliwal eines Tages nicht widerstehen konnte und seinen Namen aus Versehen auf den Sportplatz gemäht hatte. In der *Starkley Post* stand, es gäbe nur zwei von Menschenhand erschaffene Objekte, die ein Astronaut vom Mond aus erkennen konnte: die Chinesische Mauer und den Namen Manjit Singhdaliwal in gigantischen Lettern auf einem Spielfeld bei Starkley. Rex Ox nahm alle Schuld auf sich, genau wie damals, als die Kinder einen Fallschirm basteln wollten, indem sie sämtliche Regenschirme aus dem Fundbüro mit Klebestreifen aneinander befestigten. Ihnen war nicht klar, dass der Wind ihn mit sich reißen würde, bevor sie überhaupt Gelegenheit bekamen, ihn auszuprobieren. Am Ende hingen zwölf Kinder oben an einer Laterne fest, im vier Meilen entfernten Frinkton. Rex Ox hatte sie heruntergeholt und niemandem etwas davon verraten. Er war immer ein Hausmeister gewesen, der sich für alle einsetzte, was Robins Geschichte so befremdlich machte.

»Warum um alles in der Welt sollte Rex Ox mit seinem Laubbläser plötzlich etwas Gemeines tun?«, fragte Hamish.

Robin zuckte mit den Schultern.

»Er meint, er tut es, weil er es kann.«

Hamish war baff. Aber wenn er so darüber nachdachte, hatte Robin recht. Rex Ox war in letzter Zeit tatsächlich grantiger als sonst. Und dann war da noch Tyrus Quinn.

Seit er übers Wochenende in Brüssel gewesen war, hatte er schlechte Laune. Manchmal ließ er die Kinder in ihren Schulsachen Dauerlauf machen – selbst wenn sie gar keinen Sport hatten! Mitunter kam er in den Biologieunterricht und rief: »Okay, ihr hässlichen Vögel! Auf geht's!« Und dann blies er in seine Trillerpfeife und jagte sie raus in den Wald, trieb die kreischenden Kinder mit seiner Stoppuhr vor sich her.

Und dann war da Grenville Biles Mum.

Oh, Mrs. Bile war die Schlimmste von allen. Weil sie schon immer zu jedermann schroff gewesen war, außer zu ihrem kleinen Liebling Grenville. Jetzt war sie doppelt schroff.

Meist gelang es Hamish, Grenville Bile aus dem Weg zu gehen, und auch dessen Mum – der Frau, die man »Der Postmeister« nannte.

»Ich habe gehört, die schlechte Laune hätte mit der Ökonomie zu tun«, sagte Robin. »Das meint meine Schwester jedenfalls.«

»Was bedeutet das?«

»Ich habe nicht den leisesten Schimmer«, antwortete er.

*Hmm.* Na, vielleicht war die Ökonomie etwas, das Hamish während der nächsten Pause wieder ins Lot bringen konnte. Sieben Minuten und sieben Sekunden mussten für so was doch wohl reichen, oder?

Kurz überlegte er, ob er Robin erzählen sollte,

was passiert war. Das Geheimnis schien ihm fast zu groß, um es für sich zu behalten … aber dieser Junge fürchtete sich vor *Würmern*. Und Laubbläsern. Und plötzlichen Geräuschen. Und vor Klettverschlüssen. Im Scherz hatte Hamish ihm mal weisgemacht, der *Zauberer von Oz* basiere auf einer wahren Begebenheit, da war Robin eine Woche lang nicht mehr aus dem Haus gegangen. Hamish mochte sich gar nicht vorstellen, was passieren würde, wenn er ihm erzählte, dass die Welt ständig stehen blieb!

»Das mit Madame Couscous ist schade«, sagte Robin dann, noch bevor Hamish ihm etwas anvertrauen konnte. »Ich habe meiner Mum versprochen, ihr zum Geburtstag ein paar japanische Geleefischraspeln zu kaufen. Jetzt muss ich wohl ganz nach Japan fliegen, um welche zu kriegen.«

*Oder vielleicht*, dachte Hamish, *gäbe es da noch eine andere Möglichkeit.*

Dafür musste nur noch mal die Welt stehen bleiben.

7

# Jetzt geht's los!

Am nächsten Tag war Hamish sich seiner Sache sicher: Er war bereit für die Pause.

Er hatte sich alles genau überlegt. Er hatte seine Explorer dabei. Er wollte auf Erkundung gehen.

Außerdem besorgte er sich etwas Kreide. Es konnte von entscheidender Bedeutung sein, Kreide bei sich zu haben. Damit ließ sich alles Mögliche machen. Pfeile malen. Stellen markieren. Wusstest du, dass ein Kreidestrich Ameisen abhalten kann? Das ist wahr. Und wusstest du, dass man mit Kreide Ölflecken aus den Klamotten wieder rauskriegt? Das ist genauso wahr. Und wusstest du auch, dass die Leute einen, wenn man Kreide lutscht … für einen Spinner halten? Das ist wohl am ehesten wahr. Jedenfalls wusste Hamish, wie nützlich Kreide sein kann, wenn man auf Abenteuer aus ist.

Während er sich anzog, warf Hamish einen Blick auf die Welt dort draußen. Die Bäume schwankten. Der Wind wehte. Aber er wusste, dass all das jeden Moment einfrieren konnte. Das war wohl das Spannendste daran.

Er wartete schon während des Frühstücks und zuckte jedes Mal zusammen, wenn er einen Blitz zu sehen meinte.

Aber es war immer nur Jimmy, der in der Küche Selfies machte.

Er wartete auf dem Weg zur Schule … und wartete immer noch während des Schulappells … und in der ersten Stunde … und in der zweiten Stunde … und in der Freistunde … und in der Mittagspause … und auf dem Weg nach Hause wartete er immer noch.

Doch die Welt blieb nicht stehen.

HH

Am Tag darauf war Hamish sich seiner Sache *ganz* sicher. Der gestrige Tag war nur die Generalprobe gewesen.

Außer seiner Kreide hatte er noch eine silberne Trillerpfeife dabei, die vielleicht ganz praktisch wäre, und einen Schlüsselanhänger mit einer Taschenlampe daran. Man wusste nie, wann man einen Schlüsselanhänger mit Taschenlampe brauchen konnte.

Wieder wartete er, während er sich für die Schule bereit machte.

Und er wartete während des Frühstücks.

Er wartete auf dem Weg zur Schule, und dann wartete er *den ganzen Tag*.

Doch nichts geschah. Rein gar nichts. Die Welt drehte sich immer weiter.

Hamish wurde unsicher … hatte er seine Chance verpasst?

Was wäre, wenn die Welt von jetzt an nie mehr Pause machte?

Und dann war Samstag, normalerweise der beste Tag von allen. Trotzdem war Hamish am Boden zerstört.

*Wieso bleibt die Welt nicht mehr stehen?*, dachte er, während er in Richtung High Street lief.

In der High Street von Starkley gab es das Übliche. Da war zunächst der Süßwarenladen, dann die Schlachterei, ein kleiner Supermarkt, den ein fröhliches Männchen mit Matrosenmütze betrieb, und dann noch der Zeitschriftenladen. Außerdem war da noch Slackjaw's Motorparadies, vor dem draußen eine ganze Flotte leuchtend blauer Vespas aufgereiht stand. Unzählige Male hatte Hamish die coolen kleinen Scooter schon bewundert. Sein Dad hatte ihm erzählt, dass er als Teenager auch auf einer Vespa rumgefahren war, und Hamish fand die Dinger einfach nur genial. Er konnte es kaum erwarten, selbst ein Teenager zu sein. Ihm war schleierhaft, wie Jimmy den Umstand vergeudete, dass er alt genug war, so coole Sachen zu machen, und stattdessen lieber den ganzen Tag mit Felicity Gobb turteln wollte! Neulich hatte Hamish eins von Jimmys Liebesgedichten gefunden:

Es lautete:

**FELICITY GOBB, DU MEINE HOLDE?**
**ICH LIEB DICH MEHR ALS EINE DOLDE?**

**OH, FELICITY, SEI DU DIE MEINE?
ICH MAG DICH MEHR ALS MEINE BEINE?**

Demnach war Jimmy kein so toller Dichter.

*Grusel!*

Jedenfalls, dachte Hamish, als er die Straße überquerte, sind Mädchen ja schön und gut, aber eine Vespa ist doch was anderes, und wenn man so eine Vespa hätte, dann …

**BLITZ!**

Abrupt blieb Hamish stehen und hielt die Luft an.

War es das? War das ein Blitz gewesen?

Er lauschte. Die Stille war überwältigend. Sie steckte in allen Ecken und Winkeln. In jeder Ritze. Irgendwie kam es ihm vor, als wäre dieses Nichts lauter als alles, was er je zuvor gehört hatte.

Aufmerksam sah er sich um. Es war tatsächlich Pause!

Alle standen still. Mitten auf der Straße. Mitten in Gedanken und Gesprächen und Ideen. Astrid Carruthers hatte ein Kaugummi halbwegs aufgeblasen. Fast verschwand ihr Gesicht hinter der blassrosa Blase, die sich vor ihrem Mund aufblähte.

Leute kamen aus Läden, Leute gingen in Läden, Leute wollten sich gerade auf Bänke setzen. Hamish hatte einmal von einer Stadt namens Pompeji gelesen, wo ein riesiger Vulkan ausgebrochen war und alle Menschen in Lavastatuen verwandelt hatte. Und er hatte von dem chinesischen Kaiser gehört, der auch im Leben nach dem Tod den Schutz seiner Soldaten suchte und deshalb Tausende von Tonfiguren anfertigen ließ. So war das hier – nur mit lebendigen Menschen!

Er beschloss, so viel wie möglich in dieser Pause unterzubringen. Und es gab da etwas, das er für Robin tun wollte. Er nahm seine Explorer und stellte den Wecker auf sechseinhalb Minuten. Wenn die Pause genauso lang wäre wie die letzte, bliebe ihm genügend Zeit, die Lage zu erkunden und wieder an seinem Ausgangspunkt zu sein, bevor die Welt sich weiterdrehte. Dann nahm er die Kreide und malte einen Kreis um seine Füße, um seinen Ausgangspunkt zu markieren, damit nachher niemand merkte, dass er weg gewesen war.

Vorsichtig trat er einen Schritt vor und kniff Astrid Carruthers in den Arm.

Nichts. Keine Reaktion. Konnte sie es trotzdem spüren? Würde es ihr wehtun, wenn die Pause vorbei war?

Langsam dämmerte es ihm. *Die Welt gehörte Hamish Ellerby.* Er war der König der Könige! Er konnte machen, was er wollte. Er konnte sich ansehen, was er wollte.

Aber was zuerst? Was hatte er schon immer mal tun wollen?

Und da kam ihm eine Idee.

Er drehte sich um und sah sie.

Sie sah *einfach toll* aus.

Sollte er?

Nein, lieber nicht.

Nein, das konnte er nicht machen.

Oder doch?

HH

Hamish drehte die himmelblaue Vespa auf und fühlte sich wie der verwegenste Junge der Welt.

Außerdem fühlte er sich *cool.*

Er wusste, wie man so eine Maschine fuhr, weil er es sich auf YouTube angesehen hatte. Das konnte nicht allzu schwer sein. Allerdings war er erst zehn! Wenn ihn jetzt ein Erwachsener sehen könnte, würde der es ihm bestimmt verbieten!

Er drehte den Griff, die forsche Vespa tat einen Satz nach vorn, und der gute, alte Mr. Slackjaw blieb starr und steif hinter ihm zurück.

Gerade war Mr. Slackjaw dabei gewesen, jemandem den Schlüssel für eine Probefahrt zu überreichen, doch nun hielt er nichts mehr in der Hand. *Ich darf bloß nicht vergessen, ihm die Schlüssel wiederzugeben*, dachte Hamish, während er sich an den Lenker klammerte.

Quer durch den Ort fuhr er, zwischen Fußgängern hindurch, um Poller herum. Er raste über Bürgersteige und machte Wind, wo keiner war. Er schoss so schnell an dem alten Mr. Picklelips vorbei, dass dem der Hut wegflog. Normalerweise wäre Hamish umgekehrt und hätte ihn aufgehoben, doch die Zeit war kostbar! Wahrscheinlich blieben ihm nur noch fünf Minuten!

Auf dem Kreisel beim Bäcker drehte er Runde um Runde.

Nur sein »Yipppieeeh!« und das sägende *BWWWWWWT* der Vespa waren in Starkley zu hören.

Noch nie hatte Hamish sich so frei gefühlt!

Die Lilyturf Street raste er hinauf, wo ihm auffiel, dass

Grenville Bile eine Hand um den Hals eines kleineren Jungen gelegt und die andere wie üblich in der Nase hatte.

Die Alumroot Alley röhrte er hinab, vorbei am Queen's Leg Pub. Er schwenkte aus, um einer Katze auf der Straße auszuweichen, und erwischte mit dem Vorderrad den Kantstein.

Schon machte er einen Wheelie! Es war nicht seine Absicht gewesen, und er wollte es eigentlich auch gar nicht, aber trotzdem machte er gerade einen Wheelie! Wenn seine Mum ihn jetzt sehen könnte! Die wäre bestimmt stinksauer!

Er raste zur High Street zurück und kam schlitternd zum Stehen.

Er blickte zu dem Schild auf.

**MADAME COUSCOUS'**

**INTERNATIONALE WELT DER ZUCKERWAREN**

Hamishs Bauch schlug Purzelbäume, als er von der Vespa stieg.

Er wusste, dass er Hausverbot hatte. Doch war das jetzt nicht mehr das normale Starkley. Während der Pause galten keine Regeln.

Aber blieb genug Zeit? Konnte er es wagen? Er sah auf seine Uhr. *Noch drei Minuten …*

Hamish schlich hinein. Es sah aus, als müsste Madame Couscous gerade niesen. Sie hielt ihr Taschentuch bereit, um hineinzuschnauben. Fast konnte Hamish die einzelnen Bazillen erkennen, die auf das schmuddelige Tuch zugeflogen waren und nun reglos in der stillen Luft hingen.

*Okay*, dachte er, *japanische Geleefischraspeln* für Robin und seine Mum.

Robins Mum war nett, aber genau wie ihr Sohn machte sie sich ständig Sorgen. Nach wie vor musste Robin im Kindersitz auf der Rückbank ihres braunen Volvo sitzen und bei jeder Fahrt einen Helm tragen, selbst wenn sie nur zum Laden an der Ecke fuhren. Außerdem musste Robin immer seine Hosenbeine in die Strümpfe stecken, wenn eine Treppe rauf- oder runterlief, denn »Hosenbeine sind eine wahre Stolperfalle«. Offen gesagt, fand Hamish sie etwas nervig. Aber nachdem Hamishs Dad verschwunden war, hatte sie alle möglichen Bohnenaufläufe und Mango-Curry-Gerichte zubereitet und sie ihnen gebracht, damit Hamishs Mum eine Weile nicht kochen musste. Auf keinen Fall wollte Hamish dafür verantwortlich sein, dass man einer so netten Frau ein derart eklig klingendes kandiertes Fischprodukt vorenthielt.

*Aber guck sich einer all die vielen Süßigkeiten an!*

Hamish leckte seine Lippen. Madame Couscous würde doch bestimmt nichts davon merken, wenn ein paar koreanische Kamellen fehlten, oder? Vielleicht nur drei oder vier? Oder sechs oder sieben?

Hamish fuhr mit den Fingern über die Bonbongläser auf

dem untersten Regal. Beim Anblick der Schweizer Käselutscher lief ihm das Wasser im Mund zusammen.

Langsam schraubte er das dicke Glas auf und zwängte seine Hand durch die schmale Öffnung hinein.

Doch als seine Finger eben einen Käselutscher ertasteten, fiel sein Blick auf ein kleines Schild direkt über Madame Couscous' Kopf. Darauf stand geschrieben:

**DIEBSTAHL BLEIBT DIEBSTAHL!**

Hamishs Wangen wurden heiß.

Schuldbewusst ließ er den Lutscher los.

Das konnte er nicht machen. Es hieße, etwas Wunderbares wie die Pause für etwas Unrechtes zu missbrauchen. Er durfte sie nicht zu seinem Vorteil ausnutzen.

Aber was war mit Robin?

Er war schuld daran, dass Robin hier lebenslang Hausverbot hatte, also musste er zumindest dafür sorgen, dass Robin nicht ganz bis nach Tokio fahren musste, um seiner Mum ein Geburtstagsgeschenk zu kaufen.

Dann sah er die Kisten voller Chomps im Lagerraum. Davon hätten Scratch und Mole sicher gern ein paar. Vielleicht konnte er ihnen welche mitbringen. Da würden sie sich bestimmt freuen. Denn so fies sie in letzter Zeit auch zu ihm gewesen sein mochten, wusste er doch genau, wie es sich anfühlte, verlassen zu werden.

Und wenn er schon mal hier war, konnte er vielleicht kurz an einem Lorbeerlolli lecken. Wer wollte es einem braven Pausenreisenden verwehren, einmal kurz an einem Lorbeerlolli zu lecken?

Hamish beschloss, alles Geld, das er bei sich hatte, auf den Tresen zu legen und für den Rest einen Schuldschein auszustellen. Er war ziemlich sicher, dass er irgendwo in seiner Hosentasche noch zwanzig Pence hatte.

In diesem Moment musste Hamish leider feststellen, dass er nicht in der Lage war, seine Hand in die Hosentasche zu stecken.

Weil seine Hand in dem Bonbonglas feststeckte.

Oh, nein.

Oh, nein, bitte nicht!

Hamish riss an seiner Hand herum, doch die wollte sich nicht rühren. Sie steckte einfach fest! Es lag an der Explorer! Sie war zu dick, um die Hand wieder rauszukriegen!

Nun bekam er es mit der Angst zu tun. Wie viel Zeit hatte er noch?

Hamish zerrte und zerrte an seiner Hand.

»Komm schon!«, rief er. »Komm schon!«

Doch die Hand rührte sich nicht. Kein Stück. Keinen Millimeter. Keinen Minimillimeter. Keinen Miniminimillimeter. Das war übel. Das war schlimm. Wenn die Pause endete und Madame Couscous ihn so erwischte – was würde sie mit ihm machen? Wie wollte er ihr erklären, dass er urplötzlich in ihrem Laden stand, mit einer Hand in einem Bonbonglas? Und so riss und riss er mit wachsender Panik, quetschte die Hand am Gelenk zusammen, und endlich …

… mit einem mächtigen **PLOPP!** gab das Glas seine Hand frei und flog in hohem Bogen durch die Luft. Es prallte gegen ein Regal, warf **KLIRREND** und **KRACHEND** die darauf stehenden Flaschen zu Boden. Schließlich landete es auf einem anderen Regal und stieß auch dort alles um! Ein Glas nach dem anderen voll kurioser Süßigkeiten **ZERSCHELLTE** am Boden. Überall kullerten schottische Schietwetterbonscher herum und kollidierten mit italienischen Kandiskrabben. Eine Tüte mit mexikanischem Chili-Brausepulver fiel herunter und explodierte wie eine gewaltige Rauchbombe.

Madame Couscous jedoch stand nur da und nieste, als wäre nichts.

Dabei herrschte im Laden ein unglaubliches, absolut atemberaubendes CHAOS!

Und dann …

**PIEP PIEP PIEP PIEP PIEP!**

Der Wecker der Explorer schlug Alarm.

Jeden Moment würde die Welt sich weiterdrehen! Er musste los!

»Es tut mir leid, Madame Couscous!«, rief er. »Tut mir echt leid!«

Und schon rannte er aus dem Laden, schnappte sich einen

kleinen Beutel mit japanischen Geleefischraspeln, der in dem ganzen Durcheinander einfach so dalag. Wenigstens war seine Erkundungstour kein *kompletter* Reinfall gewesen. Er schwang sich auf den Roller und riss ihn herum. Wie ein Wahnsinniger raste er die High Street entlang zu Slackjaw's Motorparadies, flog über Fahrbahnschwellen und landete scheppernd wieder auf der Straße. Schließlich sprang er von der Vespa, zog den Schlüssel ab und drückte ihn Mr. Slackjaw wieder in die Hand.

Eilig wetzte er zu seinem Ausgangspunkt vor der großen Uhr und stellte seine Füße in den Kreidekreis.

Er hatte es geschafft!

Er war wieder an Ort und Stelle, kurz bevor die Welt sich weiterdrehen würde!

Genau jetzt!

…

Jeden Augenblick … jetzt!

…

Okay, dann eben nicht … aber jetzt!

…

Jetzt?

Doch es änderte sich rein gar nichts.

Hamish hielt die Luft an und sah auf seine Uhr. Nanu?

*Sieben Minuten und neunzehn Sekunden.*

*Sieben Minuten und zwanzig Sekunden.*

Hatte er was falsch gemacht? War die Stoppuhr kaputt?

Auf einmal hörte er noch etwas anderes. Etwas, das ihm bisher gar nicht aufgefallen war. Ein mächtigeres, tieferes, lauteres Tick … Tack … Tick … Tack.

Die Turmuhr über ihm funktionierte noch. Sie zeigte genau dieselbe Zeit wie die Explorer. Also blieb auch die Turmuhr von der Pause unbeeinflusst. *Deshalb scheint sie immer etwas vorzugehen*, dachte Hamish, denn genau wie die Explorer lief auch die Turmuhr immer weiter, während alle anderen Uhren stehen blieben!

Hamish fing an zu schwitzen. Wieso drehte sich die Welt nicht weiter?

Er wartete und wartete.

*Acht Minuten und sechsundzwanzig Sekunden.*

*Acht Minuten und siebenundzwanzig Sekunden … achtundzwanzig … neunundzwanzig …*

Hatte er die Welt kaputt gemacht, so wie er den Süßkramladen kaputt gemacht hatte?

Und da fiel Hamish etwas auf.

Eine Amsel – genau wie die eine, die er neulich abends im Garten gesehen hatte.

Sie hatte ihre Flügel ausgebreitet und hing nur wenige Zentimeter vor einem Schaufenster in der Luft. Sie sah erschrocken aus. Die Welt war stehen geblieben, kurz bevor der Vogel gegen die Scheibe geprallt war. Der arme, kleine Kerl – er würde bestimmt nicht überleben, wenn es wieder losging.

*Acht Minuten und fünfunddreißig Sekunden …*

Was konnte Hamish tun? Konnte er den Vogel retten? Was wäre, wenn die Welt sich weiterdrehte, bevor es ihm gelang?

Hamish wusste, dass er schnell handeln musste. Also hetzte er los, ließ die Sicherheit seines Kreidekreises hinter sich. Er rannte zur Schlachterei gegenüber – dort stand die Trittleiter, mit deren Hilfe sie ihre Schaufenster putzten.

*Acht Minuten und sechsundvierzig Sekunden.*

Hamish schleppte die Leiter unter die Amsel und stieg eilig darauf, dann drehte er den Vogel vorsichtig um, sodass er nun von der Scheibe abgewandt war. Sanft streichelte er den Hals, nur einmal, dann sah er auf die Explorer.

*Acht Minuten und neunundfünfzig Sekunden.*

Jeden Moment konnte die Pause zu Ende sein. Hamish musste zurück auf seine Ausgangsposition! Er ließ die Leiter, wo sie war und rannte schnurstracks zu seinem Kreidekreis.

*Neun Minuten und sieben Sekunden.*

*Neun Minuten und acht Sekunden.*

*Neun Minuten und neun Sekunden …*

**BLITZ!**

Die Welt nahm ihren Lauf.

Autos. Katzen. Menschen.

»OOOH!«, hörte er, als Astrids Kaugummi knallte.

**»HAAAATSCHI!«**, hörte er aus dem Bonbonladen die Straße hinunter.

***KASCHEPPER!***, hörte er, als an der Vespa der Auspuff abfiel und über das Pflaster rollte. Verdutzt kratzte sich Mr. Slackjaw am Kopf, als der Mann, der den blauen Roller eben noch kaufen wollte, die Fäuste in die Hüften stemmte und von dannen zog.

***»HEY! WER HAT MEINE LEITER GEKLAUT?«***, rief der Schlachter.

»Ganz schön windig heute, was, Hamish?«, sagte der alte Mr. Picklelips und setzte seinen Hut wieder auf.

Doch Hamish antwortete nicht.

Ihn ließ der Gedanke nicht los, dass die Pausen immer länger wurden. *Neun Minuten und neun Sekunden.* Was *bedeutete* das?

Genau in diesem Augenblick kam Madame Couscous aus ihrem Laden gelaufen, schwenkte ihren Stock und hielt ihre puterrote Wange.

»**EINMAL GENIEST**, und **ALLES** ist runtergefallen!«, kläffte sie wie ein tollwütiger Hund.

Und irgendwo hoch oben flatterte eine Amsel davon. Gerettet.

Bevor sie in der Ferne verschwand, drehte sie einmal den Kopf herum, nur um Hamish anzusehen.

In dieser Nacht konnte Hamish kaum schlafen.

Ihm schwirrte der Kopf vor lauter Möglichkeiten.

Es war der helle Wahnsinn!

Wenn die Pause immer länger wurde, wäre sie vielleicht eines Tages lang genug, dass er so richtig Spaß haben konnte. Dass er so richtig machen konnte, was er wollte!

Er konnte in einen Ferrari springen und bis nach Paris fahren, ohne dass ihn unterwegs jemand fragte, wieso ein Zehnjähriger einen Ferrari fuhr und wo eigentlich sein Reisepass war!

Er konnte lernen, Hubschrauber zu fliegen, und sich den Grand Canyon ansehen! Er konnte sich in den Buckingham Palace schleichen! Er konnte den Papst durchkitzeln!

Er konnte im Londoner Zoo herumspazieren und zu den Tieren in den Käfig steigen! Er konnte fahren, wohin er wollte – China! Singapur! Liechtenstein!

Er konnte ein riesiges Schokoladen-Ei gießen und sich einen ganzen Tag Zeit lassen, um sich ins Freie zu futtern!

Okay, das wäre vielleicht etwas schräg, aber der entscheidende Punkt war, dass Hamish machen konnte, was er wollte, sofern die Pause nur lang genug wurde. *Genial*! Er musste Pläne schmieden!

Unglücklicherweise ahnte er nicht, dass es irgendwo am anderen Ende des Ortes jemanden gab, der es auf den armen kleinen Hamish Ellerby abgesehen hatte.

Und dieser Jemand verfolgte seine ganz eigenen Absichten.

8

# Oh nein, nicht Grenville Bile!

Es wird Zeit, über Grenville Bile zu sprechen.

Offen gesagt, habe ich es so lange wie möglich hinausgezögert, weil eigentlich niemand gern über Grenville Bile spricht. Allerdings wird er eine größere Rolle in Hamishs Leben spielen, also müssen wir in den sauren Grenville-Apfel beißen.

Tief in seinem Inneren war Grenville Bile – wie alle Schlägertypen – einsam.

Er hatte weder Brüder noch Schwestern. Sein Dad war stumm wie ein Fisch und verbrachte seine Tage meist Zeitung lesend im Queen's Leg, um Grenvilles Mum – dem Postmeister – aus dem Weg zu gehen.

Angeblich war Mrs. Bile nicht immer so grimmig gewesen. Einige Erwachsene behaupteten, sich zu erinnern, dass sie früher ein gutherziger Mensch gewesen war, dass sie eine Tombola organisiert hatte, um Geld für neue Schulfußbälle zu sammeln, und dass sie alten Leuten Sandwiches geschmiert hatte, auch wenn es gar nicht nötig gewesen wäre.

Davon konnte keine Rede mehr sein.

Tubitha Bile war das Grauen in Person.

Hamish war aufgefallen, dass Grenville seiner Mutter jedes Wochenende alles hinterher räumte und die Hausarbeiten erledigte, auf die sie keine Lust hatte.

Zum Beispiel:

- Erdnüsse polieren, damit jede einzelne so glatt und erdnussig war wie möglich

- Mit einem winzigen Kamm die Drahthaare an ihren Leberflecken bürsten

Und am allerschlimmsten:

- Die Stühle entfetten, auf dem ihr triefender, miefender Hintern gesessen hatte

Allerdings wurde Grenville für sein unermüdliches Wir-

ken *reich* belohnt. Ständig gab er mit all den Sachen an, die seine Mum ihm kaufte. Man brauchte nur zu erwähnen, dass man ein neues Spielzeug bekommen hatte, schon sprang er hinter einem Busch hervor und rief: »Ach, ja? Ich habe das ganze *Set* zu Hause!«

Grenville besaß den kompletten Satz der *Super Action Rascals*.

Er durfte jeden Film herunterladen, den er sehen wollte.

Er besaß die allerneuesten Videospiele, sogar welche, die man erst ab 18 spielen durfte. Er besaß die offiziellen Trikots sämtlicher englischer Fußballvereine. Er besaß eine PlayStation, eine Xbox, ein iPad, ein Laptop, sechs Walkie-Talkies, zwei funkgesteuerte Autos und das lebensgroße Modell eines Waschbären. Es schien, als hätte Grenville alles, was er brauchte. Aber teilte er irgendwas davon mit anderen? Im Leben nicht. Und es kam auch nie jemand zum Spielen zu ihm nach Hause. Nicht mal Robin, obwohl der ganz *verrückt* nach Waschbären war.

Der Postmeister ließ sich nicht erweichen:

**KINDER VERBOTEN**

Jeder in Starkley fürchtete den Postmeister. Es lag nicht nur daran, dass sie herumschlich und jedermann böse Blicke zuwarf. Und auch nicht an ihrer tiefen, knurrigen Stimme oder ihren Zigarrenstumpen, den sie nach Katzen warf.

Nein. Die Leute fürchteten sie, weil sie die Hüterin des Postamts war – und dieses führte sie, wie es ihr beliebte.

Der Postmeister hatte keine Zeit für die Bedürfnisse anderer. Ob man seine Post täglich bekam oder nicht, hing davon ab, wie sie sich gerade fühlte. Was bedeutete, dass sie entschied, ob man sein Geburtstagsgeld von Tante Freda oder dieses Paket von der Oma in Australien oder überhaupt irgendwas bekam, was einem irgendwer geschickt hatte.

Wenn ihr der Sinn danach stand, nett zu sein, konnte man Glück haben, dass man seine Geschenke vielleicht – *vielleicht!* – bekam.

Doch falls sie gesehen haben sollte, dass du zu nah an ihrem Auto entlanggelaufen warst oder Stöckchen nach einem Baum geworfen hattest, um deinen Frisbee zu befreien, oder wenn du deine Schwester an den Haaren gezogen oder auf einem Stuhl gestanden hattest, um an die Kekse heranzukommen, die deine Mum immer aufs oberste Regal stellt … konntest du es vergessen. Dann würdest du deine Geschenke nie zu sehen bekommen. Sie würden einfach auf mysteriöse Weise verschwinden. **»IST WOHL VERLOREN GEGANGEN!«**, fuhr sie deine Eltern dann an, knallte das Eisengitter zu und widmete sich wieder ihrem Kaffee, der ihre Zähne im Laufe der Jahre dunkelbraun gefärbt hatte.

(Übrigens verdient der Postmeister viel Geld mit diversen Verkäufen bei eBay, wobei man sich fragt, woher sie das ganze Zeug eigentlich hat.)

Selbst die Erwachsenen in Starkley mussten feststellen,

dass ihre Post »verloren« ging, wenn sie diese Frau erzürnten. Der arme Mr. Picklelips hatte seit Weihnachten keinen Brief mehr bekommen, und alles nur, weil seine Nase manchmal leise pfiff, was den Postmeister störte.

Nun, das alles hinterließ bei Grenville deutliche Spuren.

Die schlechte Laune seiner Mum übertrug sich direkt auf ihn. Ebenso wie die Macht, die sie im Ort hatte. Die Leute wollten Grenville nicht verärgern, aus Angst, damit den Postmeister zu verärgern, und das gab ihm das Gefühl, *unantastbar* zu sein.

Der Schlachter schenkte ihm Würstchen.

Der komische kleine Mann im Supermarkt erlaubte ihm, sich jeden Comic auszusuchen, den er haben wollte.

Madame Couscous schlug ihn kein einziges Mal mit ihrem Stock.

Er durfte seine mexikanische Wrestling-Maske in der Schule tragen, wann immer er wollte.

Und Scratch und Mole machten alles, was er verlangte.

Und genau das war natürlich das Problem. Da Scratch und Mole nun schulfrei hatten, fühlte sich Grenville noch einsamer als je zuvor.

Vielleicht tut er dir deshalb leid.

Lass das! Hört sofort damit auf!

Grenville Bile ist der schlimmste Idiot von ganz Starkley! Trägt sein »Too Cool For School«-T-Shirt spazieren, kippt Mülltonnen um und verdreht Schilder, sodass Leute, die zum

Supermarkt wollen, beim Schwimmbad landen, und Leute, die zum Schwimmbad wollen, in Badehosen vor dem Supermarkt stehen!

Da er nun jedoch kein Gefolge mehr hatte, das ihn ablenken konnte, langweilte sich Grenville.

Bevor die Mädchen abgeholt worden waren, hatten sie ihm noch erzählt, dass Hamish sie geschubst hatte. Sie sagten, sie seien eben noch auf ihn zugerannt, und plötzlich habe er sie von hinten geschubst. Sie hatten keine Ahnung, wie ihm das gelingen konnte. Sie hielten es für Zauberei.

Grenville glaubte nicht an Zauberei. Und er konnte es nicht gutheißen, dass man es seinem Gefolge gegenüber am nötigen Respekt mangeln ließ.

Niemand begegnete Grenville Biles Gefährten respektlos.

Er wusste, dass er Hamish *Smell*erby auf seinen Platz verweisen musste.

9

# Die schreckliche Nachricht

Na gut, ich bin froh, dass wir das hinter uns haben. Dann kommen wir jetzt wieder zu Hamish zurück, okay?

Während der letzten vierundzwanzig Stunden hatte Hamish an seinem Pausen-Survival-Kit (oder PSK, wie er es nannte) gearbeitet.

Momentan verwahrte er alles in einer länglichen Metalldose für Schoko-Trösterchen, die seine Mutter verputzt hatte.

Und darin …

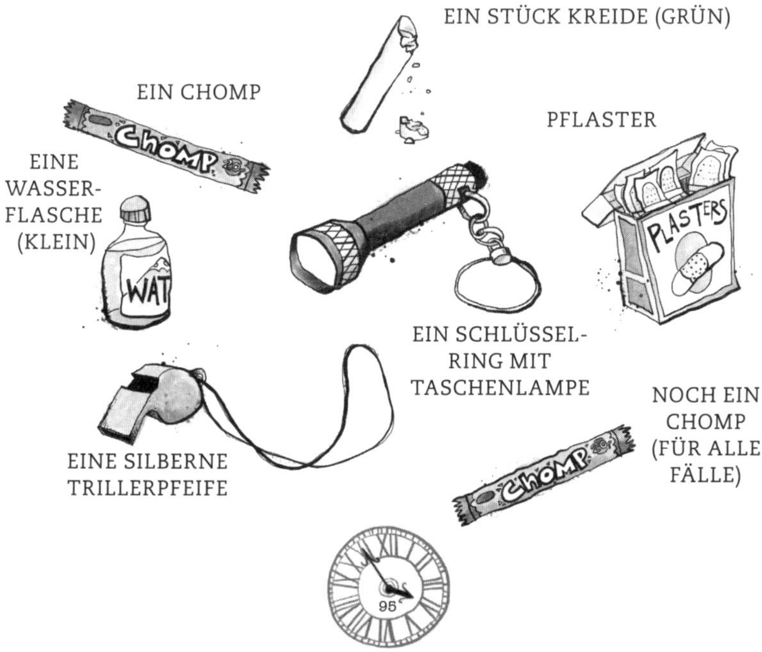

Er hatte beschlossen, sein PSK bis zur nächsten Pause ganz unten in der Schultasche zu verstecken. Und er nahm sich vor, seine Explorer von nun an jeden Tag zu tragen.

Er wusste, dass es wichtig war, bereit zu sein. Aber er wusste auch, dass er nach dem Chaos, das er in der letzten Pause angerichtet hatte, vorsichtig sein musste. Während die Welt stillstand, durfte er nicht allzu viel verändern, weil die Leute sonst Verdacht schöpften. Die ganze Stadt würde anfangen, zu fragen, was eigentlich los war – und Hamish wollte nichts verderben. Irgendetwas Magisches geschah in Starkley, und aus unerfindlichem Grund steckte er mittendrin.

Wäre sein Dad noch da gewesen, hätte er ihm alles über die Pause erzählt. Sein Dad hatte immer Zeit für ihn gehabt. Abendelang hatten sie Boggle gespielt und über seine zahllosen Abenteuer gesprochen. Wenn irgendwer wusste, was es mit dieser Pause auf sich hatte, dann bestimmt sein Dad. Hamish hatte seine Mum und Jimmy gern, aber es ging doch nichts über ein Gespräch mit seinem Vater.

An dem Abend, an dem sein Dad nicht nach Hause gekommen war – es war der Abend des Zweiten Weihnachtstages –, hatte sich Hamish zunächst nichts dabei gedacht. Sein Dad war nur kurz weg, um Knabberkram und Eis zu holen, weil im Fernsehen *Krieg der Sterne* lief und er meinte, das wollte er sich mit seinen Jungs zusammen ansehen. Keiner hatte etwas geahnt, als er eine Stunde später noch nicht wieder da war.

»Wahrscheinlich hat er jemanden getroffen«, sagte Hamishs Mum und nickte.

Doch dann wurden es zwei Stunden.

Und schließlich fing der Film an.

»Guckt ihr nur weiter, meine Küken«, sagte Hamishs Mum und stand auf, um in die Küche zu gehen, wo sie immer und immer wieder Dads Handy anrief.

In jener Nacht war Hamish noch Stunden wach geblieben und hatte seine Stirn ans Fenster gedrückt.

Dads Auto wurde nie gefunden. Er war wie vom Erdboden verschluckt.

Hamish musste an die Polizisten denken, die Scratch und Mole von der Schule abgeholt hatten. Die Polizei war nach dem Zweiten Weihnachtstag auch bei *ihm* zu Hause gewesen, und er erinnerte sich an die endlosen Telefonate, die seine Mum mit allen geführt hatte, die vielleicht irgendetwas wissen konnten. Tagelang war Hamish auf seinem Fahrrad durch Starkley gefahren, hatte sämtliche Seitenstraßen abgesucht und überall in die Fenster geguckt, für alle Fälle.

Seine Mum hatte recht, was Jimmy anging. Er hatte sich an diesem Abend in sich zurückgezogen. Er wollte nicht mehr so oft mit Hamish zusammen sein. Er wollte nicht mehr gegen ihn Xbox spielen. Er wollte auch mit keinem der Weihnachtsgeschenke spielen, die er bekommen hatte. Es schien, als wäre Jimmy über Nacht erwachsen geworden.

Schließlich hatte seine Mum Hamish dazu gebracht, mit einer Psychologin über seine »Gefühle« zu sprechen. Manchmal kamen auch seine Mum und Jimmy mit, obwohl seine Mum jetzt viel mehr arbeiten musste, seit sein Dad nicht mehr da war.

Die Frau hatte gesagt, sie müssten die bewusste Entscheidung treffen, einfach weiterzumachen, ohne zurückzublicken.

Hamish nahm an, dass wohl immer Hoffnung bleiben würde. Das war doch immerhin etwas.

Jedenfalls hatte er jetzt was, mit dem er sich ablenken konnte.

Die Pause.

»Hamish!«, rief seine Mum von unten. »Ich hab noch so viel Papierkram zu erledigen! Könntest du für mich einkaufen gehen?«

HH

Im Supermarkt Kaufrausch kaufte Hamish von dem Fünf-Pfund-Schein, den seine Mum ihm gegeben hatte, eine neue Dose Trösterchen, sechs Eier und einen Blumenkohl. Er nahm sein Wechselgeld, bedankte sich und marschierte auf direktem Weg hinaus, um sich auf sein Rad zu schwingen und nach Hause zu fahren.

Ihm fiel auf, dass Mr. Slackjaw die hübsche blaue Vespa repariert hatte, mit der Hamish neulich herumgefahren war. Der gute Mann hatte sich nicht erklären können, wieso sie plötzlich kaputt gewesen war, doch mittlerweile stand sie wieder topfit und blitzblank draußen vor dem Laden.

Hamish hängte die Plastiktüte mit den Einkäufen an seinen Lenker und wollte gerade losfahren, als …

***»DA IST ER JA***, der kleine *Schrumpfkopf*!«

Grenville Bile zeigte mit dem Finger auf Hamish. Er saß auf seinem schwarzen Fahrrad mit dem tiefen Sattel und dem hohen Lenker.

»Bleib stehen, Smellerby!«

Links und rechts von Grenville saßen zwei Furcht einflößende neue Kumpane auf ihren ramponierten BMX-Rädern. Hamish erkannte sie sofort. Es waren die fiesesten, miesesten Kids von St. Autumnal. Grenville hatte sich sein neues Gefolge an einer anderen Schule gesucht!

Einer der beiden hieß Lurgie Ting. Er war mächtig groß. Angeblich ließ man ihn jetzt schon in Discos rein, obwohl er erst elf war. Er trug Lederhandschuhe, weil er meinte, dass er damit gefährlicher aussah.

Recht hatte er.

Den anderen kannte Hamish auch. Der Typ hieß Roger Flemm und bestand zu achtundneunzig Prozent aus Schnodder. Er war wie eine Schnecke, die überall eine Schleimspur hinter sich herzog. Rogers Ärmel knarrten und knackten von all dem Rotz, den er sich tagein, tagaus von der Nase wischte. Es war absolut widerlich, genau wie er.

Aber was wollte Grenville Bile jetzt von Hamish?

Hamish kam zu dem Schluss, dass er es gar nicht wissen wollte. Er ließ die Bremsen los, schwang sein Rad herum und strampelte los!

Doch Grenville wollte ihn nicht entkommen lassen … niemals!

**»SCHNAPPT IHN!«**, schrie er, und als Hamish sich umdrehte, sah er, dass Grenville schon auf ihn zugedonnert kam und mit seinen dicken Beinen fest in die Pedale trat. Der Fettsack trug sogar seine grüne Wrestling-Maske, was er nur im Ernstfall tat, weil er meinte, dass er damit aussah wie sein mexikanischer Lieblings-Wrestler – *El Gamba!*

»Teilt euch auf!«, schrie Grenville Roger und Lurgie zu. »Schneidet ihm nach der Kurve den Weg ab!«

Lurgie Ting fuhr in die eine Richtung, Roger Flemm in die andere. Doch Grenville blieb Hamish dicht auf den Fersen.

Langsam wurde es brenzlig. Was hatten sie mit ihm vor? Vielleicht konnte er es bis zu Robins Haus schaffen. Aber Robin kriegte bestimmt einen Herzinfarkt, wenn er sah, dass Hamish mit Grenville Bile im Nacken auf ihn zugerast kam. Was war mit Jimmy? Jimmy könnte ihn retten! Dafür waren große Brüder schließlich da, oder?

Moment! Felicity Gobb wohnte gleich um die Ecke. Vielleicht war Jimmy ja dort!

Doch als Hamish eben in die Aubergine Lane einbiegen wollte …

**»HAB DICH!«**, rief Lurgie, als er aus heiterem Himmel plötzlich vor ihm stand und die Straße versperrte.

Hamish konnte nicht umkehren – er musste weiter! Hey! Er könnte doch stattdessen da vorne rechts einbiegen …

**»BLEIB STEHEN!«**, krähte Roger, als er um die Ecke geschlittert kam, wobei ihm ein langer Schnodderfaden aus der Nase flatterte.

*Urks!*

Hamish fuhr weiter geradeaus, während Grenville hinter ihm keuchte und schnaufte, ohne jedoch langsamer zu werden.

Hamish brauchte einen Plan!

Wenn er es zur High Street schaffen könnte, wo Leute waren, dann würde Grenville ihn vielleicht in Ruhe lassen.

Also bog Hamish rechts in die Elderberry Avenue ein …

Hastig warf er einen Blick über seine Schulter … alle drei holten auf …

Nur noch ein Stück … nur noch ein kleines Stück …

Um die nächste Ecke!

Die Gasse entlang!

Über die Straße!

Und dann …

**UUUFFFF!**

**KLONG!**

**AUTSCH!**

Fast wäre Hamish frontal in jemanden reingefahren, direkt an der Ecke vom Rathausplatz.

Schlenkernd ging er zu Boden, schürfte sich die Knie auf und taumelte weiter, bis er mit Wucht gegen einen Zaun knallte. Mit lautem Scheppern fiel sein Fahrrad hin. Sämtliche Einkäufe flogen durch die Gegend.

»Alles okay bei dir?«

Hamish blickte auf und sah ein Mädchen in seinem Alter. Sie trug blaue Militärhosen und einen blauen Armeepulli. Um die Schultern hing eine Tasche mit den Buchstaben »PPP« und einem kleinen Button daran. Außerdem hatte sie eine blaue Strähne in ihren ansonsten pechschwarzen Haaren.

»Geht schon«, sagte Hamish, während er sich hektisch umsah. Er wusste nicht, wohin er fliehen sollte, und jeden Moment wäre Grenville da. »Tut mir leid, ich bin …«

***»HA! HAHAHAHAHA!«***

Das Lachen klang laut und ~~melaziös~~ böse.

Grenville hatte ihn eingeholt und ließ sein Fahrrad einfach auf die Straße fallen. Seine Kumpane taten es ihm nach. Alle drei knackten drohend mit den Fingern.

Sie hatten Hamish genau da, wo sie ihn haben wollten: mit dem Rücken zur Wand und weit weg von neugierigen Erwachsenen, Wichtigtuern oder Petzen, die sie daran hindern konnten, ihr mieses Treiben in die Tat umzusetzen.

Grenville schlenderte heran, noch immer mit seiner El-Gamba-Maske vor dem Gesicht. Offenbar war er der Meinung, dass er damit ziemlich cool aussah.

Lurgie und Roger nahmen ihn in die Mitte und schienen immer größer zu werden.

»Steh auf …«, knurrte Grenville und stemmte die Fäuste in die Hüften. »Steh sofort auf …«

»Entschuldige mal«, unterbrach ihn das Mädchen. »Wieso trägst du eine Maske?«

»Was?«, knurrte Grenville, der sich in diesem Moment nicht gern unterbrechen ließ.

»Von wegen der Dramatik?«, fragte sie. »Denn eigentlich sieht das total bescheuert aus.«

Roger und Lurgie waren empört.

Wer war dieses Mädchen? So redete man doch nicht mit Grenville!

»Dann will ich dich darüber aufklären, dass es sich um eine mexikanische Wrestling-Maske handelt«, sagte Grenville geduldig. »Genau so eine trägt auch … *El Gamba*!«

Er warf ihr einen vielsagenden Blick zu. Das Mädchen rümpfte die Nase.

»Mein Cousin wohnt in Spanien«, sagte sie. »Heißt ›El Gamba‹ nicht … die Krabbe?«

»Was? Nein!«

»Doch, tut es wohl«, sagte das Mädchen. »›El Gamba‹ heißt ›Die Krabbe‹. Was soll das denn für ein Name sein? ›Die Krabbe‹ ist ja wohl der unbeeindruckendste Name aller Zeiten.«

»Nein, ist er nicht«, sagte Grenville, dem hier langsam die Felle wegzuschwimmen drohten. »Halt die Klappe.«

»Oh, nein, ich muss die *Krabbe* halten!«, rief sie sarkastisch. »Das habe ich schon *krapiert* und tue lieber, was du sagst. Ich will mir ja keine leichte bis mittelschwere Lebensmittelvergiftung einfangen oder so was.«

Roger lachte. Lurgie schubste ihn, damit er aufhörte, und musste sich danach die Hand abwischen.

»Hör zu, ich bin beschäftigt«, sagte Grenville.

»Entschuldige«, sagte das Mädchen. »Da kriege ich vor Scham *krebsrote* Ohren.«

Roger lachte schon wieder, und selbst Lurgie musste zugeben, dass das ein ganz guter Spruch war. *Wer ist dieses Mädchen?*, fragte sich Hamish.

»Nun zu dir, Ellerby«, bellte Grenville barsch. »Du musst bestraft werden für das, was du meiner Gang angetan hast.«

»Ich habe deinen Freunden überhaupt nichts angetan«, sagte Hamish, der sich etwas mutiger fühlte, weil er das Mädchen in seiner Nähe wusste. »Ehrlich. Die beiden sind einfach auf mich zugestürmt und haben sich verschätzt.«

»Scratch und Mole sagen, du hast sie vor der ganzen Schule dumm dastehen lassen«, sagte Grenville. »Und so leid es mir tut – ich fürchte, dafür wirst du bezahlen müssen.«

Inzwischen standen die drei Typen ganz nah vor dem armen Hamish. Er holte tief Luft, um sich für alles bereit zu machen, was die drei mit ihm vorhaben mochten. Plötzlich griff Grenville sich Hamishs Hand, hob sie auf Augenhöhe und sagte: »Na, *das* ist ja mal eine hübsche Uhr.«

»Sie gehört meinem Dad«, sagte Hamish. »Beziehungsweise gehörte. Bitte, Grenville …«

»Na, wenn sie deinem Dad gehört hat, kann er sie jetzt ja wohl nicht mehr brauchen, was?«

Panik stieg in Hamish auf. Er wollte sich wehren. Er spürte, wie sich ihm die Brust vor Wut zusammenzog. Es war so was von unfair. Und sie wollten ihm das Einzige nehmen, was ihm etwas bedeutete.

Aber sie waren zu dritt. Und sie waren viel größer als er.

»Ich glaub, die borg ich mir mal aus«, sagte Grenville, zog die Uhr von Hamishs Handgelenk und warf sie lässig Roger zu. »Für eine schicke neue Uhr hab ich immer Verwendung.«

»Lass ihn in Frieden«, sagte das Mädchen. »Du bist nichts als ein maskierter Rüpel. Das Einzige, was du mit einer Krabbe gemein hast, ist die Größe deines Gehirns.«

*Oh, mach es nicht noch schlimmer*, dachte Hamish.

»Ich wette, du hast in deinem ganzen Leben noch niemandem eine reingehauen«, sagte sie. »Ich wette, du würdest dir bloß wehtun!«

Was machte dieses Mädchen? Wieso provozierte sie Grenville noch zusätzlich?

»Ach, ja?«, grinste Grenville. »Tja, Hamish, mach dich bereit, es rauszufinden …«

Und als der fiese, kleine Schläger seine wurstfingrige Faust ballte, um genau das zu tun … als Hamish eben das fremde Mädchen verfluchte und mit einem mulmigen Gefühl die Augen schloss …

Ein heller …

… greller …

**BLITZ!**

Hamish sah sich um.

Mit hoch erhobener Faust stand Grenville da. Roger wollte sich gerade die Nase abwischen. Lurgie hatte die Hände an den Hüften. Das Mädchen mit der blauen Strähne behielt alles im Blick.

Hamish musste lachen, aus purer Erleichterung!

Zum *zweiten* Mal schon hatte ihn die Pause gerettet!

*Oh, danke! Danke!*

Jetzt konnte er machen, was er wollte. Er konnte Grenville in die Nase kneifen, wenn ihm danach zumute war. Er konnte Lurgie vors Schienbein treten. Er konnte alles vertauschen, was Roger in den Hosentaschen hatte, damit der nicht mehr wusste, wo was war. Er konnte seine Hosen runterlassen und ihnen seinen Hintern zeigen, wenn er wollte.

Hamish hatte die Macht.

Hamish hatte die Kontrolle.

Hamish war die größte Kraft im Universum!

Doch womit Hamish nicht gerechnet hatte, war Folgendes:

Das grässlichste, fürchterlichste, beängstigendste Geräusch …

Ein Geräusch, das so grässlich, fürchterlich, beängstigend war, dass es sich unmöglich beschreiben lässt.

Nur dass es grässlich war.

Und fürchterlich.

Und einem Angst machen konnte.

Eine Art

**FUAAAAAAAAAAAAR!**

So was wie

**PFFUAAAAAEEEEEEEAAR!**

Mehr oder weniger

**PFFFFFFFFFUAAAAEEEEEEEEAAAR!**

So klangen Angst und Schmerz. Albträume. Die Hoffnung, die kreischend in einem Gully versank.

Der Lärm war überall, fast greifbar. Er ging Hamish durch Mark und Bein, dass ihm die Zähne klingelten. Scharf und stachelig war er und unerträglich laut.

Hamish hielt sich die Ohren zu, doch es hatte keinen Zweck. Der Lärm war stärker.

Bei einem Blick in die Runde sah er, dass der Himmel sich verfinsterte – wie war das möglich, wenn die Welt stillstand? Das war in den anderen Pausen nie passiert. Plötzlich war es gar nicht mehr so toll, der Einzige zu sein, der herumlaufen konnte. Er wollte Fragen stellen, mit anderen darüber reden … da hörte er noch etwas anderes.

Ein Donnern.

Bedrohliches Hufgeklapper.

Von Hunderten Hufen.

Ein Schnaufen, das immer lauter wurde.

Das Grollen einer großen Herde, die immer näher kam!

Hamish hatte Angst. Er wollte wegrennen. Sich verstecken. Irgendwo reingehen, egal wo. Mehr als alles andere auf der Welt wäre er jetzt am liebsten zu Hause gewesen. Bei seiner Mum. Bei seinem Dad.

Was war das? Was kam da?

Es waren Fragen, auf die Hamish – wie er bald feststellen musste – lieber *doch* keine Antwort bekommen hätte.

Denn die Wahrheit war um einiges schlimmer als alles, was er sich vorstellen konnte.

10

# Die grausame Wahrheit

Als sie um die Ecke bogen, erstarrte Hamish zur Salzsäule.

Nicht, weil er sich unauffällig unter die anderen Erstarrten mischen wollte.

Sondern weil ihm das, was er sah, das Blut in den Adern gefrieren ließ.

Diese Wesen, diese *Gestalten*, waren überall.

Starkley wurde überrannt.

Manche ritten auf Pferden … aber Moment mal, nein … nicht auf Pferden. Diese Pferde hatten *Schuppen*. Sie waren schwarz wie die Nacht, und auch der Atem, der aus ihren Nüstern dampfte, war kohlrabenschwarz.

Andere liefen auf ihren stacheligen Füßen, die über das Pflaster klickediklackten, und ihre knochigen Finger zitterten wie Spinnenbeine.

Die grässlichen Wesen waren in Kutten gehüllt, und als Hamish erkennen konnte, wie sie darunter aussahen, wurde ihm ganz flau …

Bleiche Gesichter, Glupschaugen, zwei winzige Löcher als Nase …

Manche hatten monströse Hauer, kleine schwarze Augen und Mäuler, die ihren halben Kopf aufzuklappen schienen …

Und die Zähne! Noch nie hatte Hamish so viele furchterregende Zähne gesehen.

Er wich ein Stück zurück, als er merkte, dass sie auf ihn zukamen. Sie waren *überall!*

*Lass das!*, dachte Hamish. *Rühr dich nicht von der Stelle! Bleib einfach stehen! Sonst schnappen sie dich! Oder sie fressen dich! Oder sie machen sonst was mit dir!*

Neben Grenville und dem Mädchen stellte er sich in Positur. Er spürte den Drang, einen Kreidekreis um seine Füße zu ziehen, doch dafür war keine Zeit!

Diese Biester kamen näher … Was war das? Sie stupsten und piksten die armen Leute von Starkley, die sich während der Pause nicht rühren konnten. Die Kreaturen schleimten umher, das Grollen wurde lauter … sie verwuschelten Haare und schoben ihre langen, feuchten Finger in Taschen, holten Portemonnaies und Taschentücher und Münzen hervor …

Manche von ihnen kicherten, wenn sie an Fassaden hochkletterten oder Blumenkästen umkippten … oder mit ihren scharfen gelben Krallen das eine oder andere Fenster zerbrachen, wenn sie wissen wollten, was da dahinter war … während die geschuppten Pferde mit ihren langen roten Echsenzungen züngelten und wild den Hufen klapperten.

Es herrschte Chaos. Starkley war das reine Chaos.

**FUAAAAAAAAAAAAAAAAR!**

Wieder dieses Geräusch. Diesmal noch lauter und noch greller. Hamish verzog das Gesicht, bis der Lärm verklungen war, und seine Augen wurden immer größer, als vor ihm …

*… das gigantischste, absurdeste Wesen auftauchte, das er je gesehen hatte.*

Es war nicht weniger als vier Meter hoch und trug einen Zylinderhut, mit dem es noch größer wirkte. Hatte dieses Untier hier das Sagen? Es sah aus wie ein Oger! Oder ein Warlock! Eine Kreuzung zwischen einer Hexe und einem Zirkusdirektor! Dagegen war die Bohnenstange Mr. Ramsface nicht mehr als ein Dreikäsehoch!

Die kleineren Bestien huschten davon, als der Riese erschien, wie Fische, die vor einem Hai flüchteten. Sie duckten sich vor ihm. Er war ein Koloss mit riesigen Füßen, groß wie Hunde. Hölzerne Schuhe, die splitterten und knarrten. Knie wie Medizinbälle, Oberschenkel wie Baumstämme, zwei gewaltige graue Arme und dieser schwarze Zylinderhut …

Und da … ach je! Unter ihm kroch schwarzer Nebel in den Ort, wie ein Teppich zu seinen Füßen …

Am liebsten hätte sich Hamish übergeben. Im Ernst. Ihm war kotzübel. Er war bereit, sich sein Mittagessen noch mal durch den Kopf gehen zu lassen. Er stand kurz davor, den Bürgersteig zu düngen.

Und dabei hatte er den *Gestank* noch gar nicht bemerkt …

Dieser Geruch war das Gegenteil von allem, was man jemals riechen wollte. Der Gestank war förmlich greifbar –

fett und bitter und übermächtig. Wie Essig und Fisch. Wie Schwefel und faule Eier. Fast konnte man ihn sehen. Unweigerlich verzog man das Gesicht und schob die Augenbrauen zusammen. Dieser Gestank war ungeheuerlich. Dermaßen ungeheuerlich, dass man damit ein weißes Kätzchen hätte braun färben können.

In der Pranke hielt das gigantische Untier eine Art gebogenes Muschelhorn, das sich zu bewegen und zu wachsen schien … fast konnte man meinen, es sei lebendig …

Und wieder blies das Untier hinein –

**FUAAAAAAAAAAAAAAAR!**

Die anderen Biester hielten inne.

Grimmig starrte das Untier sie an.

Dann blickte es zur Turmuhr auf.

»**BEGINNT!**«, brüllte es, dass sich die Bäume bogen.

Hamish spürte, wie ihn dicke Speicheltropfen trafen, die

aus dem Maul des Monstrums regneten und auf das Pflaster prasselten. Es war, als duschte man in einem Saft aus Kohl und Mixed Pickles. Fast sehnte er sich schon nach Mr. Longblather.

*Welt! Bitte dreh dich weiter!*, dachte Hamish. Bitte, *Welt, dreh dich weiter!*

Im nächsten Moment erklang ein freudiges Geheul von den Biestern, das Hamish erzittern ließ.

*Hör auf zu schlottern!*, dachte er. *Nicht bewegen!*

Am liebsten hätte er die Augen zugemacht, aber sie brannten vom Gestank, und er fürchtete, wenn er sie schloss, würde sich womöglich eine Träne lösen. Und dann wäre es aus mit ihm.

Die Bestien besetzten Starkley, brachen Türen auf, stiegen in die Gullys …

Vom Rand des Platzes aus sah Hamish ihnen zu. Er konnte sich nicht umdrehen und wegrennen, denn dann wüssten sie Bescheid. Sie würden ihn sich schnappen! Und ihn fressen! Ihm blieb nur, voller Entsetzen mitanzusehen, wie die Bestien von Dächern sprangen, auf den Schultern der Leute landeten, unter ihre Kleider krochen, an ihren Achseln schnüffelten.

Zwei von ihnen rissen an Mr. Slackjaws Jacke herum!

Zwei andere kullerten die erstarrte Astrid Carruthers wie einen Ball hin und her!

Und da fiel ihm etwas auf …

Das Mädchen ihm gegenüber – *sie sah ihn an*. Sie hatte sich keinen Zentimeter bewegt, aber sie sah ihn an. Vorher hatte sie ihn nicht angesehen – wie kam es, dass sie ihn jetzt ansah?

»**FINDET EINEN!**«, brüllte das Monstrum, das einen derart gewaltigen Schnurrbart hatte, dass dieser ebenso gut ein nasses Stinktier hätte sein können. Seine Finger waren wie dicke Würste, die vor Fett trieften.

Was sollte das heißen – *Findet einen*? Findet einen *was*?

Dann …

Schnüffel, schnüffel.

*Schnüffel, schnüffel, schnüffel.*

Oh, nein.

Eines der Viecher war ganz nah.

Es schlich sich an Hamish und seine Gruppe heran. Er konnte das grässliche Maul und die blasse, schreckliche Fratze sehen, die näher und immer näher kam.

Instinktiv sah Hamish zu dem Mädchen hinüber, doch sie hatte ihren Blick inzwischen wieder abgewandt.

Zu der Bestie gesellten sich zwei weitere, die an Hamishs Füßen schnüffelten und grunzten und mit ihren Hauern über den Boden scharrten. Langsam streckten sie ihre Beine wie Grillen und reckten sich, bis sie hoch über ihm aufragten. Hamish stand in ihrem Schatten und erstickte seinen Drang zu wimmern. Er versuchte, unauffällig zu atmen. Leise holte er durch die Nase Luft und hielt sie an.

Die Biester konnten offenbar nicht sprechen. Sie staksten

um die Kinder herum und kamen immer wieder ganz nah heran, um in ein Auge oder ein Ohr zu starren.

Ä-bäh! Ihr Atem roch nach Gammelfleisch! Sie schmatzten und schnaubten heiß und säuerlich …

Im nächsten Augenblick … **BATSCH!**

Eines der Biester hatte Grenville einen ordentlichen Klaps auf den Hintern gegeben.

Alle lachten und zeigten auf ihn, weil er so schwabbelte.

Grenville rührte sich nicht.

Ein anderes Biest wollte auch mal.

**BATSCH!**

Holla! Das war heftig! Und wieder lachten alle.

***IHI-IHI-IHI-IHI!***

Dann deuteten sie auf Grenvilles Wrestling-Maske und schütteten sich auch darüber aus.

Ein anderes Biest trat ganz nah vor Rogers Gesicht.

Es sah die Spuren von Schnodder, der aus seinen Nasenlöchern hing wie zwei hellgrüne Wasserfälle.

Es gab einen anerkennenden Laut von sich.

Und dann klatschte von irgendwo aus diesem schauderhaften Schädel die größte warzenbesetzte Zunge hervor, die man sich nur vorstellen konnte …

*Nein!*, dachte Hamish. *Alles, nur das nicht!*

Und entsetzt musste er mit ansehen, wie das Biest ganz langsam und genüsslich einmal voll über das rotztriefende Gesicht des schmuddeligen Jungen schleckte.

Hamish konnte es nicht fassen. Nichts davon. Er hätte mit keinem von beiden tauschen wollen. Er sah, wie die borstige Zunge sich einen Weg bis ganz nach oben auf Rogers Kopf bahnte, wo sie seine Haare vollsabberte und ihm eine Tolle verpasste.

**EUAAAAAAAAAAAR!**

Das Untier stampfte davon, mit seinem Muschelhorn in der Hand, und schon im nächsten Augenblick hüpften die Biester davon … War es vorbei? Immer mehr von ihnen kamen aus Eingängen und Garagen gekrochen oder glitten an Häusern herab. Auch diejenigen, die Hamish am nächsten waren, wichen zurück und hielten nur kurz an, um eine erstarrte Katze abzulecken, bevor sie verschwanden.

Der Himmel lichtete sich, die Welt wurde heller …

Und es gab einen kleinen, aber bedeutsamen

**BLITZ!**

»Dem Himmel sei Dank!«, sagte Hamish laut. »Oh, dem Himmel sei Dank!«

Grenville starrte ihn an, die Faust noch immer geballt.

»Ich muss schon sagen, Hamish«, knurrte er. »Das ist eine

sehr seltsame Reaktion, wenn man bedenkt, dass du gleich eine reingesemmelt kriegst.«

»Hahaha!«, lachte Hamish vor Erleichterung. »Hahahahaha!«

Grenville zuckte mit den Schultern und semmelte ihm eine rein.

Als Hamish – immer noch lächelnd – wieder aufstand, sah er, dass die Jungen sich verdrückten. Grenville humpelte, wusste aber offenbar nicht, wieso. Kopfschüttelnd fasste er sich immer wieder an seinen Hintern.

Wie lange hatte die Pause gedauert?

Da traf es Hamish wie ein Schlag. Die Explorer! Grenville hatte immer noch Hamishs Explorer.

Jenseits der Jungen entdeckte er das Mädchen mit der blauen Strähne in den Haaren. Offenbar war sie nach der Pause sofort weggelaufen, und während sie sich eilig entfernte, stopfte sie etwas in ihre Tasche.

Hamish sah dorthin, wo sie gestanden hatte.

Mit Kreide waren da zwei kleine Füße aufgemalt. *Ihre* Füße.

Sie hatte seinen Blick tatsächlich erwidert!

Da wusste Hamish, dass er nicht allein war. Genau wie er konnte sich das Mädchen in der Pause bewegen.

Allerdings wusste er nun auch, dass er schwerwiegendere Probleme als Grenville hatte.

Und die hatten scharfe Zähne.

11

# Abenddämmerung

An diesem Abend hatte Hamish verständlicherweise Angst einzuschlafen.

Im Laufe eines Starkley-Nachmittags war die Welt, die eben noch faszinierend schien, unheimlich geworden.

Ständig musste Hamish an diese Bestien denken. Was waren die? Was wollten die hier?

Er hatte Jimmy angefleht, mit in seinem Zimmer schlafen zu dürfen, aber Jimmy hatte schlechte Laune. Felicity antwortete weder auf seine Skype-Anfragen noch auf seine SMS, also teilte er Hamish mit, er wolle sich darauf konzentrieren, zur Dämmerstunde ein wenig düstere Lyrik zu verfassen?

Robin war vorbeigekommen, und Hamish hatte all seinen Mut zusammennehmen wollen, um ihm von diesen grauenvollen Ungeheuern zu erzählen. Doch dann schrie Robin auf, weil er meinte, einen Einbrecher gesehen zu haben, der sich dann als sein eigenes Spiegelbild entpuppte. Er erklärte Hamish, er wolle lieber nach Hause gehen und sich ein wenig hinlegen, besonders da es in zwei Stunden bereits dämmern würde.

Schließlich hatte Hamish versucht, mit seiner Mum darüber zu sprechen. Sie ging jedoch derart in Arbeit unter, dass ihn schon bald der Mut verließ. Ratlos saß sie vor einer roten Grafik auf ihrem Notebook und stöhnte: »Ach je, und jetzt?« Wie sprach man jemanden auf das Thema kolossale, kalkgesichtige Monster an, die sich in der ganzen Stadt ausbreiteten, wenn dieser Jemand in absurden Beschwerdebriefen versank, in denen es um gestiegene Ananaspreise ging oder um gesprungene Fensterscheiben oder um verletzte Gefühle, weil sich jemand von einem Hund abschätzig gemustert fühlte.

Das Schlimmste aber war Folgendes:

Seit er im Bett lag, wusste Hamish, dass es *eine* Sache war, wenn die Welt tagsüber stehen blieb. Man merkt gleich, wenn es passiert. Zuallererst fällt einem die Stille auf, als hätte jemand den Fernseher ausgemacht. Und außerdem ist es tagsüber hell, sodass man alles sehen kann. Man sieht die Autoabgase, die an den Auspuffrohren gefrieren. Man sieht, wie Autos mitten auf der Straße halten, während sie dabei sind, nach links oder rechts abzubiegen, wobei ihr gelber Blinker nicht mehr blinkt – er leuchtet nur. Man sieht Leute draußen vor stillen Cafés plaudern, die nicht merken, dass ihr Gespräch stockt, und die Gedanken, die sie tauschen, zwischen ihnen in der Luft hängen. Man sieht den Hund am Baum, das Bein hoch erhoben, weil er zu etwas ansetzt, was das längste Geschäft seines Lebens werden wird.

Kurz gesagt – wenn die Welt tagsüber stehen bleibt, ist es möglich, einiges wahrzunehmen.

Aber nachts?

Also, nachts ist man auf sich gestellt.

In seinem Zimmer.

Ganz allein.

Im *Dunkeln*.

Wer konnte schon sagen, was da draußen vor sich ging?

Wer konnte schon sagen, was da draußen *los war*? Genau das machte Hamish Angst, während er so dalag und sich die Decke bis unter die Nase zog. Er hielt die Luft an und lauschte auf alles, was ihm Gewissheit gab, dass sich die Welt noch drehte und er in Sicherheit war.

Doch alles blieb ruhig. Nicht mal seine Mum konnte er hören, weder beim Abwasch noch vor dem Fernseher, weil sie schon vor einer halben Ewigkeit zu Bett gegangen war.

Hamish fühlte sich schrecklich allein. Machte die Welt eine Pause? Kamen die Untiere zurück?

Irgendwann hörte er in der Ferne endlich einen Hund bellen.

Hamish entspannte sich, schlief ein und hatte einen Traum …

*Es war im Musikunterricht in der Schule.*

*Eigentlich war alles wie immer, bis Hamish auffiel, dass einer Tuba Beine gewachsen waren und sie zu tanzen anfing. Niemand schien es sonderbar zu finden. Nur Hamish konnte die tan-*

*zende Tuba sehen, und er wusste nicht, ob er jemandem davon erzählen sollte.*

*Die tanzende Tuba (die offenbar Pablo hieß) machte einen langen Hals und nickte mit dem dicken Ende zum Fenster.*

*Da saß eine Amsel.*

*Dann flogen Hamish und die Amsel in den Himmel über Starkley auf, durch eine Wolke nach der anderen. Hamish sah die kleine Stadt wie kein anderes Kind sie je gesehen hatte. Die Amsel zeigte ihm den Weg nach Hause.*

*Sie landeten vor seinem Fenster, und Hamish kletterte hinein. Da fiel ihm auf, dass er jetzt seinen Pyjama trug. Er stieg ins Bett und zog die Decke bis ans Kinn.*

*Und als er eben wegdriftete, gab es einen*

**BLITZ!**

*aus Licht. Er schlug die Augen auf, sein Herz fing an zu rasen, und dann …*

**BLITZ!**

*… tauchte an seinem Fenster eine Silhouette auf.*

*Dad? War das sein Dad?*

*Doch ein letzter, langsamer …*

**BLITZ!**

*… zeigte Hamish die grausame Wahrheit.*

*Da stand ein Monster vor seinem Fenster. Stand einfach nur da, im Mondlicht, und glotzte herein. Er konnte sehen, wie der Atem von seiner Nase aufstieg. Er konnte die spitzen Zähne sehen.*

*Hamish rührte sich nicht.*

*Er wusste, dass es ihn holen wollte.*

»Hast du gut geschlafen, mein Küken?«, fragte seine Mum beim Frühstück.

Sie machte sich bereit für die Arbeit. Montage waren besonders schwierig. In letzter Zeit waren allerdings alle Tage anstrengend. Eine Flut von Beschwerden kam herein. Mr. Slackjaw war inzwischen sicherer als je zuvor, dass irgendwas mit seinen Rollern nicht stimmte. Der alte Mr. Neate hatte seinen dreihundertsten Wutbrief geschrieben, weil die Turmuhr nie richtig ging. Das Einzige, worüber sich die Leute nicht beklagten, war ein Mangel an Beklagenswertem.

Allerdings war Hamishs Mutter der Meinung, auch das sei nur eine Frage der Zeit.

Hamish trug noch immer seinen »H«-Pyjama. Er war ziemlich verschlafen. Aber inzwischen fürchtete er sich nicht mehr wegen seines Traumes. Vielmehr war er fasziniert von Pablo, der tanzenden Tuba. Falls Träume etwas zu bedeuten hatten – was mochten wohl hüftschwingende spanische Blasinstrumente bedeuten? Am Ende kam Hamish zu dem Schluss, dass sie vermutlich gar nichts zu bedeuten hatten.

Eines jedoch war Hamish in der letzten Nacht klar geworden – dass er nämlich nicht allein bleiben wollte. Nicht während der nächsten Pause – auf gar keinen Fall.

Und es gab nur einen einzigen Menschen, der das konnte, was er konnte.

Er musste das Mädchen mit der blauen Strähne finden.

12

# Irgendwas fehlt!

Als Hamish an diesem Tag auf den Schulhof kam, fiel ihm zuallererst der Lärm auf.

Eine große Gruppe von Kindern johlte und schlug die Fäuste in die Luft.

»Mach schon!«, rief einer von ihnen.

»Gib's ihm!«, rief ein anderer.

»Jippieh!«

Hamish konnte nur ihre Rücken sehen, aber er wusste genau, was vor sich ging.

Da gab es eine Schlägerei.

Schlägereien kamen an der Winterbourne eher selten vor. Das Motto der Schule lautete:

KOMMT
SCHON,
LEUTE,
BERUHIGT
EUCH

Hin und wieder jedoch kam es zu einem Streit, der sich zu etwas Aggressiverem auswuchs. Hamish überlegte, wer sich da streiten mochte, und kam zu dem Schluss, dass wohl wie üblich Grenville dabei war.

Doch dann sah er Grenville etwas abseits stehen, mit offenem Mund. Er trug die Explorer am Arm.

**»SCHLEIMER!«**

Hamish runzelte die Stirn und wandte sich wieder der Menge zu. Er kannte diese Stimme.

»HALT STILL, DU ALTE ZIEGE!«

Das konnte doch nicht sein …

**»SPEICHELLECKER!«**, rief die andere Stimme. **»RUNTER VON MIR!«**

Hamish schob sich durch die Menge, um näher heranzukommen … und musste ein-, zweimal blinzeln, um sicherzugehen, dass er das, was er sah, auch wirklich sah.

**»ICH ZERDRÜCK DICH WIE ’NE WALNUSS, MARGOT FUSSBUNDLER!«**, brüllte Mr. Longblather mit hochrotem Kopf und gepresster Stimme.

»AUS DIR MACH ICH STAMPFKARTOFFELN, EVER LONGBLATHER!«, brüllte Frau Fussbundler, die im Schneidersitz am Boden hockte. Sie hielt Mr. Longblather im Schwitzkasten und schnippte ihm mit langen Fingern ans Ohr.

»Was ist hier denn los?«, fragte Hamish, als er vorn in der ersten Reihe Robin fand.

»Die beiden sind einfach durchgedreht!«, antwortete sein Freund. »Frau Fussbundler hat Mr. Longblathers braunen Lieblingsbecher benutzt, und da ist er direkt zu ihr hin und hat ihr gedroht, sie nachsitzen zu lassen.«

»Was?«

»Also hat sie ihm den Kaffee über die Schuhe gegossen!«

»Seine *Schuhe*?«

»Seine Lieblingsschuhe! Da hat er kurzerhand seine Trillerpfeife rausgeholt und direkt vor ihrem Gesicht reingepustet! Und darauf hat sie dann ihren Filzstift rausgeholt und ihm einen Arsch auf die Stirn gemalt!«

»Sie hat *was*?«

»Dann hat er sie in die Nase gekniffen. Und sie hat ihm ans Ohr geschnippt. Und bevor noch jemand überhaupt wusste, was los war, lagen die beiden schon am Boden und sind rumgerollt wie im Kindergarten.«

»ICH VERPACK DICH ALS WEIHNACHTSPAKET UND SCHICK DICH NACH BELGIEN!«, schrie Frau Fussbundler.

**»ACH JA?«**, erwiderte Mr. Longblather, den bisher noch nie jemand so interessant gefunden hatte wie jetzt. **»NA, DANN ZIEH ICH DIR EBEN DIE OHREN LANG, BIS DU DAMIT AUS EIGENER KRAFT HINSEGELN KANNST!«**

Und während sie sich noch etwas länger auf dem Boden herumwälzten, standen die Kinder nur da und beobachteten sie dabei.

Das Ganze war so faszinierend, dass kaum einem der blaue Minivan auffiel, der hinter ihnen hielt.

»Guck mal«, flüsterte Robin, als die Seitentür des Minivans aufging. »Guck mal, wer *da* ist!«

Aus dem Wagen stiegen Scratch Tuft und Mole Stunk.

Verloren und verängstigt sahen sie aus, ganz und gar nicht wie die kleinen Biester, die Hamish vor ein paar Tagen bedroht hatten. Jeder Hauch von Bedrohlichkeit und Rebellion war verflogen. Sie sahen aus, als würden sie sich … *benehmen*.

Schleppend trotteten die beiden Mädchen in die Schule, mit hängenden Köpfen und zugeknöpften Jacken.

Drinnen im Minivan konnte Hamish beide Elternpaare sehen. Sie waren also wieder da. Wo waren sie gewesen?

**»UND WAGT ES JA NICHT, EUCH DANEBENZUBENEHMEN, IHR KLEINEN POLTERGEISTER!«**, rief Moles Dad aus dem Schiebedach. **»SONST NEHME ICH EUCH DAS SPIELZEUG WEG UND VERKAUF ES EUREN FREUNDEN!«**

Alle vier Eltern im Minivan fingen an zu lachen und klopften sich gegenseitig auf die Schultern. Ihr Gelächter hing noch in der Luft, als der Wagen schon davongerast war.

Hamish und Robin sahen sich an. Jetzt waren sie sicher.

Mit den Erwachsenen stimmte definitiv irgendwas nicht.

**»OKAY. ICH WILL ABSOLUTE RUHE!«**

Mr. Longblather hielt sich einen kleinen Wattebausch an die Nase, während er ins Klassenbuch schrieb. Er hatte leichtes Nasenbluten.

Zwei Kinder mussten jetzt schon nachsitzen, weil sie sich nicht verbeugt hatten, als sie den Klassenraum betraten.

»Wir wussten ja nicht, dass wir uns verbeugen müssen!«, hielten sie dagegen.

»Tja, dann wisst ihr es eben jetzt!«, sagte Mr. Longblather. »Und für eure Widerworte werdet ihr morgen gleich noch mal nachsitzen!«

Ihr Lehrer führte sich auf, als wäre er schrecklich genervt von der Welt. Er hatte Astrid Carruthers gezwungen, sich mit dem Gesicht zur Klasse hinzusetzen, weil einer ihrer Strümpfe ein Stückchen heruntergerutscht war. Er hatte Ahmed Kahn gezwungen, hundertmal den Satz »Ich soll nicht so pathetisch niesen« in sein Übungsheft zu schreiben. Johnny Fothergill musste auf dem Büßerstuhl sitzen, weil Mr. Longblather mal bei einem Friseur gewesen war, der *auch* Johnny Fothergill hieß und ihm seine Frisur verhunzt hatte.

Draußen pusteten Tyrus Quinn und Rex Ox mit dem Laubbläser konfiszierte Fußbälle über den Zaun und klatschten sich ab.

»Kann ich dich mal was fragen?«, flüsterte Hamish Robin zu. »Deine Cousine geht doch zur St. Autumnal, oder?«

»Du meinst St. Au-*dumm*-nal«, sagte Robin.

»Hat sie schon mal von einem Mädchen mit blauen Haaren erzählt?«

»Blaue Haare?«, fragte Robin.

»Na ja, schwarze Haare, aber mit einer langen blauen Strähne.«

Robin zuckte mit den Schultern.

»Ich kann sie ja nachher mal fragen, wenn du willst.«

Robin deutete auf Grenville, der sich wie üblich in seiner Nase zu schaffen machte.

»Ist das nicht die Uhr von deinem Dad?«, fragte er.

Hamish nickte traurig. Wie sollte er sie je zurückbekommen? Sie war nicht nur das Einzige, was ihm von seinem Dad geblieben war – er brauchte diese Uhr, um die Länge der Pausen zu messen.

»Gleich nach der Schule«, sagte Hamish. »Ich geh einfach zu ihm hin. Ich werde mir meine Uhr zurückklauen. Ich werde …«

***BATSCH!***

Wo kam das denn her? Hamish fand sich in einer Staubwolke wieder, als der Tafelschwamm von seinem Kopf abprallte.

**»HAMISH ELLERBY!«**, schrie Mr. Longblather lauter als je zuvor. **»MIR SCHEINT, DU MÖCHTEST NACHSITZEN! DA KANNST DU DICH SCHON MAL AUF WAS GEFASST MACHEN!«**

Grenville drehte sich zu Hamish um und grinste sein widerliches Grinsen, dann warf mit großer Geste einen Blick auf »seine« Explorer.

13

# Nachsitzen!

Als Hamish zum Nachsitzen antrat, kam ihm das Ganze in mancherlei Hinsicht seltsam vor.

Erstens war es rappelvoll. Offenbar hatte Mr. Longblather den ganzen Tag *derart* schlechte Laune gehabt, dass richtig viele nach der Schule dableiben mussten.

Jeder einzelne Stuhl, jeder Tisch, jeder Stehplatz war besetzt. Manche Kinder saßen auf den Aktenschränken oder oben auf der Tafel und ließen ihre Beine baumeln.

Anscheinend musste die gesamte Schülerschaft nachsitzen. Und Hamish sah sogar ein paar Kinder von *anderen* Schulen.

Allein Grenville schien der Strafe entgangen zu sein. Offenbar wollte sich Mr. Longblather – bei aller schlechten Laune – nicht dem Zorn des Postmeisters aussetzen.

Hamish konnte ihn durchs Fenster sehen. Er saß in seinen kurzen Hosen auf der Mauer draußen vor dem Klassenzimmer, mit einer Riesentüte mongolischer Maulstopfer in der Hand. Immer wieder warf er die Explorer in die Luft und fing sie auf. Hamish wurde ganz anders zumute. Bei jedem Wurf tat Grenville, als würde er die Uhr fallen lassen.

Am meisten jedoch wunderte Hamish, wer am Nachbartisch saß.

Da war Frau Fussbundler. Irgendwie hatte Mr. Longblather es fertiggebracht, selbst die *Schuldirektorin* nachsitzen zu lassen.

Frau Fussbundler schien sich zu schämen, schäumte aber innerlich und knurrte deutsche Schimpfworte. Sie war viel zu groß für den Stuhl, auf dem sie kauerte, und hob mit den Knien den Tisch an. Bist du Frau Fussbundler schon mal begegnet?

Bis heute wäre sie jedenfalls die Letzte gewesen, von der man erwartet hätte, dass sie sich mit einem anderen Lehrer am Boden wälzte und ihm ans Ohr schnipste.

Frau Margot Fussbundler unterrichtete schon seit ewigen Zeiten an der Winterbourne. Sie war verheiratet mit Dr. Eric

Fussbundler, dem fröhlichen Zahnarzt, der die Praxis Au Backe an der High Street hatte. Niemand wusste, warum er eigentlich immer so fröhlich war. »Ich *fülle* mich einfach gut!«, sagte er oft im Scherz. Ständig machte er kleine Scherze, manche davon so klein, dass sie praktisch unsichtbar waren.

Die Leute nannten ihn den »König der Zahnärzte«, weil er ein so feines Händchen für Kronen hatte. In letzter Zeit war er besonders gut gelaunt, weil man ihm letzten Monat den Titel »Starkleys Zahnmediziner des Jahres« verliehen hatte.

Vor wenigen Wochen erst war Hamish bei ihm gewesen.

»Haben Sie was gewonnen?«, hatte er ihn gefragt, während er seine Füllung bekam.

»Nur eine kleine ›*Plaque*-ette‹«, sagte Dr. Fussbundler mit zahnreichem Grinsen.

Hamish hatte keine Füllung haben wollen. Wer will das schon? Eigentlich war er nur hingegangen, weil sein Dad den Termin ein paar Tage vor seinem Verschwinden für ihn vereinbart hatte. Es klingt seltsam, aber Hamish war es wichtig, diesen Termin wahrzunehmen. Es gab ihm das Gefühl, den Kontakt zu seinem Dad zu halten. Er dachte oft an dieses Datum.

**4. MAI, 14:30 Uhr.**

In gewisser Weise war es ihm sogar ein Halt gewesen. Aber eigentlich hatte er nie verstanden, wieso sein Dad einen Termin so weit im Voraus abmachte.

»Vorbeugen ist besser als heilen, H!«, hatte sein Dad gesagt und ihm die Haare verwuschelt. »Sei stets bereit!«

Auch der Termin selbst war etwas sonderbar gewesen.

»Keine Sorge«, hatte Dr. Fussbundler gesagt und seinen monströsen Metallapparat hochgehalten. »Ich bin der geborene Bohrer!«

Robin hatte sich darüber lustig gemacht, dass Hamish eine Füllung brauchte. Er behauptete von sich, seine Zahnhygiene sei vorbildlich. Hauptsächlich weil seine Mum ihn dazu anhielt, jeden Abend vor und nach dem Essen eine Viertelstunde lang die Zähne zu putzen.

Also hatte Hamish zitternd auf dem Behandlungsstuhl gelegen, während Dr. Fussbundler mit ihm plauderte und seine Schaber und Stecher und Piekser ausprobierte.

»Sollte ich zwischendurch kurz wegmüssen«, hatte Dr. Fussbundler gesagt, als er seine blauen Plastikhandschuhe überstreifte, »besorge ich jemanden, der meinen Platz aus*füllt*!«

*BWWWRRRRRRRRRRRRRR* hatte sein Bohrer gemacht, als er ihn in Hamishs Mund versenkte.

»Kein Grund, *spange* zu sein!«, hatte Dr. Fussbundler gerufen.

Und *BWWWWWNNNNNNEEEEEEEEEEEEEEEEEOOOOOOOUUU* hatte der Bohrer gemacht und in Hamishs armem Zahn herumgerattert und -geknattert. Sein ganzer Kopf hatte vibriert, und überall spritzte Wasser herum.

»Ein schlechter Zahnarzt geht allen auf die *Nerven*!«, hatte Dr. Fussbundler gegen den Lärm angelacht. »*Nerven!* Verstehst du?«

Hamish versuchte zu nicken, aber inzwischen hatte Dr. Fussbundler eine ganze Hand in seinem Mund. Mit Augen so groß wie Pfannkuchen sah Hamish, wie der Doktor hinter sich nach einem Topf griff, auf dem ZINOXYKLUMP© stand. Es war eine graue, haargelartige Paste, die er mit einem Metalllöffel herausschaufelte. Offenbar verarbeitete er Massen von dem Zeug in Hamishs Zahn. »Davon werde ich eine ganze Menge brauchen!«, hatte Dr. Fussbundler gerufen. »Stillhalten! Ich arbeite hier ungesichert am Kraterrand!«

Um sich abzulenken, hatte Hamish den Topf angestarrt und darauf die Worte **VERSUCHSPRODUKT – BELASKO** gelesen.

Belasko. Das Wort kannte er von der Visitenkarte seines Vaters. Es war genau dasselbe Logo. Eine Sonnenblume mit zwei schwarzen Flügeln. Offenbar war es ein Produkt, das die Firma seines Vaters vertrieb. Na, er konnte nur hoffen, dass es seine Wirkung tat, nachdem es ihm in solchen Mengen in den hohlen Zahn geschaufelt wurde. Dann wurde er aus seinen Gedanken gerissen, weil Dr. Fussbundler auf den Behandlungsstuhl kletterte und anfing, Hamishs Kopf hin und her zu ruckeln.

Zehn Minuten später war Dr. Fussbundler fertig. Er schwitzte, und sein Kopf war puterrot.

»Das hätten wir. So *lächelt* es sich besser!«, sagte er und wischte seine Stirn.

»Okay, Dr. Fussbundler, bis dann!«, hatte Hamish gesagt, als er ging, genervt von den nicht enden wollenden Zahnarztspäßchen. Er hielt sich die Wange. Dr. Fussbundler war nicht ganz so zartfühlend gewesen wie erhofft.

»*Zahnweh ade!*«, flötete Dr. Fussbundler fröhlich.

HH

»Na gut! **NACHSITZEN BEENDET!**«, brüllte Mr. Longblather, was Hamish aus seinen Gedanken über Dentalhygiene riss. **»RAUS MIT EUCH!«**

Alles preschte zur Tür.

Unglücklicherweise preschte Hamish direkt gegen Grenville.

»Oh, hallo, *Smellerby!*«, sagte der höhnisch grinsend. »Möchtest du was Süßes?«

Offensichtlich hatte er nur deshalb auf Hamish gewartet. Er hielt ihm eine große Papiertüte hin, auf der vorn Madame Couscous' Gesicht abgebildet war.

Hamish runzelte die Stirn. Wo war hier der Haken?

»Ach, warte mal! Hab ich ja ganz vergessen!«, sagte Grenville selbstgefällig. »Du darfst ja gar nicht, stimmt's? Ich hab deinen Namen auf Madame Couscous' Liste gesehen. Lebenslanges Hausverbot. Für dich und *alle* deine Freunde!«

Hamish starrte Grenvilles Tüte an. Sie war randvoll mit madegassischen Maulmumpen und mindestens vier brandneuen türkischen Teetraumtropfen. Ihm lief das Wasser im Mund zusammen.

»Nachher gehe ich zum Wrestling in die Stadthalle«, sagte Grenville. »Meine Mum hat Freikarten ›gefunden‹.«

*Das kann ich mir vorstellen*, dachte Hamish.

»Weißt du zufällig, wie spät es ist? Ich möchte gern pünktlich sein!«

Grenville wusste nur zu gut, dass Hamish nicht wusste, wie spät es war.

»Ach, lass nur, geht schon«, sagte er und warf einen Blick auf die Explorer an seinem speckigen Handgelenk. »Ich guck mal eben kurz auf meine Uhr.«

Und als er rülpsend loswatschelte und dabei einfach sein Bonbonpapier fallen ließ, konnte Hamish die nächste Pause kaum erwarten.

Er wusste *genau*, was er tun wollte – ob da nun Monster waren oder nicht.

14

# Machen wir einen Plan!

An diesem Abend saß Hamish in seinem Zimmer und schmiedete einen Plan.

»Plan 1« bestand aus zwei Teilen. Er nannte sie »A« und »2«.

A) Such das Mädchen mit der blauen Strähne und finde raus, was es mit diesen schleimigen Monsterviechern auf sich hat!

2) Hol dir die Uhr von Grenville zurück!

Nehmen wir an, die nächste Pause wäre – ach, ich weiß nicht – dreizehn Minuten und dreizehn Sekunden lang.

Sollte die Pause während der Schulzeit kommen, konnte er davon ausgehen, dass das Mädchen mit der blauen Strähne *auch* in der Schule war. Er musste sich nur einen von Mr. Slackjaws Rollern ausleihen und schnell mal rüber zur St. Autumnal fahren, um das Mädchen zu suchen. Damit wäre A schon mal geklärt.

Sollte die Pause nicht während der Schulzeit kommen, nun … dann konnte das Mädchen sonst wo sein. Deshalb dachte sich Hamish, er sollte die Zeit lieber nutzen, um Grenville einen Besuch abzustatten und dem kleinen Proll eine Lektion zu erteilen. In diesem Fall käme »2« zur Durchführung.

*Ausgezeichnet*, dachte Hamish, als er in seinen blauweißen Lieblingspyjama mit dem »H« stieg. *Es ist immer gut, einen Plan zu haben. Und am besten noch einen zweiten Plan.*

Er betrachte sein aktualisiertes PSK auf dem Bett.

Nach der letzten Pause hatte er seiner Ausrüstung einiges hinzugefügt, einschließlich einer Minidose Deo, die er unter Jimmys Bett gefunden hatte. Er war ziemlich sicher, dass die Monster Kinderangst wittern konnten, also würde ihm eine kräftige Dosis *New Tropical Pumpkin*-Deo vielleicht helfen, ihre Nasen zu täuschen. Obwohl es auch bedeutete, dass er ziemlich schlimm nach Kürbis stinken würde.

Hamish trat an sein Fenster und goss die Sonnenblume in ihrem kleinen blauen Topf.

Draußen wurde es langsam dunkel. Es wurde immer später.

Durch das Fenster des Nachbarhauses konnte er Mr. Ramsface mit seiner Ukulele sehen, der den beiden kleinen Ramsfaces ein Gutenachtlied spielte. Mrs. Ramsface lehnte am Türrahmen und himmelte sie alle an.

Hamish wollte sich abwenden, aber er brachte es nicht fertig. Er wünschte sich, es könnte wieder so sein, wie es einmal gewesen war. Als sein Dad noch da war und ihm Geschichten vorlas und seine Mum nicht zu viel zu tun hatte, um an *seinem* Türrahmen zu lehnen, und als Jimmy noch nicht ganz so fünfzehn war. Er lehnte seine Stirn an die Scheibe und lauschte dem *Tick-tack-tick-tack-tick-tack* seines Weckers.

Er ging seinen Plan noch einmal durch.

*A) Wenn es morgen in der Schule passiert, suche ich das Mädchen.*

*2) Wenn es morgen zu Hause passiert, hole ich mir meine Uhr wieder und zahle es Grenville heim.*

Hamish konnte ja nicht wissen, dass die nächste Pause schon sehr bald losgehen würde.

15

# Die frühen Morgenstunden

Irgendwann in den frühen Morgenstunden schreckte Hamish hoch.

Als er die Augen aufschlug, sah er das blaue Licht des Mondes, das in sein Zimmer fiel. Wenn er Glück hatte, würde er vielleicht gleich wieder einschlafen.

Doch als er die Augen schloss und sich den Sabber von der Wange wischte, war ihm dabei doch nicht ganz wohl.

Man kennt das aus Filmen, in denen die Leute Sachen sagen wie: ›Es ist so still hier … viel zu still.‹

Denn genau so kam es ihm vor. Viel zu still.

Augenblick mal. Wo war das *Tick-tack-tick-tack-tick-tack* seines Weckers?

Hamish gefror das Blut in den Adern.

Er setzte sich auf. Er lauschte. Er hörte genau hin. Aber da tickte nichts.

Langsam, leise drehte er den Wecker zu sich um.

Er war *stehen geblieben*.

Hamish schluckte und legte sich wieder hin. Er kniff die

Augen zusammen und tat, als würde er schlafen. Am liebsten hätte er nach jemandem gerufen, aber wenn die Welt stillstand, waren sowieso alle erstarrt.

*Vielleicht liegt es an den Batterien,* dachte er, um sich zu beruhigen. *Vielleicht sind sie leer, und der Wecker geht nur deshalb nicht.*

Doch Hamish musste sicher sein. Er brauchte Gewissheit.

Irgendwie fand er die Kraft, seine Decke zurückzuschlagen und aus dem Bett zu steigen. So leise wie möglich schlich er zum Fenster. Still lag die Welt da draußen, aber nachts war es schließlich immer still, oder? Moment mal, da vorne …

Etwa einen Meter vor dem Fenster war eine Amsel in der Luft erstarrt, die Flügel ausgebreitet, eine Silhouette vor dem Mond. Drum herum hingen Blätter in der Luft. Der Vogel sah aus, als würde er gleich gegen die Scheibe schlagen – als könnte Hamish danach greifen und ihn berühren.

*Schon wieder?*, dachte Hamish.

Er schob die Sonnenblume auf der Fensterbank beiseite, damit er an den Griff herankommen konnte.

Was der Moment war, in dem ihn ein Geräusch aufschrecken ließ.

Diesmal nicht das Tönen eines unheimlichen Jagdhorns, sondern etwas, bei dem ihm noch mulmiger wurde. Es hörte sich an wie ein tausendfaches Flüstern, und es wurde lauter und lauter und immer lauter. Hamish wich vom

Fenster zurück … Seine Augen waren groß, die Schultern angespannt.

Nicht schon wieder diese Ungeheuer … nicht diese schrecklichen Ungeheuer.

Wo kamen sie nur her? Was hatten sie vor? Wollten sie ihn holen? Und was dann? Ihn fressen?

Am liebsten hätte er sich umgedreht und in sein Bett geflüchtet … am liebsten hätte er geschrien … am liebsten hätte er das ganze Zimmer mit Kürbis-Deo eingesprüht! Als er jedoch einen Schritt zurücktrat, fiel ihm die Amsel wieder auf. Sie würde gegen die Scheibe prallen, sobald die Welt sich weiterdrehte. Das durfte er nicht zulassen. Eilig kehrte er also ans Fenster zurück, machte es auf, drehte den Vogel um, machte das Fenster wieder zu und …

**DA WAREN SIE!**

Die Ungeheuer, die schrecklichen, weißgesichtigen, schwarz verhüllten Ungeheuer … mächtige Hauer und dieses Flüstern und klickediklackende Füße …

Die nachtschwarzen, rotzüngigen Echsenpferde …

Wie eine Wolke quollen sie hinter dem Haus der Ramsfaces hervor und breiteten sich im Garten aus, wobei das Zischeln immer lauter wurde.

Wie angewurzelt stand Hamish da. Er durfte sich nicht rühren. Er musste stillhalten, genau wie neulich. Genau wie es das Mädchen mit der blauen Strähne auch getan hatte.

Entsetzt sah er, wie sechs der Bestien an der Regenrinne

der Ramsfaces hochkletterten und mit ihren langen Krallen außen um das Fenster vom Kinderzimmer herumfuhren, um die Scheibe herauszuschneiden.

Drei oder vier andere taten dasselbe mit der Hintertür, während immer mehr Bestien im Garten herumstöberten.

Was wollten die von den Ramsfaces?

Plötzlich flog die Hintertür auf, und zwei Ungeheuer kamen herausgeschlurft. Sie trugen etwas bei sich, das wie ein Standbild aussah.

Hamish versuchte, nicht zu schreien, als er Mr. Ramsface erkannte. In seinem pinkfarbenen Pyjama wurde er von einem Ungeheuer zum nächsten weitergereicht. Schon knallte die Tür hinter den letzten zu, die aus dem Haus strömten und den armen Mr. Ramsface mit sich fortschleppten.

Hamish wollte an die Scheibe klopfen und sie anschreien, dass sie aufhören sollten, aber er musste stillhalten. Das Herz wummerte in seinen Ohren, die Härchen in seinem Nacken stellten sich auf, und dann wurde ihm kälter als je zuvor …

*… als er einem Ungeheuer dort unten in die Augen sah.*

Es zog sich nicht zurück wie alle anderen.

Es stand direkt unter Hamishs Haus, in seinem Garten, und starrte zu ihm herauf.

Es neigte seinen Kopf und versuchte, sich zu erklären, wieso ein Junge zu nachtschlafender Zeit aus seinem Fenster sah. Was machte dieser Junge da, wo doch die ganze Welt stillstand?

Langsam löste sich die Bestie vom Rest der Gruppe und kam auf Hamishs Haus zu.

Sie kam näher.

Hamish konnte hören, wie sie die Regenrinne testete, daran zog, sie klappernd an die Mauer schlug.

*Oh, nein*, dachte er. *Was soll ich machen? Was soll ich* MACHEN*?*

Hamish konnte hören, wie sich das Ungeheuer aufschwang, wie es sich an der Regenrinne hochhievte, mit den Klauen an den Fensterrahmen krallte und grunzend und sabbernd an der Hauswand heraufgeklettert kam …

*Halt still*, dachte Hamish. *Halt einfach ganz still und …*

Da war es auch schon.

Gigantisch. Füllte fast den gesamten Fensterrahmen aus. Verdeckte den Mond.

Die knochigen Finger kratzten am Fenster und versuchten, Halt zu finden …

Atem vernebelte das Glas, während Hamish versuchte, sich nicht anmerken zu lassen, dass auch er atmete. Das Untier sah die Amsel vor dem Fenster hängen und kreischte, als es sie mit schwerer Faust wegpfefferte. Der arme Vogel schoss durch die Luft, dann stürzte er wie ein Stein in die Hecke vor dem Haus.

Die Bestie starrte Hamish an. Sie musterte ihn von oben bis unten mit schwarzen Augen, die zu glühen schienen, und als ihr Blick abwärts wanderte, bemerkte sie die Sonnenblume, die zwischen ihnen stand, und schreckte leicht davor zurück.

Reißzähne tippten an die Scheibe, und als die Bestie den Kopf sinken ließ, konnte Hamish ihren Hals knarren hören wie altes, feuchtes Leder. Nun standen sie Auge in Auge, wobei die Bestie Hamish derart eindringlich anstarrte, dass es ihm vorkam, als wollte sie seine Gedanken lesen.

*Sie weiß, dass ich nur so tue, als ob!*, dachte Hamish, als die Augen der Bestie einmal und nur einmal hervortraten, weil sie merkte …

… *dass Hamish nicht erstarrt war!*

Und als Hamish eben losschreien und sich ins Zimmer seiner Mutter flüchten wollte …

**UUUUAAAAAAAAAAAAAA-AARRRRRRRRRRR!**

Die Augen der Bestie wurden immer größer, diesmal jedoch in Panik. Einmal noch sah sie die Sonnenblume an, dann Hamish …

UUUUAAAARRR-RRRRRRRR!

Sie griff nach der Regenrinne und ließ sich daran herab, ohne ihre schrecklichen schwarzen Augen von Hamish abzuwenden.

Hamish hielt still, doch senkte er seinen Blick ganz leicht, um sehen zu können, wie das Vieh über die Mülltonnen vor dem Haus der Ramsfaces sprang, beinah einen Baum umknickte und dann hüpfend im Dunkel der Nacht verschwand …

BLITZ!

Die Welt drehte sich wieder.

Die Amsel raschelte unten in den Büschen, dann flatterte sie benommen davon.

Doch Hamish war nicht sonderlich erleichtert.

*Sie wissen über mich Bescheid*, dachte er benommen, als er wieder auf sein Bett sank. *Jetzt wissen sie über mich Bescheid.*

16

# Der Morgen nach dem Abend zuvor

Eines wusste Hamish sicher: Es wurde Zeit zu handeln!

Das Problem war nur, dass er nicht so recht wusste, *wie* er handeln sollte.

Wie sollte sich ein zehnjähriger Junge gegen eine Horde marodierender Monster wehren, die Großbritanniens viertlangweiligsten Ort plünderten?

Nachdem Hamish die ganze Nacht darüber nachgedacht hatte, konnte er sich des Eindrucks nicht erwehren, dass sein PSK mangelhaft ausgestattet war. Mit einem Chomp und einer kleinen Trillerpfeife ließ sich nicht endlos viel anfangen, und plötzlich hatte er das Gefühl, dass er schlecht vorbereitet war, zumindest für etwas, das auf einen Weltuntergang hinauslaufen konnte.

Aber er hatte eine Idee gehabt. Sie war eher minimal, aber immerhin eine Idee. Die Bestie hatte sich gestern Nacht sehr merkwürdig verhalten, als sie die Sonnenblume auf seinem Fensterbrett sah. Sie war definitiv davor zurückgeschreckt. War sie dagegen allergisch? Oder wusste sie einfach nicht, was es war? Jedenfalls kam Hamish zu dem Schluss, dass Sonnenblumenkerne möglicherweise von Nutzen wären. Er wollte sie im Garten pflanzen. Vielleicht auch überall in Starkley. Als er auf dem Schreibtisch seines Vaters eine alte Streichholzschachtel mit der Aufschrift **BELASKO** fand, schüttelte er ein paar Streichhölzer heraus und tat eine Handvoll »Farmer Jarmer«-Sonnenblumenkerne aus dem Küchenschrank hinein. Er stopfte die Schachtel in seine hintere Hosentasche und fühlte sich gleich besser. Mit dieser Schachtel und dem PSK war er zumindest für einige Fälle vorbereitet.

Aber er musste doch noch mehr tun können.

Vielleicht sollte er die Medien informieren. Da fiel ihm ein, dass die *Starkley Post* nur montags erschien. Er würde tagelang warten müssen, bis die Sache bekannt wurde!

Was wäre, wenn er das Militär alarmierte? Aber welcher General, der noch alle Tassen im Schrank hatte, würde ihm eine solche Geschichte glauben? Er konnte froh sein, wenn sie einen Kundschafter und ein paar Pfadfinder schickten, um das Areal zu sichern.

Darüber hinaus schienen die Abstände zwischen den Pausen kürzer zu werden. Und Hamish hatte keine Ahnung, ob dahinter ein System steckte.

Da war zum Beispiel die Pause am Samstag gewesen, auf dem Rathausplatz. Und dann, als er Eier holen sollte. Und dann letzte Nacht. Kamen die Pausen jetzt öfter und dauerten immer länger?

Sein Dad hatte oft gesagt, ein guter Abenteurer bräuchte einen Schutzengel. Jemanden, der auf ihn aufpasste. Bei Boggle und heißer Schokolade hatte er Hamish oft erklärt, ein Schutzengel sei wie ein guter Hirte. »Und jedes Schaf braucht einen guten Hirten, Hamish«, hatte er gesagt.

Tja, aber sein Dad war nicht mehr da. Und Hamish hatte weder einen Schutzengel noch einen Hirten oder sonst was in der Art. Es sei denn, er brachte den Mut auf, Jimmy davon zu erzählen. Der spielte doch ständig Videospiele mit Zombies und bösen Fledermausmonstern und so. Vielleicht zahlte sich sein Training nun endlich aus.

Aber Jimmy – Verzeihung, *James* – war an diesem Morgen unausstehlich, weil Felicity Gobb ihn nicht zurückrufen wollte. Am Tisch hatte Hamish einen Blick über seine Schulter geworfen und gesehen, dass sein Bruder an einem brandneuen Gedicht arbeitete, mit dem er sie für sich gewinnen wollte. Es hieß einfach nur »Felicity«.

**OH, FELICITY, FELICITY**
**DU BIST MEIN LIEBSTES POTPOURRI**
**DU BIST VIEL SCHÖNER ALS MEIN KNIE**
**OH, WERDE MEIN, FELICITY!!!**

Unter »Felicity« hatte Jimmy die Worte »Allergie«, »Halali«, »Polygamie« und »Wachstumsindustrie« gekritzelt, weil es ihm schwerfiel, einen Reim zu finden. Nichtsdestoweniger schien es Hamish, als hätte Jimmy mit dichterischem Instinkt den Nagel auf den Kopf getroffen. Auf Felicity reimten sich viel hübschere Worte als auf Gobb.

**FELICITY GOBB**
**WARTET AM ZOB**

Und das war noch einer der besseren Reime.

HH

Also, falls irgendwelche Erwachsenen das hier lesen (was wir nicht hoffen wollen), sollten sie sich unbedingt eines vor Augen führen: Kinder müssen hin und wieder die Schule schwänzen. Manchmal gibt es einfach Sachen, die erledigt werden müssen, und die erledigen sich nicht von allein. In seinem ganzen Leben hatte Hamish noch nie die Schule geschwänzt. Er hatte so eine Ahnung, dass es möglicherweise illegal sein könnte. Andererseits wusste er aber auch, dass verzweifelte Situationen verzweifelte Maßnahmen erforderlich machten.

»Na gut, also, bis dann, Mum!«, sagte er nervös, als er in der Tür stand. »Ich geh dann mal los. Zur Schule. Ganz bestimmt. Ich gehe jetzt zur Schule.«

»Äh, okay«, sagte seine Mum, abgelenkt wie immer. Sie räumte die Frühstücksteller ab, versuchte, ihr Handy zu finden, ihre Haare zu richten und ihre Tasche fürs Büro zu packen, alles gleichzeitig. »Ich wünsch dir einen schönen Tag, mein Küken.«

»Den werde ich bestimmt haben, Mum«, sagte er und lief rot an. »Hab du auch einen schönen Tag.«

»Ich? Schön wär's!«, sagte sie. »Bei mir stapeln sich die Beschwerden!«

Sie deutete auf das Notebook auf dem Küchentisch. Die Grafik mit der roten Verlaufskurve, vor der sie unablässig saß, zeigte eine steil ansteigende Linie, begleitet von kleinen, traurigen Smileys.

»Ich weiß gar nicht, was in diesem Jahr los ist, aber diese Grafik bringt mich noch ins Grab, Hamish!«, sagte sie kopfschüttelnd. »Die Turmuhr scheint *irreparabel*, und Mr. Slackjaw vermisst *schon wieder* ein Moped.«

Sie griff nach der Fernbedienung und drückte sie an ihr Ohr, weil sie das Ding für ihr Handy hielt.

»Na toll«, sagte sie genervt. »Jetzt ist auch noch mein Akku leer!«

Hamish wollte die Gelegenheit wahrnehmen, sich unauffällig davonzuschleichen.

»Ach, und Hamish …«

Mist! Hatte sie seine Lüge wegen der Schule durchschaut?

Doch was seine Mutter auch hatte sagen wollen – sie stutzte, denn hinter Hamish hatte sie etwas entdeckt.

Da stand ein Polizeiauto draußen vor dem Haus der Familie Ramsface.

Mrs. Ramsface lehnte in der Tür und tupfte mit einem Taschentuch an ihren Augen herum, während der Polizist mit den Händen an den Hüften dastand und ratlos den Kopf schüttelte.

»Oh …«, sagte Hamishs Mum.

Hamish spürte den Drang, zu dem Polizisten zu laufen und ihm zu erzählen, dass Mr. Ramsface in der Nacht von Monstern entführt worden war, die auf so was wie Echsenpferden ritten.

Und dann wurde ihm klar, wie sich das anhören musste.

Vorher brauchte er noch mehr Informationen. Und er wusste auch schon, woher er die vielleicht bekommen konnte.

Es wurde Zeit für Plan 1: Teil A.

17

# Das Mädchen mit der blauen Strähne

Hamish war überzeugt davon, dass es funktionieren würde.

Und warum sollte er auf eine Pause warten, um das Mädchen mit der blauen Haarsträhne zu finden? Es war ja nicht so, als existierte sie nur in der Pause. Den Rest der Zeit lief sie in Starkley herum und machte genau dasselbe wie Hamish.

Essen. Schniefen. Kratzen. Das volle Programm.

Schließlich war sie etwa in seinem Alter. Und das bedeutete, dass sie in diesem Moment vermutlich gerade auf dem Weg zur Schule war und ihre Tasche mit dem Button der St. Autumnal um die Schulter trug.

Hamish mochte St. Autumnal nicht. Er hatte das Gefühl, dass man sich dort für etwas Besseres hielt. Man spielte Hockey und Kricket statt Fußball. Manche von denen lernten im Sommer Tennis. Mindestens zwölf Schüler trugen Aktenkoffer bei sich. Und ihr Motto – auch das noch – war *lateinisch*.

Die Idee stammte von ihrem Schulleiter, der Allegory Principle hieß. Er war der Ansicht, es würde die Kinder und Lehrer inspirieren und miteinander verbinden. Es sollte sie daran erinnern, dass sie ihre Zeit nutzten und dass jeder Augenblick im Leben zählte. Es sollte ein Lob der Chancen sein, die einem das Leben vor die Füße wirft. Es lautete:

MEMENTO MORI

Was so viel heißt wie: DENK DARAN – AUCH DU WIRST STERBEN.

Wobei man sagen muss, dass es inspirierendere Leitsprüche gibt.

Hamish stand draußen vor St. Autumnals mächtigem, schwarzem Schultor, um nach dem Mädchen Ausschau zu halten. Ihm war nicht ganz wohl in seiner etwas abgetragenen Winterbourne-Uniform, wie er da bei den Mülltonnen herumlungerte.

Zuerst sah er Lurgie Ting, der in die Schule trabte und den Kopf vor seinem Vater einzog, der über irgendwas ziemlich aufgebracht zu sein schien.

Dann trudelte Roger Flemm ein, wischte sich die Nase und schnippte den Rotz nach einer Bank, so wie Spiderman Netze von seinem Handgelenk schoss.

Dann kam der kleine Ratchett Gobb mit seinen riesengroßen Augen und einer roten Lunchbox. Das war seltsam. Normalerweise brachte Felicity ihn zur Schule.

Aber von einem Mädchen mit einer blauen Strähne in den Haaren war weit und breit nichts zu sehen.

Hamish wartete, bis die große goldene Glocke oben auf der Schule läutete.

Langsam machte er sich Sorgen.

Was, wenn die Monster das Mädchen geholt hatten?

War er dann als Nächster dran?

Hamish beschloss, zurück zur Schule zu laufen. Er konnte behaupten, dass er zu spät kam, weil er einen Zahnarzttermin gehabt hatte. Und irgendwie stimmte das ja auch. Er *hatte* einen Zahnarzttermin gehabt. Nur dass der schon länger her war. Und falls man eine Entschuldigung von ihm sehen wollte, konnte er sich einfach in aller Form entschuldigen und hoffen, dass man das charmant und lustig genug fand, um ihn unbehelligt zu lassen.

Andererseits – lieber nicht.

Ihm fiel der ganze Ärger ein, den er bekommen würde angesichts der Tatsache, wie sich die Lehrer in letzter Zeit aufführten.

Lieber fand er sich damit ab, sich den ganzen Tag im Park herumdrücken zu müssen. Als er auf dem Weg dorthin um eine Ecke bog, fiel ihm ein Stück voraus auf der Straße etwas Merkwürdiges auf.

Da saß jemand in einem Müllcontainer.

Und dieser Jemand warf altes Holz und Plastik über seine Schulter. Er hatte sich eine Schulkrawatte um den Kopf geknotet und die Ärmel aufgekrempelt.

Und selbst auf die Entfernung konnte Hamish die blaue Strähne in den Haaren erkennen.

Als das Mädchen ihn kommen hörte, richtete sie sich auf wie ein Erdmännchen in der Kalahari-Wüste.

»Ach, du schon wieder«, sagte sie, als wäre alles in bester Ordnung und sie wären bei ihrer letzten Begegnung nicht von diesen grässlichen Ungeheuern umzingelt gewesen.

»Was machst du in einem Müllcontainer?«, fragte Hamish, weil es ihm eine gute Einstiegsfrage zu sein schien.

»Stöbern«, antwortete sie, ohne aufzublicken. »Ich kann es dir nur empfehlen. Wir müssen unsere Zeit nutzen, weil die Pausen immer länger werden.«

Dann hatte er also recht gehabt. Sie war nicht erstarrt wie alle anderen.

»Du nennst sie auch ›Pausen‹?«, fragte er leise, für den Fall, dass jemand sie belauschte und für verrückt hielt.

»Na, wie würdest du denn eine … Pause *sonst* nennen?«, fragte sie. »Pause scheint mir das beste Wort, um eine Pause zu beschreiben. Und außerdem nehme ich mir nur, was ich brauche.«

Sie hob einen gewaltigen Campingrucksack an und schwang ihn sich auf den Rücken. Das Ding war fast dreimal so groß wie sie.

»Was ist da drin?«, fragte Hamish.

»Ausrüstung.«

»Ich habe auch eine Ausrüstung!«, sagte er, als ihm sein PSK einfiel. »Was hast du alles dabei?«

»Batterien. Haushaltsrolle. Zahnpasta. Verbandskasten.«

*Oh*, dachte Hamish. *Das ist ein bisschen besser als Chomps und eine Trillerpfeife.*

»*Ersatz*batterien. *Ersatz*haushaltsrolle. *Ersatz*zahnpasta. *Ersatz*verbandskasten«, fuhr sie fort.

»Okay, verstehe, und …«

»Einfrierbarer Proviant. *Nicht* einfrierbarer Proviant. Wasser. *Trocken*wasser.«

»*Trocken*wasser?«

»Ja. Wenn man das Pulver in Wasser auflöst, verwandelt es sich in Wasser. Ich habe alles dabei, was man braucht, um eine Pause zu überleben. Schere, Vergrößerungsglas, falscher Bart, alles dabei.«

»Wie heißt du?«, fragte Hamish.

Das Mädchen musterte ihn argwöhnisch.

»Wozu willst du das wissen?«, fragte sie und sah sich misstrauisch um. »Was ist, wenn du einer von denen bist?«

»Einer von denen?«

»Du weißt genau, wen ich meine«, sagte sie und fügte dann leicht theatralisch hinzu: »Einer von den Schrecklichen.«

Die Schrecklichen? So hießen die Bestien, die Hamish gesehen hatte? Aber wie kam sie darauf, dass er einer von *denen* sein sollte? Sie waren grässlich und strotzten vor Hauern und Schleim und Gestank. Hamish sah ihnen kein bisschen ähnlich! Nicht mal, wenn er *dringend* in die Wanne musste!

»Meinst du damit …?«

»Ich meine die *Schrecklichen*«, sagte das Mädchen. »Du hast sie gesehen. Ich weiß es. Diese gigantischen Gruselviecher. Diese monströsen Horrorbiester. Lass sie bloß nicht mitkriegen, dass du ein Pausenwandler bist.«

Ein *Pausenwandler*, dachte Hamish. *Ich bin ein Pausenwandler.*

»Die Schrecklichen sollten auf keinen Fall erfahren, dass es in Starkley Pausenwandler gibt. Hast du eine Ahnung davon, was sie mit dir anstellen würden, wenn sie wüssten, dass du nur so tust, als stündest du auf Pause?«

Hamish dachte an die letzte Nacht, und ihm lief ein kalter Schauer über den Rücken. Hatte diese Kreatur am Fenster was gemerkt? Er beschloss, dem Mädchen nichts davon zu erzählen.

»Ich bin Hamish«, sagte er. »Hamish Ellerby. Ich gehe zur Winterbourne.«

Er hielt ihr die Hand hin, damit sie diese schütteln konnte, doch sie sah sie nur an und schüttelte den Kopf.

»Dass *weiß* ich doch.«

Hamish war erstaunt.

»*Woher*?«, fragte er.

»Also, erstens trägst du eine Winterbourne-Uniform«, sagte sie.

Ach, ja. Hamish ließ die Schultern hängen.

Das Mädchen musterte ihn von oben bis unten, dann kletterte sie aus dem Container.

»Was weißt du denn alles über die Schrecklichen?«, fragte sie und landete geschickt auf dem Bürgersteig.

Hamish zuckte mit den Schultern.

Also fing das Mädchen mit der blauen Strähne an, ihm alles über die Welt der Schrecklichen zu erzählen.

Was wohl bedeutet, dass ich es dir auch erzählen sollte.

Hast du schon mal einen blauen Fleck gehabt und nicht gewusst, woher?

Könnte ein Schrecklicher gewesen sein.

Hast du schon mal eine Socke verloren und nicht gewusst, wie? Oder ein Spielzeug irgendwo wiedergefunden, wo du es ganz bestimmt nicht liegen gelassen hattest? Oder ein Fenster geschlossen, es aber offen vorgefunden?

Schreckliche, schreckliche, schreckliche Schreckliche.

Folgendes weiß ich genau: Sie haben eine Art Hackordung. Da gibt es die Niederen, die Mittleren und die Anderen.

Die Niederen sind am weitesten verbreitet. Sie sind die Preller. Sie können sich einfach nicht beherrschen. Es könnte sein, dass sie an einem vorbeischlurfen – wobei sie mit ihren Krallen über den Boden klickediklacken, während man selbst in der Pause feststeckt –, und dann hauen sie einem – *batsch!* – eine rein. Oder sie kleben dir eine. Oder kneifen dich. Die richtig Fiesen kratzen einen. Die mag niemand. Oh, und sie stinken. Hast du schon mal was richtig Ekliges gerochen, und alle haben dir die Schuld dafür gegeben? Tja, da kannst du dich wahrscheinlich bei denen bedanken.

Es sei denn natürlich, du warst es *doch*.

Dann – etwas weiter oben in der Hackordnung – sind da die Mittleren. Die haben Glupschaugen und Zangen und fühlen sich furchtbar glibschig an.

Bäh!

Sie interessieren sich mehr für Geld als für alles andere.

Die Mittleren klauen, klemmen, mopsen und stibitzen. Du kannst deine Brieftasche nicht finden? Rate mal. Sparschwein heute Morgen etwas leichter? Warum wohl? Loch in der Hosentasche, in die du deine Zwei-Pfund-Münze von Onkel Xavier gesteckt hattest?

Na, da werden sie dir vermutlich wohl ein Loch in die Tasche gebrannt haben, was?

Und dann … ganz oben in der Hackordnung, stehen die Weltstopper selbst. So böse, dass man lange Worte braucht, um sie zu beschreiben. Mörderisch. Meuchlerisch. Monströs. Und, ja – *maliziös*!

Sie sind zu schrecklich, um sie lange anzusehen, zu fürchterlich, um auch nur an sie zu denken.

Und doch müssen wir!

Die Weltstopper lecken an ihren dicken, wächsernen Schnurrbärten. Starr und steif sind die und gebogen wie Mammutzähne!

Und das nicht nur bei den Männchen!

In kalten, fleischigen Pranken halten sie Peitschen. Und sie haben dicke Hintern, fett und plump wie alte braune Birnen.

**Kaaaa-tschak!**, knallt die Peitsche.

Die Weltstopper unterdrücken und drangsalieren die Schrecklichen. Sie versuchen, sich wie Menschen zu kleiden. Der Himmel weiß, wieso, denn sie könnten nicht mal ein Erdmännchen täuschen. Sie sind riesengroß und laut und grässlich und schlau, und sie werden nicht von Starkley ablassen.

*Niemals.*

Ach, und selbstverständlich hassen sie Kinder. Besonders solche wie dich. Bisher haben sie die Kinder allerdings verschont. Erwachsene sind viel leichtere Opfer.

Es sei denn natürlich, sie halten dich für ein Kind, das über sie Bescheid weiß.

Weil sie ihr Geheimnis hüten müssen.

Augenblick mal – du weißt jetzt ja auch Bescheid!

Ach, du Schande.

HH

Hamish und das Mädchen standen kurz vor der Straßenecke und starrten sich an. Das Mädchen richtete den riesigen Rucksack, während sie überlegte, in welche Richtung sie gehen wollte.

»Ich geb dir einen Tipp, Hamish«, sagte sie. »Die Turmuhr ist die einzige Uhr in Starkley, die richtig geht. Die Leute denken, sie geht vor, aber das liegt nur daran, dass sie während der Pause weiterläuft. Und wenn die Pause vorbei ist, denken alle, sie geht falsch. Dabei geht sie als einzige richtig.«

»Meine Mum wäre begeistert, wenn sie das wüsste.«

»Wieso?«

»Sie arbeitet in der Beschwerdestelle«, sagte Hamish. »Dauernd beschweren sich alle über die Turmuhr. Sie ist ganz besessen von ihrer Grafik, in der alle bösen Briefe und Anrufe angezeigt werden, die sie so bekommt!«

Das Mädchen verschränkte die Arme.

»Dabei ist das die einzige Uhr, die richtig geht.«

Hamish lächelt schief.

»Na ja«, sagte er. »Nicht … die einzige.«

Sie rümpfte ihre Nase.

»Wie meinst du das?«

»Die Uhr von meinem Vater«, erklärte er. »Sie heißt ›Explorer‹ und ist bisher in keiner Pause stehen geblieben.«

»Was?«, sagte das Mädchen. »Ist das dein Ernst? Wo ist sie? Die brauchen wir!« Zum ersten Mal sah Hamish sie lächeln.

Doch dann hörte sie auf zu lächeln, als ihr etwas bewusst wurde.

»Du meinst die Uhr, die dir die fette Krabbe weggenommen hat …«, sagte sie, und Hamish nickte. »Tja, du wirst sie dir zurückholen müssen. Du hast ja keine Ahnung, wie sehr sie uns nützen wird, wenn die Schrecklichen wiederkommen.«

Hamish schüttelte sich.

»Hör zu«, sagte sie. »Man weiß nie, wann sie kommen. Manchmal ist eine Pause nur eine Pause. Und manchmal ist eine Pause … *schrecklich*.«

»Aber … aber …«, setzte Hamish an, der noch immer absolut total geschockt war von allem, was sie ihm erzählte.

»Ja?«, sagte das Mädchen und sah wieder gelangweilt aus.

»Aber was *wollen* die?«, fragte er. »Was *wollen* die Schrecklichen?«

Das Mädchen stemmte ihre Fäuste in die Hüften.

»Sie wollen die Erwachsenen«, sagte sie und fixierte ihn mit einem Blick, bei dem Hamish ein kalter Schauer über den Rücken lief. »Sie wollen die Erwachsenen, und danach wollen sie *uns*.«

18

# Sie wollen was?

Hamish und das Mädchen-mit-der-blauen-Strähne-von-dem-er-immer-noch-nicht-wusste-wie-es-hieß saßen auf der Bank bei der alten Turmuhr. Die Beine hatten sie auf den riesigen Rucksack gelegt.

Um sie herum gingen die Bürger von Starkley ahnungslos ihren Geschäften nach. Zwei Hunde bellten sich an. Ein Mann ließ eine Münze fallen und rief ein unanständiges Wort. Mr. Slackjaw stand draußen vor Slackjaw's Motorparadies, betrachtete seine letzten paar Vespas und schüttelte den Kopf. Er war in Gesellschaft eines Polizisten, der sich Notizen machte. Ganz in der Nähe pinnte eine alte Dame ein Plakat an einen Baum, auf dem stand:

**KOMMT ZUM JAHRMARKT!**

»Hast du denn nie das Gefühl, du solltest es jemandem erzählen?«, fragte Hamish und deutete auf das geschäftige Treiben. »Sind wir die einzigen, die davon wissen?«

Das Mädchen nickte und leckte an einem Lolli.

»Ja. Nur wir beide. Sonst weiß keiner was. Nur du und ich. Hier, guck dir das mal an …«

Sie entfaltete ein Blatt Papier. Darauf befand sich eine Karte mit diversen Berechnungen in leuchtend blauen und roten Farben. Ganz unten stand der Name »Elliot«.

»Wer ist Elliot?«

»Tut nichts zur Sache«, sagte sie ungeduldig. »Meinen Berechnungen nach – basierend auf Länge und Frequenz der letzten Pausen – können wir die nächste Pause heute Abend gegen zehn vor sechs erwarten.«

»Dann kommen sie also?«, fragte Hamish und sah sich ängstlich um. »Sie kommen wieder?«

»Die Schrecklichen nutzen nicht jede Pause für ihre Überfälle«, sagte sie. »Manchmal tauchen sie gar nicht auf. Sie brauchen auch Pausen zum Ausruhen oder für Orga.«

»Orga?«, fragte Hamish.

»Wer die Welt beherrschen will, wird nicht ohne ein gewisses Maß an Planung auskommen«, erwiderte sie vielsagend.

»Hast du denn gar keine Angst?«, fragte Hamish. »Wie kannst du so ruhig bleiben?«

»Früher hatte ich Angst«, sagte sie. »Aber jetzt nicht mehr. Ich habe vor *gar* nichts mehr Angst.«

»Letzte Nacht haben sie unseren Nachbarn geholt«, sagte Hamish. »Ich wusste nicht, dass sie Leute *mitnehmen*. Was wollen sie mit den Erwachsenen? Und woher weißt du so viel über das alles?«

Plötzlich wirkte sie irgendwie verletzlich.

»Ich weiß es, weil sie meine Eltern auch geholt haben«, sagte sie leise.

Ein Gedanke wuchs in Hamishs Hinterkopf heran. Ihm wurde ganz warm, und in seinem Bauch schlug irgendetwas Purzelbäume.

»Was meinst du damit: Sie haben deine Eltern geholt?«, fragte er.

»Ich meine«, sagte das Mädchen traurig, »dass meine Eltern eben noch da waren, bei uns zu Hause, und dann plötzlich nicht mehr.«

»Du bist also aufgewacht und …«

»Und sie waren weg.«

Hamish wusste nicht recht, was er sagen sollte. Er wollte ihr von seinem Vater und dem Tag erzählen, an dem der Opel nicht nach Hause gekommen war, doch schien ihm das zu selbstsüchtig. Dieser Moment gehörte ihr.

»Ich habe nach ihnen gesucht«, sagte sie. »Ich dachte, vielleicht habe ich vergessen, dass sie meine alte Tante besuchen wollten. Aber dann habe ich gesehen, dass sie ihre Handys zu Hause gelassen hatten und das Auto noch dastand. Also habe ich gewartet und gewartet. Ich bin den ganzen Tag zu Hause geblieben. Und als es immer dunkler wurde, habe ich immer mehr Angst bekommen. Und so gegen ein Uhr nachts wollte ich dann die Polizei anrufen, als …«

»Der Blitz kam?«

»Ja«, sagte sie.

»Und dann die Schrecklichen?«

»Oh, Hamish«, sagte sie. »Es war so schlimm! Sie kamen auf ihren Requiden.«

»Requiden?«

»Hast du die nicht gesehen? Diese grässlichen Echsenpferdeviecher, auf denen die Schrecklichen rumreiten?«

Hamish musste sich wieder schütteln, als er an die unheimlichen Wesen dachte.

»Sie schlichen auf unserer Straße herum. Die ganze Welt war totenstill. Sie sind in die Häuser eingedrungen und haben den alten Mr. Neate von nebenan mitgenommen. Haben ihn sich einfach über die Schulter geworfen, wie einen Sack alter Nüsse«, sagte sie.

»Und was hast *du* gemacht?«

»Nichts habe ich gemacht! Ich habe einfach still dagestanden wie alle anderen auch. Und sie haben mich nicht bemerkt, also … mache ich es seitdem immer so.«

Hamish staunte darüber, wie stark dieses Mädchen sein musste, wenn sie ganz allein lebte und niemandem davon erzählen konnte, was mit ihren Eltern passiert war.

»Mir ging bald das Geld aus, also bin ich einfach jeden Abend rüber zum Herrn der Fritten und habe mir Fischburger geholt«, sagte sie. »Mein Kühlschrank war voll davon. Aber dann fiel mir ein, dass ich in der Pause ja auch einkaufen konnte, und jetzt freue ich mich, sagen zu können, dass

ich die Vorzüge von Vitaminen und fünf kleinen über den Tag verteilten Mahlzeiten für mich entdeckt habe.«

Ein wenig selbstgefällig sah sie ihn an.

»Aber warum hast du es niemandem erzählt?«, fragte er.

»Weil ich nicht wollte, dass die Schrecklichen rausfinden, wer sie verraten hat!«, sagte sie. »Ich dachte, ich bin der einzige Mensch auf der Welt, der Bescheid weiß. Anfangs kamen sie nur nachts, sodass ich mich verstecken konnte. Und außerdem … ich dachte, wenn ich sie lange genug beobachte, finde ich meine Eltern vielleicht wieder.«

Sie wurde ernst.

»Ich habe nämlich eine Vermutung, Hamish«, sagte sie. »Ich glaube, sie holen alle möglichen Erwachsenen, aber nur die Schwachen lassen sie nach Starkley zurückkehren. Leute, denen man leicht das Gehirn waschen kann und die dann … *umgemodelt* wiederkommen. Bestimmt sind die starken Erwachsenen wie meine Eltern noch irgendwo da draußen. Die lassen sich nicht unterkriegen. Die Schrecklichen *behalten* sie da. Nur die Schwachen kommen zurück, umgemodelt und gemein.«

Darüber dachte Hamish nach.

Mr. Longblather war wirklich gemeiner als sonst.

Frau Fussbundler auch.

Und Tyrus Quinn? Rex Ox mit seinem Fußball schießenden Laubbläser?

Und – natürlich, *ja*! – Madame Couscous mit ihrem Schlagstock!

Das Mädchen hatte recht. Es war nicht zu übersehen, dass die Erwachsenen gemeiner wurden, also modelten die Schrecklichen sie ja vielleicht tatsächlich um und schickten sie dann zurück!

»Am Tag, nachdem er verschwunden war«, sagte das Mädchen, »kam der alte Mr. Neate wieder. Er hat nach seiner Katze getreten und ein Schild auf seinem Rasen aufgestellt, auf dem ›Prospektverteiler werden erschossen!‹ stand. Jetzt sitzt er vor seinem Haus, wirft mit Äpfeln nach Kindern und macht unanständige Gesten, wenn der Pastor vorbeikommt.«

Hamish brachte das alles irgendwie nicht zusammen.

»Aber *warum* wollen die Schrecklichen, dass die Menschen gemein sind?«, fragte er.

»Damit wir uns streiten. Damit wir zanken. Damit die Welt so schrecklich wird, dass wir nicht mehr darin leben wollen.

Ich glaube, sie haben in Starkley angefangen, weil es so langweilig ist, dass hier kaum jemand herkommt. Sie wollen es hier ausprobieren, und wenn es klappt, wollen sie die *ganze Welt* gemein machen. Das ist dann der Moment, in dem sie alles übernehmen. Wenn wir so gemein sind, dass uns alles egal ist.«

Hamish war entsetzt. Konnte tatsächlich die Zukunft der Menschheit auf dem Spiel stehen – ausgerechnet hier in Starkley?

Wenn ja, würde Starkley wohl seine Urkunde für Großbritanniens viertlangweiligsten Ort zurückgeben müssen.

Eine Frage hatte Hamish noch. Fast fürchtete er, sie zu stellen, aber er wusste, dass er es tun musste.

»Mein Dad ist eines Abends nicht nach Hause gekommen«, sagte er zögerlich und wich ihrem Blick aus. »Meinst du, dass sie ihn vielleicht auch … geholt haben?«

Das Mädchen lächelte zaghaft.

»Ich weiß es nicht, Hamish«, sagte sie. »Es wäre möglich. Aber ich weiß es nicht. War er ein schwacher oder ein starker Mensch?«

*Er war der Stärkste*, dachte Hamish. *Er war der Größte. Und er würde sich niemals einer Bande hässlicher Ungeheuer unterwerfen!*

Aber andererseits … falls sie ihn nun nicht geholt hatten? Falls er einfach nur eines Morgens aufgewacht und gelangweilt vom Leben war?

Gelangweilt von Hamish?

Vielleicht wäre es besser, es nie zu erfahren, denn wenn das stimmte, wäre es fast noch schlimmer als eine Meute marodierender Monster.

»Ich muss los«, sagte das Mädchen und zeigte zur Uhr. »Ich treffe mich mit jemandem.«

»Wer?«

»Das geht dich gar nichts an«, sagte sie. »Und außerdem heißt es ›mit *wem*‹.«

Sie hievte ihren schweren Rucksack auf die schmalen Schultern.

»Wann sehe ich dich wieder?«, fragte er. »Oder heißt es *dir*?«

Sie lächelte, ohne etwas dazu zu sagen.

»Später?«, schlug er vor. »In der nächsten Pause?«

»Du weißt, was du in der nächsten Pause zu tun hast«, sagte sie und wandte sich ihm zu. »Du musst deine Uhr zurückholen. Die könnte uns im Kampf sehr nützlich sein.«

*Uns?*, dachte Hamish.

»Und eins noch«, sagte sie. »Du hast gesagt, deine Mum arbeitet in der Beschwerdestelle. Du hast gesagt, sie hätte eine Grafik, die alle Beschwerden erfasst.«

Hamish nickte verdutzt.

»Bring sie nächstes Mal mit. Okay?«

»Äh … okay?«, gab er zurück.

»Vielleicht sollte es so sein, dass wir uns begegnen, Hamish Ellerby«, sagte sie, als sie sich schon auf den Weg machte.

»Moment – wie ist dein Name?«, sagte er. »Bitte?«

»Alice«, sagte das Mädchen, ohne sich umzudrehen. »Mein Name ist Alice Shepherd.«

Hamish stutzte. War Shepherd nicht ein anderes Wort für *Hirte*?

19

# Grevanche!

Einige Stunden später kauerte Hamish vor der Hausnummer 9 in der Knotweed Lane, mit entschlossener Miene und einem Zettel in der Hand.

Auf dem Zettel stand:

Plan 1, Teil 2 (b):
Hol dir deine Uhr zurück.

Er versteckte sich in einem Busch vor Grenvilles Haus, und zwar schon seit halb sechs.

Langsam wurde es ihm unbequem.

Er hoffte, dass Alice Shepherd recht hatte und die nächste Pause kurz bevorstand, am besten sehr kurz bevor, denn – echt jetzt – sein Hintern war schon ganz taub. Wahrscheinlich hätte er nicht mal gemerkt, wenn jemand darauf Bongo gespielt hätte.

Während Hamish wartete, behielt er das Haus im Blick. Obwohl es genau so ein Haus war wie alle anderen in der Straße, hatten die Biles es irgendwie fertiggebracht, dass ihres unheimlich aussah. Abgesehen von dem stacheligen Busch, in dem Hamish momentan hockte, war der Garten betoniert, und drum herum stand ein gezackter, etwa kinderhoher Metallzaun. Die Dachziegel waren krumm und schief und von schwarzem Moos überwuchert. Es machte den Eindruck, als würde die Sonne nie auf dieses Haus scheinen.

Tubitha »Postmeister« Bile hatte in sämtlichen Zimmern dicke schwarze Vorhänge aufgehängt, die sie nie, nie, nie aufzog. Grenville meinte, so wollten sie ihre zahllosen Schätze schützen. Er hatte was dagegen, dass jemand in sein Fenster guckte und ein Auge auf seine Super-Action-Rascals warf. Praktischerweise verhinderten die schwarzen Vorhänge außerdem, dass die schädliche UV-Strahlung seiner unbezahlbaren Sammlung alter Filmplakate schadete.

Alice hatte recht gehabt.

Auf Zehenspitzen kam Hamish unter dem Busch hervor und tippte vorsichtig an den Türknauf.

Er hatte gehört, der Postmeister hätte die Leitungen im Haus so verdrahtet, dass jeder, der unaufgefordert den Türknauf berührte, einen solchen Stromschlag bekam, dass seine Haare Feuer fingen. Heute fühlte sich Hamish sicher. Also versuchte er, den Knauf zu drehen.

Schon war er drinnen!

Im Flur hingen Dutzende alter Ölgemälde von historischen Biles.

Da war Lord Heronimus Bile mit seinem mächtigen Bart, so lang wie ein Hermelin.

Oh, Augenblick mal – das *war* ein Hermelin! Ein Hermelin, so lang wie ein Bart!

Heronimus Bile und seine »Gefährten« hatten London in früheren Zeiten terrorisiert, indem sie Hermeline dazu abrichteten, sich als Bärte auszugeben, um so an die oberen Jackentaschen der Leute heranzukommen.

Und dann war da Dame Violet Bile, die Erfinderin des »Warzen weg!«-Warzensaftes. Sie behauptete, ihr Warzensaft vertreibe Warzen, doch stattdessen trieb er sie zusammen, bis sie eine einzige große Warze bildeten.

Dann hing da Billy Bile, der Billericay-Blechtrommel-Bandit. Daneben Bernie Bile, der bullige Bauernfänger aus Bow. Und sogar Bunty Bile, der Teilzeit-Immobilienmakler aus der Nähe von Stockport.

Männer, Frauen, klein, groß, lange Haare, kurze Haare, bärtig oder mit Hermelin, ganz egal – es schien, als hätten sie alle genau dieselbe fiese Fratze wie Grenville.

Ein kalter Schauer lief Hamish über den Rücken, und er sah sich um. Am oberen Ende der Treppe fand er eine grüne, von schmierigen Handabdrücken übersäte Tür, an der ein Schild hing, auf dem stand:

DRAUSSEN BLEIBEN!
DU BIST GEMEINT!
JA, DU!
DICH MEINE ICH!
DAS HIER IST GRENVILLES ZIMMER!
STIMMT GENAU – DU BIST GEMEINT!

Da stach ihn doch für einen kurzen Moment der Neid. Wie konnte es angehen, dass Grenville alles hatte? So viel Spielzeug, um damit so viel Spaß zu haben? Wie konnte es angehen, dass er so coole Sachen verdient haben sollte und Hamish nicht?

Hamish stieß die Tür auf, doch wenn er dahinter so etwas wie Aladins Schatzkammer erwartet hatte, so wurde er enttäuscht.

Graue Wände.

Grauer Boden.

Graue Decke.

Ein schlichtes Bett mit klumpigem Kissen und einer eher schlappen grauen Decke.

Und *keine* Spielsachen.

Keine komplette Sammlung von Super-Action-Rascals. Kein großer Fernseher. Kein Computer. Keine Bücher, keine Stühle, keine Poster, keine Farbe, keine Freude.

Da stand ein unaufgeräumter Schreibtisch, auf dem nur

ein einziges Buch lag. Es war aufgeschlagen und hieß *Die lustigsten Trecker der Welt.* Daneben stand ein halb volles Marmeladenglas mit der Aufschrift »Früchte meiner Nase«. Grenvilles heiß geliebte El-Gamba-Wrestling-Maske hing stolz an einem krummen Nagel in der Wand.

Wo war das ganze Zeug, mit dem er dauernd prahlte? Das Zeug, das ihn doch angeblich so viel besser und cooler machte als alle anderen?

Moment – was roch da so?

Ein ekliger Gestank hing in der Luft.

Es roch faulig. Es roch gasig. Der Magen wollte sich einem umdrehen. Und der Gestank hing einfach so da, erstarrt. Fast feucht war die Luft, als würde sie Hamishs Gesicht mit einem widerlichen Film überziehen. Stell dir einen Kondensstreifen vor, wie ihn Flugzeuge am Himmel hinterlassen. So ungefähr war das wohl mit Gerüchen, die in der Pause gefangen waren. Hamish stellte fest, dass er hinein- und auch wieder heraustreten konnte (er zog es vor herauszutreten).

Hamish wäre diesem Gestank lieber nicht gefolgt, aber bittere Erfahrung hatte ihn gelehrt, dass er am Ende der Wolke Grenville finden würde.

Er schlich einen dunklen, ranzigen Flur entlang. Erdnussschalen knackten unter seinen Füßen wie Zweige im Wald, bis er zu einer weiteren Tür kam.

Er drückte sie auf, merkte jedoch gleich, dass er hier nicht richtig war.

Im halbdunklen Raum, unter einem braunen Kronleuchter, umgeben von braunen Wänden, auf einem grellgrünen Teppich – saß der Postmeister persönlich.

Sie kauerte an einem dunklen Holztisch und sah aus, als hätte sie gerade gegrunzt, als die Pause begann. Hamish war so nah an ihr dran, dass er die Büschel schwarzer, drahtiger Haare sehen konnte, die aus den Muttermalen an ihren Armen sprossen, wie Spinnen, die aus dicken, knubbeligen Eiern schlüpften. Sechs oder sieben Fliegen hingen in der Luft um sie herum, mitten im Qualm ihrer dicken, fetten Zigarre. Vor ihr stand eine Schale mit Erdnüssen, daneben lag ein Löffel. Und sie war umzingelt – absolut umzingelt – von kunterbunten Päckchen.

Überall stapelten sich Weihnachtspakete, Geburtstagspäckchen, Hochzeitsgeschenke. Sie lehnten an den Wänden, türmten sich zu Haufen und breiteten sich über den ganzen Boden aus wie eine Geschenkepfütze.

Hamish konnte einige Adressaufkleber erkennen …

*Für Astrid von ihrer Oma*

Für Robin von Onkel Tony

Und so viele davon! Das waren bestimmt alles Pakete, die in den letzten Monaten in der Post »verloren gegangen« waren.

Oh, Mann. Diese Biles waren das Allerletzte!

Über dem Kopf des Postmeisters hing ein großer Stadtplan von Starkley. Dutzende dicker roter Pfeile zeigten rauf und runter und links und rechts, von der alten grauen Brücke im Wald bis zum Uhrenturm im Ort.

ROUTEN stand in großen roten Lettern darüber.

*Muss wohl für die Briefträger sein*, dachte Hamish. *Aber was wollten die jenseits der alten grauen Brücke? Da kamen doch nur noch die Klippen …*

Hamish trat einen Schritt zurück, um sich den Stadtplan besser ansehen zu können, doch als er das tat, witterte er wieder diesen Mief. Die Spur schien nach nebenan zu führen.

Neugierig folgte er seiner Nase und stieß die Tür auf.

Was er da drinnen sah, würde er leider nie wieder *un*gesehen machen können.

*Urks!*

Grenville Bile saß mit knallrotem Kopf und runtergezogener Hose auf einer bräunlich-schmuddeligen Toilette. Er strengte sich an und schwitzte und zog eine fürchterliche Fratze. Mit einer Hand griff er nach der aufgeweichten Rolle Klopapier. Er fletschte die Zähne, und sein Bauch quoll hervor, ruhte auf den Oberschenkeln.

Oh, nein. Das wollte wirklich niemand sehen.

Instinktiv wandte sich Hamish ab, sah dann aber doch wieder hin. Offenbar hatte die Pause Grenville bei einer eher unangenehmen Betätigung gestört, und es sah so aus, als steckte er noch mittendrin. Die Pause so verbringen zu müssen! Auf der Schüssel!

Hamish kam zu dem Schluss, dass er einfach die Tür schlie-

ßen und diesen Jungen seinen privaten Geschäften überlassen lassen sollte. Schluss mit dem ganzen Hokuslokus.

Ich meine, *-pokus*.

Doch als er sich eben respektvoll zurückziehen wollte, fiel Hamishs Blick auf das, was er hier gesucht hatte: die Explorer, an Grenvilles speckigem Handgelenk. Irgendetwas in ihm funkelte und loderte kurz auf. Es war ein kleiner Wutausbruch.

*Du klaust die Uhr von meinem Vater, ja?*, dachte er, was ihn nur noch wütender machte. *Du jagst mich durch die ganze Stadt? Haust mir auf die Nase? Wirfst Colin Robinson in die Büsche? Schmeißt mit Bleistiften um dich?*

## *Na … wer hat jetzt das Sagen, du fette rote Krabbe?*

Hamish wurde bewusst, dass er zum ersten Mal die totale Kontrolle über Grenville hatte. Er konnte mit ihm machen, was er wollte.

Also nahm er die Rolle Klopapier, nach der Grenville gerade griff, und warf sie auf den Flur hinaus. Dort hüpfte sie auf und ab und rollte davon.

»Ha! Jetzt versuch mal, da ranzukommen!«, sagte er laut. Er wurde immer mutiger.

Jetzt die Uhr!

Vorsichtig schob Hamish sich an Grenville heran und zog ihm die Explorer über die Hand, wobei er peinlich darauf achtete, ja nichts anderes zu berühren. Da kam ihm plötzlich eine Idee.

Eine ziemlich dreiste sogar.

Nein, das konnte er nicht machen.

Oder doch?

Lieber nicht. Das wäre wirklich total gemein …

Wenn er das machte, woran er dachte, wäre er auch nicht besser als Grenville Bile …

Nein, Er brachte es einfach nicht übers Herz.

…

*Wäre* aber vielleicht lustig.

Hastig ging Hamish in die Hocke, packte Grenvilles eklig grüne Unterhose an beiden Seiten und riss sie so fest wie möglich hoch. Er zog sie bis zu Grenvilles Knien, dann weiter über die zwei verschwitzten Oberschenkel. Und dann – mit *gewaltiger* Anstrengung und *einigem* Geschick – zerrte er sie, so ruckartig wie er konnte, über Grenvilles Hintern.

Geschafft! Grenville hatte seine Unterhose wieder an!

Auf der Toilette!

Er saß mit hochgezogener Unterhose auf der Toilette, obwohl er *noch gar nicht fertig war*!

Hamish wollte lieber nicht dabei sein, wenn Grenville zum letzten Mal drückte.

Apropos … er sollte besser gehen.

Hamish kicherte noch immer, als er die Haustür hinter sich ins Schloss zog.

Er hatte seine Uhr wieder. Und er hatte seine *Grevanche* gehabt.

»Und?«, hörte er eine Stimme in der Grabesstille, was ihn zu Tode erschreckte.

Es war Alice Shepherd.

Sie lehnte an der Straßenlaterne gegenüber, mit einem Fischburger in der einen Hand und einem Lolli in der anderen.

»Du kommst mich abholen?«, fragte er entzückt.

»Ich komme, um zu sehen, ob du die Uhr hast«, sagte sie. »Um zu sehen, ob du ein Junge bist, der seinen Feinden die Stirn bietet.«

»Na ja, die Pause hat es mir leicht gemacht …«

»Und ich muss mit dir reden. Ich bringe Neuigkeiten, Hamish. Und ein Geheimnis. Ein sehr großes Geheimnis. Ein sehr großes, sehr schreckliches Geheimnis.«

»Was für eine Neuigkeit? Was für ein Geheimnis?«

»Wie gesagt: sehr groß und sehr *schrecklich*«, gab sie ungeduldig zurück. »Hast du deine Uhr wieder?«

Stolz zeigte Hamish sie vor.

»Toll«, sagte sie. »Was zeigt sie an?«

»18:15 Uhr.«

»Also müsste jeden Moment …«

BLITZ!

Die Fliegen flogen wieder durch Luft. Ein Vogel zischte vorbei. Irgendwo hupte ein Auto. Dieses Mädchen war *gut.*

Und plötzlich kam von irgendwo drinnen aus dem Haus Nummer 9 an der Knotweed Lane der mächtigste, ohrenbetäubendste, fassungsloseste Schrei des Entsetzens, den man je gehört hat.

***»OOHHHNNNNNNEEEEEEE-EIIIIIINNNNNN!«***, hörte man. ***»MEEEIIIINE-HOOOOOOOOOOSEEEEEE!«***

Hamish schlug eine Hand vor den Mund. Offensichtlich hatte Grenville gemerkt, dass seine Unterhose hochgezogen war.

Alice runzelte die Stirn und neigte ihren Kopf.

»Was hast du angestellt?«, fragte sie grinsend.

Und als die beiden sich verdrückten, hörten sie hinter sich den Postmeister brüllen.

**»OH, GRENVILLE!«**, tobte sie. **»NICHT SCHON WIEDER, JUNGE! NICHT SCHON WIEDER!«**

20

# Kleines Eis gefällig?

Zielstrebig, ohne auch nur einmal stehen zu bleiben, führte Alice Hamish auf eine Lichtung im Wald. Hamish sah sich um. Warum hatte Alice ihn hierhergebracht?

»Was ist dein Geheimnis?«, fragte er neugierig.

»Schscht«, machte Alice und lauschte.

Am Ende der Lichtung stand ein alter Blechschuppen, grün gestrichen, damit er besser zu den umstehenden Bäumen passte. Zweige hingen tief bis auf sein Dach, und ein großes Messingschloss sollte potenziellen Einbrechern die Arbeit erschweren.

»Was ist das hier?«, fragte Hamish.

»Der geheime Schrebergarten von meinem Opa«, flüsterte Alice und hielt sich dabei eine Hand ans Ohr, um besser lauschen zu können. »Das da war sein Geräteschuppen.«

»Aber warum sind wir hier?«

»Weil ich möchte, dass du ein paar Leute kennenlernst«, sagte Alice bedeutungsvoll.

Und als Hamish sich gerade seine nächste Frage überlegte … hörte er in der Ferne Musik.

So eine Art Klingelingeling-Musik.

So eine Art Plingplangplong-Musik.

Wie eine besonders große Spieldose.

Und die wurde immer lauter.

Hamish kannte diese Musik. Auch wenn er sie so noch nie gehört hatte.

Es war die Nationalhymne.

»Woher kommt das?«, fragte er Alice, doch das Motorengeräusch eines sich nähernden Autos brachte mit sich, dass sie sich die Antwort sparen konnte.

Zwischen den dunklen Bäumen sah Hamish zwei helle viereckige Scheinwerfer, und er hörte den jammernden Motor eines alten Lieferwagens. Ein blaues Blinklicht auf dem Dach beleuchtete die Bäume, als der Wagen einen Bogen fuhr.

Das konnte doch nicht sein … oder? Doch, da kam ein … *Eiswagen*?

Hamish sah Alice fragend an. Sie nickte ermutigend.

Direkt vor Hamishs Füßen kam der Wagen zum Stehen, und er konnte sehen, dass ein bebrillter Junge hinterm Steuer saß, der nicht älter als Hamish sein konnte, ihn jedoch mit todernster Miene durch die Windschutzscheibe anstarrte.

Der Junge stellte den Motor ab, und sofort verstummte auch die Musik. Die hinteren Türen flogen auf, und heraus sprangen ein anderer Junge, dann ein Mädchen und dann noch ein Junge.

Die drei salutierten vor Alice. Irgendwie kamen sie Hamish bekannt vor. Einer war in der Klasse über ihm an der Winterbourne.

Hamish sah sich den Eiswagen an. Unter all den Bildern von Ed von Schlecks, Flutschfingern und Calippos befand sich ein großes rundes Logo: eine geballte Faust, die eine Eiswaffel hielt, darüber ein gewaltiger Blitz.

Und darunter die Buchstaben:

**PAG**

»Hamish Ellerby«, sagte Alice. »Darf ich vorstellen: die PAG.«

»Die PAG?«, sagte Hamish, und alle Blicke richteten sich auf ihn.

»Ja«, sagte Alice. »Das, Hamish … ist die *Pausen-Abwehr-Gang*.«

PAUSEN
ABWEHR
GANG

PAG MITGLIEDSNUMMER: 1
DECKNAME: Bestimmer
ABTEILUNG: Oberkommando
ROLLER: Blauer Blitz
BESONDERE FÄHIGKEIT: Bewahrt im Angesicht der Gefahr einen kühlen Kopf.
BESONDERE KAMPFTECHNIKEN: Der Stirnrunzler, Der Vernichtende Blick, Ellenbogenhaken.
WAS KEINER WEISS: Fürchtet sich im Dunkeln. Würde das aber nie im Leben zugeben.

# BUSTER

PAG MITGLIEDSNUMMER: 2
DECKNAME: Muckis
ABTEILUNG: Innovation und Massenzerstreuungswaffen
ROLLER: Donnerknall
BESONDERE FÄHIGKEIT: Kann super Motoren frisieren. Busters erstes Dreirad lief achtzig Sachen, nachdem er es getunt hatte. Eines Tages fiel er runter, aber das Ding fuhr einfach weiter. Zuletzt gesehen wurde es, als es an John O'Groats vorbei ins Meer gerollt ist.
BESONDERE KAMPFTECHNIK: Die Betretene Echse (man kann nur ahnen, was das sein soll).
WAS KEINER WEISS: Buster kann kein Geheimnis für sich behalten. Aber erzähl's niemandem weiter. Das macht er schon selbst.

# ELLIOT

PAG MITGLIEDSNUMMER: 3
DECKNAME: Superhirn
ABTEILUNG: Strategien und Operationen. Und Tanzen.
ROLLER: Professor
BESONDERE FÄHIGKEITEN: Kennt sich mit Landkarten und Statistiken aus und weiß erheblich mehr als du. Besondere Kampftechnik: Der Feurig Fliegende Fußstampfer.
WAS KEINER WEISS: Eines Tages wird Elliot Premierminister sein. Von Schweden.

PAG MITGLIEDSNUMMER: 4
DECKNAME: braucht er nicht.
ABTEILUNG: was so anfällt.
ROLLER: namenlos
BESONDERE FÄHIGKEITEN: Ist einfach er selbst, yo!
BESONDERE KAMPFTECHNIKEN: Der Schiefe Grinser, Der Trockene Spruch, Die Smarte Tolle.
WAS KEINER WEISS: Er wäre eeeeeeeecht gern in einer Boyband. Er würde sie *M'agickal/Golden Boyz* nennen und ganz in Jeans rumlaufen. Aber sag seinen Freunden nichts davon (schon gar nicht Buster).

PAG MITGLIEDSNUMMER: 5
DECKNAME: Das Phantom
ABTEILUNG: Geheime Missionen und verdeckte Operationen
ROLLER: Glitzerflitzer
BESONDERE FÄHIGKEITEN: Meisterin der Tarnung. Briefmarkensammeln
BESONDERE KAMPFTECHNIK: Eben siehst du mich noch, und *zack* – schon stehe ich hinter dir, mit der Pfanne in der Hand!
Was keiner weiß: Kann »Hallo, wo ist hier die Toilette?« in neun Sprachen sagen. Hat noch nie klein beigegeben. Jahrelang dachte sie, ihr Onkel würde für den KGB (den ehemaligen sowjetischen Geheimdienst) arbeiten. Wie sich herausstellte, arbeitete er für KFC (die amerikanische Restaurantkette).

21

# Pausenwandler vereinigt euch!

»Du hast doch gesagt, wir zwei sind allein!«, zischte Hamish, als er Alice zur Seite nahm, nachdem sie ihn den anderen vorgestellt hatte. »Du hast gesagt, es gäbe nur dich und mich und sonst niemanden.«

»Tut mir leid«, sagte Alice und lehnte sich an einen Baum. »Ich wollte es dir schonend beibringen und sehen, ob du der Wahrheit gewachsen bist. Immerhin reden wir hier von einer ziemlich großen Sache.«

»Und was sind das jetzt für Leute?«, fragte Hamish und deutete auf die anderen.

»Die sind wie du und ich. Bei einigen sind die Eltern verschwunden. Andere haben Eltern zu Hause und *wollen* nicht, dass sie verschwinden. Aber es sind alles Pausenwandler.«

Hamish holte tief Luft.

»Je mehr Erwachsene verschwinden«, sagte er leise, »desto sicherer bin ich, dass mein Dad noch irgendwo da draußen ist.«

»Das mag ja sein«, sagte Alice. »Aber du musst dich unbedingt schützen. Vergiss nicht, dass es auch ganz anders sein kann.«

Hamish nickte traurig. Er wusste, dass sie recht hatte.

»Okay, also, bei uns läuft das folgendermaßen«, ging Buster dazwischen. »Ich bin verantwortlich für den PAG-Wagen und allgemeine Transportfragen«, sagte er. »Wenn die Pause losgeht, sollte man jede Sekunde nutzen können und ein schnelles Fahrzeug zur Verfügung haben!«

Buster hatte einen Afro, der seinen Kopf fast doppelt so groß wirken ließ, eine dicke schwarze Brille, ein paar ziemlich beeindruckende Muskeln für einen Elfjährigen und eine kleine Wampe, die er »das Tier in mir« nannte.

Offenbar rief er öfter mal: »Das Tier in mir braucht Futter!«

Da war es doch eine glückliche Fügung, dass er Zugang zum alten Eiswagen seines Onkels hatte, oder?

»Aber wir haben nicht nur den Wagen, Hamsterbacke«, sagte Buster, der Hamish immer wieder beim falschen Namen nannte. In den letzten paar Minuten hatte er ihn schon »Hamsterbacke«, »Hasenbein« und »Hulda« genannt.

Buster deutete hinter sich. Die PAG hatte dieselbe Idee gehabt wie Hamish: Mr. Slackjaws coole Motorroller. »Sieh dir unsere *Flotte* an!«

»Mr. Slackjaws verschwundene Vespas!«, sagte Hamish. »Ihr habt sie … geklaut?«

»*Geborgt*, Harold«, sagte Buster, um etwas kleinlaut hinzuzufügen: »Und … modifiziert. Bearbeitet. *Verbessert.*«

Hamish sah sie sich aus der Nähe an. Für jeden im Team stand da ein aufgebockter Roller.

Einer war pechschwarz, mit einem hellblauen Blitz. Hamish konnte sich denken, wem der gehörte.

Daneben stand ein verdreckter alter Scooter, der olivgrün angemalt war. Er hatte dicke Reifen und vorne dran etwas, das wie ein riesengroßes Pusterohr aussah. Das war bestimmt Busters.

Dahinter stand noch ein Roller, ein nagelneuer – gelb und rot und übersät von Lichterketten und Glöckchen, mit allem Drum und Dran.

»Das ist meiner«, sagte ein blondes Mädchen im gestreiften Pulli. »Ich bin Clover. Ich bin für die Aufklärung zuständig.«

»Wie jetzt – *Spionieren*?«, fragte Hamish erschrocken. »Ist dieser Roller denn nicht etwas … auffällig?«

»Ich bin eine Meisterin der Tarnung«, sagte sie. »Sieh her! Ich bin ein Mädchen, stimmt's?«

Hamish nickte. Clover zog einen falschen Bart aus einer ihrer vielen Taschen und klebte ihn sich an die Oberlippe.

»Jetzt bin ich ein Bankangestellter in den besten Jahren.«

Dann riss sie sich den Bart ab und klebte sich das eine Ende ans Kinn, sodass er der Länge nach herabhing.

»Jetzt bin ich ein zweitausend Jahre alter japanischer Kaiser.«

Dann klebte sie ihn sich ganz schnell an die Stirn.

»Jetzt bin ich eine alte Dame mit Monobraue.«

Alle applaudierten.

»Cool«, sagte Hamish. »Aber wie kommt es, dass du dich als Erwachsene verkleidest, wenn die Schrecklichen es doch auf die Erwachsenen abgesehen haben?«

Clover zog ein langes Gesicht.

»Stimmt«, sagte sie, nahm den falschen Bart und zerknüllte ihn.

»Ich bin Elliot«, sagte ein Junge mit unglaublich großen braunen Augen, eingerahmt von zwei besonders ausdrucksstarken Brauen. »Strategien und Operationen.«

»Was bedeutet das?«, fragte Hamish.

»Ich bin mir nicht ganz sicher«, sagte Elliot und zog eine Augenbraue hoch. »Aber im Grunde passe ich auf, was wir tun. Ich helfe auszurechnen, wann die nächste Pause kommen könnte und wie lange sie dauern wird. Aber das ist nicht das, was ich eigentlich machen möchte.«

»Was möchtest du denn *eigentlich* machen?«, fragte Hamish.

»Ich möchte *tanzen*«, sagte Elliot und gab eine kleine Kostprobe seines Könnens. »Aber leider ist das im Krieg nicht besonders nützlich.«

Hamish nickte verständnisvoll.

»Denn genau das ist es«, sagte ein Junge, der als Letzter aus dem Schatten trat. »Ein Krieg.«

Dieser Junge war ziemlich groß. Er trug enge Jeans, dazu ein T-Shirt mit einem Totenkopf darauf, hatte seine Sonnenbrille in die Stirn geschoben und einen Gesichtsausdruck wie jemand, der nicht leicht einzuschüchtern war.

»Ich bin Venk«, sagte er mit großer Geste. »Kurzform von Venkatesh. Dich kenne ich doch aus der Schule. Du treibst dich oft mit diesem ängstlichen Jungen rum.«

»Robin«, sagte Hamish.

»Wie findet *der* das alles?«

»Ehrlich gesagt habe ich ihm lieber nichts davon erzählt. Einmal ist er sogar in Ohnmacht gefallen, weil ein Freund vom Cousin vom Freund meiner Cousine angeblich ein Gespenst gesehen hatte. Ich mag mir gar nicht vorstellen, wie er darauf reagiert, dass reale Monster ihn bedrohen könnten.«

»Auch gut«, sagte Venk. »Das da ist übrigens meiner.«

Er deutete auf einen dunkelroten Roller, der mit polierten Chromstacheln besetzt war. Er hatte einen besonders hohen Lenker und einen besonders niedrigen Sitz. Hinten dran steckte eine lange, biegsame Stange mit einer Fahne, auf der »PAUSENWANDLER FOREVER« stand.

Hamish war beeindruckt.

»Ich könnte mir vorstellen, dass …«

»Ja, die Mädchen stehen auf mich«, sagte Venk. »Da hast du recht.«

»Das wollte ich eigentlich gar nicht …«

»Nett von dir, dass du es erwähnst. Danke, Mann.«

Alice rümpfte die Nase. Sie wirkte nicht sonderlich beeindruckt.

»Und was ist mit dir, Hamish Ellerby?«, fragte Venk und ließ seine Sonnenbrille von der Stirn vor seine Augen rutschen. »Was bringst du mit ins Team? Was macht *dich* so besonders?«

Hamish überlegte, dann streckte er den Arm aus, damit sie sich seine Uhr ansehen konnten.

»Ihr dürft mich ›Zeitwächter‹ nennen.«

Venk lächelte.

»Hamish«, sagte Alice. »Hast du daran gedacht, die Grafik von deiner Mum mitzubringen?«

Hamish zog ein ordentlich gefaltetes A4-Blatt hervor.

»Ich hab zu Hause im Papierkorb eine Kopie gefunden«, sagte er.

»Was ist das«, fragte Elliot interessiert. »Ist das …?«

Er nahm es an sich und las.

»Das ist Gold wert!«, sagte er begeistert.

»Und jetzt«, sagte Alice, als die Bande sich wieder beruhigt hatte, »kann ich euch auch verraten, wieso ich euch alle hierhergelotst habe.«

# 22

# Das Ende naht …

Dann stimmte es also.

Die Pausen wurden nicht nur länger und kamen immer öfter – sie wurden außerdem immer *gefährlicher*.

Am nächsten Tag in der Schule konnte Hamish an nichts anderes denken als an die Schrecklichen.

Je öfter sie kommen, desto mehr Leute holen sie.

Je mehr Leute sie holen, desto länger können sie bleiben.

Je länger sie bleiben, desto mehr Leute können sie sich schnappen.

Je mehr sie sich schnappen können, desto weniger müssen sie aufpassen.

Je weniger sie aufpassen müssen, desto eher kommen sie wieder.

All das zusammengenommen bedeutet, dass sie sich schneller ausbreiten, dass sie gemeiner sind, dass sie hungriger sind … und sie sind längst unter uns.

»Also!«, sagte Mr. Longblather, was Hamish aus seinen Gedanken riss. Bedrohlich schweifte der Blick des Lehrers über die Klasse 4e. »Ich habe mir gedacht, wir könnten heute noch mal etwas eingehender über das Wunder der *Bodenerosion* sprechen!«

Hamish hockte an seinem Pult, ließ den Kopf in die Hände sinken und dachte an die letzte Nacht. Seine Gedanken kreisten um all das, was die PAG ihm erzählt hatte …

*»Sieh dir die Grafik von deiner Mutter an!«, hatte Elliot gesagt und das Blatt hochgehalten.*

*»Es ist nur eine Grafik«, hatte Hamish erwidert, weil er nicht ganz sicher war, was die ganze Aufregung eigentlich sollte.*

*»Nein, nein!«, rief Elliot aufgeregt. »Sieh dir an, wie die Kurve ansteigt! Zuerst ganz langsam, seit kurz vor Weihnachten. Nur hin und wieder die eine oder andere Beschwerde, aber dann sieht man, wie die Kurve immer höher steigt. Es bedeutet, dass in unserer Stadt die Unzufriedenheit wächst! Was wiederum bedeutet, dass die Schrecklichen etwa zu diesem Zeitpunkt erstmals zugeschlagen haben!«*

*»Wenn wir diese Information dem hinzufügen, was wir bereits wissen«, hatte Alice hinzugefügt, »lässt sich erkennen, dass die Schrecklichen immer mehr Druck machen.«*

*»Sie machen nicht nur Druck!«, hatte Elliot gerufen, mit erhobenem Zeigefinger, um seinen Worten mehr Ausdruck zu verleihen. »Sie* rasen *förmlich auf etwas zu!«*

*Hamish verstand nur Bahnhof.*

*»Alles deutet darauf hin«, hatte Elliot erklärt, »dass es so etwas wie ein Großes Finale geben wird.«*

»Ein ›Großes Finale‹?«, hatte Hamish nachgefragt. »Was für ein Großes Finale denn?«

»Etwas Kataklysmisches«, sagte Elliot, und in seinen Augen brannten Angst und Eifer. »Etwas Apokalyptisches. Ein Finale, das so verheerend und grauenerregend ist, dass man es sich gar nicht vorstellen mag. Seht euch die Grafik an!«

Er hielt sie übers Lagerfeuer, das sie entzündet hatten, um besser sehen zu können.

»Wenn diese rote ›Beschwerde‹-Kurve senkrecht nach oben geht, vertikal sozusagen, ist das der Moment, in dem wir etwas wirklich Schlimmes zu erwarten haben.«

»Wieso?«, fragte Buster.

»Weil das der Moment ist, in dem sich die Lage nicht mehr verschlechtern kann«, antwortete Elliot.

»Was passiert dann?«, fragte Clover bestürzt. »Was ist dieses Finale?«

»Beim Großen Finale werden sie alle holen«, hatte Elliot gesagt und sie bei den Schultern genommen. »Männer, Frauen, Kinder, Teenies – alle.«

»Teenies!«, sagte Clover. »Aber woher soll man denn wissen, ob die neuerdings gemein geworden sind? Die sind doch immer gemein!«

»Das ist ja das Geniale daran«, sagte Elliot. »Teenies könnten sie sich schon die ganze Zeit holen. Keiner würde was merken!«

Je länger sie darüber nachdachten, desto einleuchtender schien es ihnen. Überall in Starkley verschwanden beängstigend viele

*Erwachsene, aber niemand unternahm etwas dagegen. Schließlich kamen die meisten nach ein paar Tagen wieder, und wenn jemand länger verschwand, suchte man nach einfachen Erklärungen.*

*»Ach, der macht bestimmt Urlaub«, hörte man dann über den Mann mit der Kapitänsmütze, dem der Supermarkt gehörte, obwohl er in fünfzig Jahren noch nie Urlaub gemacht hatte.*

*Man erzählte sich, die Leute hätten in der Lotterie gewonnen und sich spontan eine Burg in Schottland gekauft, samt Butler und einem Sofa aus reinem Gold.*

*Oder jemand sei auf der High Street von Starkley entdeckt worden. Aus heiterem Himmel habe man ihm einen Model-Vertrag angeboten. Die Zeitschrift* Zauberhafte Zinken *habe ihn flugs nach Mailand mitgenommen, um aus ihm den neuen Mister Nase zu machen.*

*Oder sie seien schwimmen gegangen, und das hätte ihnen solchen Spaß gemacht, dass sie schließlich bis nach Calais geschwommen waren und beschlossen hatten, dort zu bleiben.*

*Niemand schien irgendwas zu hinterfragen. Es war, als ob die Erwachsenen, die noch nicht geholt worden waren, nicht wussten, wie sie damit umgehen sollten, dass sich ihre Stadt derart veränderte.*

HH

Hamish kam zu sich und starrte aus dem Klassenfenster.

Zwei dicke Männer stritten um eine Katze.

Ein Auto hielt. Eine Frau kurbelte die Scheibe herunter

und schrie die Männer an, mit Worten, die ich deinen unschuldigen, engelsgleichen Ohren ersparen möchte.

Plötzlich raste ein Radfahrer vorbei und brach den Seitenspiegel am Auto der Frau ab, was die beiden Männer zum Lachen brachte.

Also stieg sie aus und trieb die beiden mit einem trockenen Baguette vor sich her, das sie zufällig noch auf dem Rücksitz liegen hatte.

Die Welt war lauter. Brülliger. Streitiger. Aggressiver. Abfälliger. Fieser. Mieser. Bissiger. Und alles in allem grässlicher.

Das konnte so nicht weitergehen.

Hamish wollte sich gleich nach der Schule wieder mit der

PAG treffen. Elliot hatte ausgerechnet, dass am Abend eine Pause fällig wäre. Und jetzt mussten sie sich auch noch darauf einstellen, dass irgendwann demnächst dieses Große Finale stattfinden würde.

Hamish seufzte. Mr. Longblather stolzierte vorn im Klassenzimmer auf und ab, wobei er dem einen oder anderen Kind eins hinter die Löffel gab, weil es ihm zu laut atmete oder er meinte, die Haltung könnte besser sein.

Hamish richtete sich auf.

Wer wäre als Nächstes dran?

Schweigend sah Hamish sich im Klassenzimmer um. Es bot nicht den üblichen Anblick. Keiner benahm sich daneben. Keiner tratschte oder reichte Zettelchen weiter.

»Meine Mum meint, ich sollte vielleicht lieber eine Weile zu Hause bleiben«, wisperte Robin plötzlich, wobei es ihm gar nicht ähnlich sah, ein Risiko auf sich zu nehmen, indem er während des Unterrichts schwatzte. »Du weißt ja, wie ängstlich sie manchmal ist.«

Robin rollte mit den Augen, als wäre er nicht genauso ängstlich wie sie.

»Jedenfalls scheint sie zu glauben, dass da irgendwas Schräges vor sich geht. Sie meint, sie kann so einen unterschwelligen Groll spüren.«

»Da geht wirklich was Schräges vor sich«, sagte Hamish. »Ich weiß nur nicht, ob es …«

**»ELLERBY! HÖR AUF ZU QUATSCHEN!«**,

hörte Hamish plötzlich, gefolgt von einem dumpfen Schlag an den Kopf und Kreidestaub in der Luft.

Na, super. Dann würde er also auch am Mittwoch nachsitzen müssen.

Hamish hatte eine Einkaufsliste mit Sachen bekommen, die er dringend brauchen würde. Die PAG hatte in den letzten Wochen ganze Arbeit geleistet.

Wie und wo sie nur konnten, hatten die Kinder den Schrecklichen und deren üblen Herren und Meistern – den Weltstoppern – das Leben schwer gemacht.

Während er nun so dasaß und nachsitzen musste, dachte er an seine neuen Freunde von der Pausen-Abwehr-Gang.

*»Alice hat mich vor ungefähr sechs Wochen gefunden«, hatte Buster ihm erzählt. »Eines Tages ist sie meinem Eiswagen gefolgt. Zusammen haben wir dann die anderen aufgetrieben. Nur Clover hätten wir – ehrlich gesagt – fast nicht gefunden.«*

*»Wieso?«*

*»Sie hatte sich als Busch verkleidet«, sagte er. »Das ist eine ihrer besten Verkleidungen. Im Grunde die einzig gute.«*

*»Und was habt ihr gemacht?«, fragte Hamish.*

*»Wir haben versucht, uns was zu überlegen, womit wir die Schrecklichen aufhalten können. Elliot hat versucht, alles Mögliche zusammenzumixen, um sie darin aufzulösen. So Sachen wie Flüssigwaschmittel, vermischt mit Batteriesäure.«*

*»Aber es hat nicht gewirkt?«*

*»Nein«, hatte Buster ihm erklärt. »Danach waren sie höchstens ein bisschen sauberer. Und Batteriesäure fanden sie einfach nur lecker.«*

*»Was noch?«*

*»Wir haben versucht, sie in Fallgruben zu fangen. Wir haben versucht, sie mit Garagentoren zu erschlagen, die ich mit riesigen Sprungfedern ausgestattet hatte. Wir haben ihnen einen unmissverständlichen Brief geschrieben und sie aufgefordert zu verschwinden.«*

*»Aber sie kamen immer wieder«, hatte Venk hinzugefügt. »Immer mehr Monster überschwemmten die Stadt. Überall in Starkley breitete sich ihr Gestank aus. Und jedes Mal nahmen sie mehr Erwachsene mit.«*

*»Im günstigsten Fall«, hatte Clover ihm erklärt, »fangen wir eines der Monster. Damit könnten wir zumindest beweisen, dass sie existieren. Wenn wir eins fangen und es der Polizei, dem Militär oder dem Bürgermeister zeigen, dann würden die vielleicht was unternehmen.«*

*»Wie wäre es, wenn wir sie fotografieren?«, hatte Hamish vorgeschlagen.*

*»Haben wir versucht«, antwortete Alice. »Da ist überall nur die Pause zu sehen. Auf den Überwachungskameras und auch auf allen Handys.«*

*Und deshalb, hatte Buster erklärt, sei Hamishs Uhr so wichtig. Mit der Explorer war die PAG in der Lage, die Zeit einzuschät-*

*zen, egal, wo sie sich gerade in Starkley befanden – nicht nur in der Nähe der Turmuhr. Damit wussten sie, wie weit die Pause fortgeschritten war – und wie lange ihnen noch blieb, bis die Welt sich weiterdrehte.*

*Und das – davon war Elliot überzeugt – würde ihnen noch sehr nützen.*

*Denn sie waren die Einzigen, die verhindern konnten, dass die Schrecklichen ihr Großes Finale erreichten.*

HH

Auf dem Heimweg von der Schule sah sich Hamish die blaue Leinentasche näher an, die Venk ihm am Abend gegeben hatte.

Es war ein PPP – ein *Pausen-Protektions-Paket*. Verglichen damit sah Hamishs PDK geradezu amateurhaft aus.

Darauf gesprüht stand **II PPP**.

Jetzt musste Hamish die Tasche nur noch mit den Sachen von der Liste bestücken.

**EXTRASTARKER TABASCO und AFTERSHAVE-ZERSTÄUBER**

*»Die Schrecklichen finden, dass Menschen stinken«, sagte Venk. »Aber sie mögen unsere Ausdünstungen. Deshalb lecken und betatschen und knutschen sie uns ab. Ein paar Spritzer extrastarker Tabasco aus einem ausgedienten Parfüm- oder Aftershave-Zerstäuber – dann tun sie es so schnell nicht wieder!«*

### EIN PAAR OFENHANDSCHUHE

*»Man möchte seinen Geruch nicht überall hinterlassen«, sagte Clover. »Am besten verwischt man seine Spuren, besonders wenn man auf Erkundungstour ist. Ofenhandschuhe verhindern, dass die Monster unsere Handabdrücke erschnüffeln können!«*

### EINE GEMISCHTE TÜTE SÜSSES AUS MADAME COUSCOUS' INTERNATIONALER WELT DER ZUCKERSWAREN

*»Für die lebenswichtige Ernährung während der Pause!«, sagte Buster. »Süßigkeiten magst du doch, oder, Hotdog?« »Ich heiße Hamish«, sagte Hamish. »Aber natürlich«, sagte Buster. »Entschuldige, Hashtag.«*

### EINE KLEINE TUBE DESINFEKTIONSGEL

*»Zur unmittelbaren Anwendung nach dem Kontakt mit einem Schrecklichen!«, sagte Alice und verzog das Gesicht.*

Und schließlich …

### EIN STADTPLAN VON STARKLEY

*»Aus naheliegenden Gründen!«, sagte Venk. (Und wenn du dir nicht erklären kannst, wozu sie einen Stadtplan brauchen, gehörst du vielleicht nicht in die PAG! In diesem Fall solltest du das Buch sofort beiseitelegen, bevor du noch Ärger kriegst.)*

Wenn er sich die Liste so ansah, stellte nur die Tüte mit den Süßigkeiten ein Problem dar, weil Hamish in Madame Couscous' Internationaler Welt der Zuckerwaren lebenslanges Hausverbot hatte. Und als er gerade dabei war, sich zu überlegen, ob es auch eine Tüte mit Süßigkeiten von woanders tun würde, bemerkte Hamish, dass in der Gasse rechts von ihm etwas Ungewöhnliches vor sich ging.

Da war Grenville Bile.

Er wurde von zwei größeren Jungen an die Mauer gedrängt.

Hamish hatte Grenville noch nie so verängstigt gesehen.

Konnte das wahr sein? Kassierte diesmal der Schläger die Schläge?

»Ich dachte, du wolltest uns deine neue Uhr zeigen!«, hörte Hamish den Größeren der beiden Jungen knurren.

»Oh«, sagte Grenville schlotternd. »Ja, das wollte ich auch. Aber leider …«

»Was?«, sagte der Junge. »Aber leider wolltest du uns deshalb *anlügen*?«

Hamish langte in seine Tasche, um sicherzugehen, dass die Explorer noch da war.

»Nein!«, sagte Grenville. »Ich hab nicht gelogen! Ich hatte eine neue Uhr! Die war echt cool, genau wie ich gesagt habe! Es ist nur, also, na ja …«

»Klar«, sagte der zweite große Junge. »Das glauben wir dir doch. Wahrscheinlich ist es diesmal ganz anders als sonst,

wenn du einfach irgendwas behauptest, was dann gar nicht stimmt.«

»Genau! Wie als du gesagt hast, dass David Beckham dich von der Schule abholt.«

»Genau!«, sagte der zweite große Junge. »Stundenlang haben wir gewartet!«

Die Jungs hoben Grenville am Pulli hoch, was angesichts seines Umfangs gar nicht so einfach war.

»Ich hab euch doch gesagt, dass er den Bus verpasst hat!«, log Grenville verzweifelt. »Und alles andere, von dem ich euch erzählt habe, gehört mir wirklich!«

»Aber sicher«, sagte der zweite große Junge eklig grinsend. »Weißt du was, Grenville Bile? Du bist ein nutzloses, kleines

Wiesel. Mach dich für deine wöchentliche Abreibung bereit.« Er hob eine fleischige Faust. Wimmernd schloss Grenville die Augen.

*Wöchentliche Abreibung?*, dachte Hamish. Passierte das hier denn jede Woche? Hamish hatte Grenville noch nie wimmern gehört. Und jetzt sollte er auch noch verprügelt werden!

Irgendwie hätte er gern gesehen, wie der Fiesling seine gerechte Strafe bekam. Doch mit dem Streich mit der Unterhose hatte Hamish es ihm schon heimgezahlt. Was hier passierte, fand er einfach *unfair*.

»Oh, hallo, Grenville!«, rief Hamish, winkte zuversichtlich und trat vor.

Grenville machte ein Schweinsäuglein auf, um nachzusehen, wer da kam. Da wurde sein Gesicht ganz lang. Er dachte bestimmt, Hamish wäre begeistert, dass der Rüpel bekam, was er verdiente.

»Hey«, sagte Hamish. »Du hast deine Uhr in der Schule vergessen.«

Er holte die Explorer aus seiner Tasche. Sie glänzte in der Sonne. Die beiden größeren Jungen starrten erst die Uhr an, dann Hamish, dann Grenville.

»Die ist supercool, Grenville«, sagte Hamish. »Du hast echt Glück.«

»Oh, äh … ja, danke, Hamish«, sagte Grenville und fragte sich im Stillen, wieso sein alter Feind ihm half. »Danke, dass du mir meine Uhr bringst, die mir definitiv gehört.«

Einer der größeren Jungen zog die Nase hoch. »Pah«, sagte er. »Nur weil das mit der Uhr stimmt …«

»Ach, und Grenville«, sagte Hamish, »vielen Dank noch mal, dass ich mir gestern deine Super-Action-Rascals ansehen durfte.«

»Oh, na ja, gerne, Hamish …«, sagte Grenville langsam.

»Und deinen riesigen Flachbildfernseher und deine Filmsammlung und deine vielen Filmplakate. Und deinen Billardtisch.«

Überrascht starrten die beiden Schlägertypen Grenville an.

»Und deinen Kickertisch«, fuhr Hamish fort und trat näher heran. »Und deinen coolen Flipperautomaten und deine Spielkonsolen und deinen massiv goldenen Zylinderhut.«

Die beiden Schläger starrten Hamish an, aber Hamish hatte keine Angst. Inzwischen wusste er, was echte Angst war, und ein paar dämliche Schläger gehörten nicht dazu.

»Und deine elektrische Eisenbahn«, sagte Hamish, der inzwischen Spaß an diesem Gespräch fand, »und deine ferngesteuerten Autos und deine Aquarien und den ausgestopften Waschbären.«

»Ja, okay, kein Problem«, sagte Grenville, der dachte, dass es langsam reichte.

»Und deinen Starschnitt vom Premierminister«, improvisierte Hamish. »Und dein Modell vom Fußballstadion, dein Mondgestein und natürlich noch mal vielen Dank, dass ich mir deinen Roboter-Affen-Diener ansehen durfte.«

Zu viel des Guten?

Offenbar nicht, denn die beiden größeren Jungen räusperten sich, klopften Grenville versöhnlich auf die Schulter und zogen ihrer Wege. Hamish vermutete, dass sie Grenville eine Weile in Ruhe lassen würden. Und sei es nur, weil sie fürchteten, dass er ihnen seinen Roboter-Affen-Diener auf den Hals hetzen könnte.

»Äh … danke, Hamish«, sagte Grenville aufrichtig und rieb seinen Nacken.

Hamish hielt ihm die offene Hand hin.

Grenville ließ die Explorer hineinfallen.

»Tut mir leid, dass ich sie dir weggenommen habe«, sagte er. »Diese Jungs, die … na ja, sie meinen, man ist nur wer, wenn man Geld hat. Die machen mir schon seit Monaten das Leben schwer. Ich hab das ganze Spielzeug gar nicht, Hamish. Aber wahrscheinlich habe ich mich einfach schon daran gewöhnt, so zu tun als ob.«

Soll ich dir sagen, was Hamish in diesem Augenblick am besten hätte antworten sollen? Vermutlich so etwas wie: ›Na, da haben wir heute wohl alle unsere Lektion gelernt.‹

Oder: ›Wir machen alle Fehler. Erst die Vergebung macht uns zu Menschen.‹

Oder: ›Die Welt dreht sich nicht ums Geld allein, Grenville!‹

Oder sonst irgendwas Inspirierendes, wie man es auf den Stoßstangen mancher Autos liest.

Es hätte weise gewirkt. Und ich denke, du und ich, wir beide hätten wohl das Gefühl gehabt, Hamish wäre charakterlich auf dem rechten Weg, was auch auf unser Leben positiv abfärben könnte.

Doch Hamish war kein Freund »großer Momente«, also sagte er stattdessen nur: »Ist schon okay, Grenville!«, gefolgt von: »Hey! *Ich hab dich gestern auf'm Klo gesehen*!«

Und dann machte er sich lachend davon, mit dem guten Gefühl, dass er seine Rache nun gehabt hatte, während Grenville dastand und schäumte.

HH

»Du bist spät dran«, sagte Alice mürrisch, als Hamish sich der Lichtung näherte.

»Ich musste nachsitzen«, sagte Hamish. »Zusammen mit der ganzen Klasse. Und unserer Nachbarklasse. Und am Ende war Mr. Longblather so genervt von sich, dass er sich sogar selbst zum Nachsitzen verdonnert hat, und deshalb mussten wir warten, bis er fertig war, damit er uns danach dann beaufsichtigen konnte. Und nach dem Nachsitzen hatte ich eine alte Rechnung zu begleichen. Und ich musste mich um mein PPP kümmern.« Wenn er es recht bedachte, hatte er an diesem Tag ziemlich viel zu tun gehabt.

»Schön für dich«, sagte Alice. »Aber während du dich da draußen vergnügt, alte Rechnungen beglichen und Einkäufe erledigt hast, hat Elliot mit Mr. Bodfish hart gearbeitet.«

»Wer ist das?«

»Fachbereichsleiter Mathematik an der St. Autumnal. Elliot hat ihm die Grafik von deiner Mum gezeigt. Er hat sie neu beschriftet und so getan, als zeigte sie an, wie oft Vögel auf das Auto von seinem Vater geschissen hatten. Und Mr. Bodfish kam zu einer Schlussfolgerung.«

»Und zwar?«

»Dass Elliots Vater sein Auto lieber umparken sollte.«

»Ach. Und was noch?«

»Er hat in den Zahlen ein Muster gefunden«, sagte sie. »Er konnte ermitteln, wann die Kurve ihren Höhepunkt erreicht haben wird. Was so viel heißt wie: wann das Große Finale stattfindet.«

»Was willst du damit sagen?«, fragte Hamish bestürzt. »Jetzt wissen wir es genau? Dass es ein Großes Finale geben wird? Und auch *wann*?«

»Oh, Hamish«, sagte sie und legte ihm eine Hand auf die Schulter. »Uns bleibt noch Zeit bis Samstag. Das sind drei Tage. Danach wird die Welt nie mehr so sein, wie sie war.«

23

# Die anderen

»Drei Tage«, sagte Elliot kopfschüttelnd und tippte auf die Grafik. »Und bis dahin höchstens noch drei Pausen.«

»Das reicht nicht«, sagte Venk besorgt. »Drei Tage reichen nicht!«

Die Mitglieder der PAG standen auf der Lichtung, jedes mit einem *Pausen-Protektions-Paket* um die Schulter.

Hamish trug wie immer seinen ›H‹-Pulli. Die anderen steckten größtenteils in Overalls.

Hamish sah auf die Explorer.

»Wann kommt die nächste Pause?«, fragte er.

»Gegen 19:04 Uhr«, sagte Elliot bei einem Blick auf seine Berechnungen. »Aber denk dran, dass ich es nicht *ganz* genau vorhersagen kann.«

Es war gerade 19:00 Uhr.

»Was ich gerne wissen würde, ist … warum wir?«, sagte Hamish.

»Wie meinst du das?«, fragte Venk.

»Na ja – warum sind *wir* die einzigen Pausenwandler? Was verbindet uns?«

Darüber dachten alle nach. Venk spielte mit dem Gurt an seinem PPP herum.

»Na ja, wir sind alle Kinder«, sagte er und zuckte mit den Schultern. »Ungefähr im selben Alter. Und wir wohnen alle in Starkley.«

»Ja«, sagte Hamish. »Das stimmt. Aber da muss es noch was anderes geben. Es muss seinen Grund haben.«

»Wir gehen nicht alle auf dieselbe Schule«, sagte Clover. »Das kann es also nicht sein. Hey, vielleicht liegt es an unseren Geburtstagen! Ich bin am 2. Juli geboren – und ihr?«

»10. Januar«, sagte Buster.

»22. November«, sagte Venk.

Hm. Tja, das war es auch nicht.

Hamish sah noch mal auf seine Uhr. 19:02 Uhr.

»Ah!«, sagte Venk, als er eine Idee hatte. »Ich bin das älteste Kind in meiner Familie!«

»Damit wären wir schon zu zweit!«, sagte Buster begeistert.

»Zu dritt!«, sagte Clover.

Wäre das eine Möglichkeit?

»Aber ich bin der Jüngste«, sagte Elliot.

»Damit wären wir schon zu zweit«, sagte Hamish.

»Zu dritt«, sagte Alice.

Daraufhin schwiegen sie und grübelten weiter. Tatsächlich waren sie alle sehr verschieden.

»Irgendwas *muss* es doch geben«, sagte Hamish.

»Autsch«, sagte Buster und hielt seine Wange.

»Was ist mit dir?«, fragte Alice.

»Ach, nichts«, sagte Buster. »Ich glaub, meine Plombe sitzt locker.«

»Du isst zu viel Süßes«, sagte sie. »Weil du ständig das Tier in dir fütterst.«

»Du musst dich gerade melden«, erwiderte er. »Du hast doch rund um die Uhr einen Lolli im Mund.«

»Bei mir sind es Chomps«, sagte Hamish lächelnd. »Oder waren es zumindest, bis ich Hausverbot bekommen habe bei …«

»Au, au, *au*!«, jammerte Buster. Sein Zahn machte ihm schrecklich zu schaffen.

»Du brauchst eine neue Füllung«, sagte Venk mitfühlend.

»Na, klar«, sagte Buster. »Und die back ich mir heute Abend selbst, oder was?«

»Du solltest zu meinem Zahnarzt gehen. Dr. Fussbundler von Au Backe«, sagte Hamish. Er sah auf seine Uhr. Es war 19:04 Uhr. Er sah sich um. Keine Anzeichen einer Pause.

»Ich war ja bei Au Backe«, sagte Buster. »Dr. Fussbundler hat mir den ganzen Gaumen mit diesem grässlichen Gummiglibber vollgeschmiert. Und pausenlos hat er diese schrecklichen Zahnarztsprüche geklopft.«

»Ja!«, sagte Clover. »Das ist mir auch aufgefallen. *›Ich fülle mich einfach gut!‹* und so. Beim letzten Mal bin ich aus dem Augenrollen gar nicht wieder rausgekommen.«

»Warte«, sagte Hamish. »Warte mal …«

»Und dann beugt er sich so über einen, stimmt's?«, lachte Venk. »Und er sagt …«

»*Kein Grund,* spange *zu sein*!«, gluckste Alice und rollte mit den Augen.

»Warte mal!«, wiederholte Hamish, und alle wandten sich ihm zu, leicht genervt, weil er sie bei ihren Späßen störte.

»Du hast bei Dr. Fussbundler eine Füllung bekommen«, sagte er und deutete auf Buster. »Genau wie *du* und *du* und *du* und *du* …«

»Ja?«, sagte Alice.

»Und *ich*.«

»Na und?«

»Vielleicht ist es das, was uns verbindet!«

»Was? Zu viel Süßes?«

Es war wie eine Glühbirne direkt über Hamishs Kopf.

»Die Füllungen!«, sagte er. »Ich glaube, diese Füllungen verhindern, dass sich die Pause auf uns auswirkt!«

24

# Die Erleuchtung!

Ihnen ging ein Licht auf.

Und eines war den Kindern ganz, ganz schnell klar gewesen: Sie konnten unmöglich die einzigen Kinder in Starkley sein, die eine Füllung bekommen hatten. Das wäre Irrsinn. Wovon sollte Dr. Fussbundler seine weißen Wände bezahlen, wenn sie die einzigen Patienten wären? Wie sollte Madame Couscous überleben, wenn sie nicht genügend Süßigkeiten verkaufte, dass sich die Kinder damit die Zähne verdarben?

Nein. Es musste noch andere Kinder geben, denen Eric Fussbundler diese graue Pampe in die Zähne schmierte. Und das bedeutete, dass es da draußen noch andere Pausenwandler gab.

Hamish wusste sofort, dass diese Erkenntnis von einiger Bedeutung war.

»Wir könnten eine Armee aufstellen!«, sagte er.

»Klar«, sagte Venk. »In drei Tagen.«

»Wir brechen bei Au Backe ein«, sagte Alice. »Da gibt es bestimmt Patientenakten von allen Kindern unserer Stadt, die

Füllungen bekommen haben. Damit gehen wir dann einfach von Tür zu Tür und rekrutieren diese Kinder für die PAG!«

Und das war der Moment, in dem Buster vortrat.

»Es sei denn«, sagte er, »es fände sich in den sechsundzwanzig Minuten und sechsundzwanzig Sekunden der nächsten Pause noch eine andere Möglichkeit.«

Alle sechs quetschten sich in den allervordersten Wagen der allerhöchsten Achterbahn.

»Der Zahnlückenotter!«, sagte Hamish selig. »Endlich sehen wir uns wieder!«

Diese Bahn hatte Hamish schon immer am liebsten gemocht. Deshalb sparte er das ganze Jahr, um so oft wie möglich damit fahren zu können. Es war eine gigantische, spindelige Achterbahn, die durch einen gewaltigen Otterkopf aus Gips führte. Sein Dad hatte ihn darauf gebracht und gemeint, diese Bahn habe es in Starkley schon gegeben, als *er* noch ein kleiner Junge gewesen war. Zwischen den beiden monströsen Vorderzähnen des Otters befand sich eine Lücke, durch die man mit Höchstgeschwindigkeit hindurchschoss. Elliot hatte sich schon zweimal übergeben, und dabei waren sie bisher nur langsam aufwärts gefahren.

Buster drückte die Stopptaste auf der Fernbedienung, an der er rumgelötet hatte.

»Mein Dad war Ingenieur«, sagte er, als der Waggon oben zum Stehen kam. »Ich hab geübt, in seiner Garage.«

»Haben sie deinen Dad auch geholt?«, fragte Hamish. »Ist er irgendwo da draußen im Wald?«

Da wurden alle ganz still.

»Nein«, sagte Buster. »Nein, sie haben ihn nicht geholt.«

»Oh«, sagte Hamish, als ihm klar wurde, was Buster damit meinte. »Oh, Buster, es tut mir leid. Ich wusste ja nicht …«

Jetzt konnte Hamish auch verstehen, weshalb Buster so entschlossen war. Buster wollte die Welt zu einem besseren Ort machen.

Wenn man dort saß, hoch oben auf dieser Achterbahn, mit Blick über Starkley bei Nacht, konnte das auch jeder nachvollziehen. Denn von hier oben sah man alles. Man sah die Turmuhr. Man sah Grenvilles Haus. Man sah das Dach von Hamishs Haus. Man sah die Winterbourne und St. Autumnal, die Grundschule von Spring Grove und den Summer-House-Kindergarten. Man konnte alles sehen.

Die Pause hatte den Ort zu einer hübschen Uhrzeit eingefroren.

»Das scheint mir doch eine übertrieben harte Strafe für mangelnde Zahnhygiene«, sagte Elliot. »In der Pause gefangen zu sein.«

So hatte Hamish es noch gar nicht betrachtet. Er sah es anders. Er sah es als Gelegenheit.

»Wahrscheinlich habe ich nur Angst«, gab Elliot zu. »Als es das erste Mal passiert ist, saßen wir zu Hause gerade beim Frühstück. Ich hatte einen Witz über das Verhältnis von Teilchenphysik und Quantenmechanik erzählt, als alle erstarrten. Erst dachte ich, sie konnten dem Verhältnis von Teilchenphysik und Quantenmechanik einfach nur nichts abgewinnen!«

»Ach was«, sagte Alice.

»Jedenfalls«, sagte Elliot, »haben sie drei Minuten später weitergegessen, als wäre nichts gewesen. Von diesem Moment an habe ich mich etwas ausgeschlossen gefühlt. Als wären sie eine Einheit und ich etwas ganz anderes.«

»Du bist genau wie sie«, versicherte ihm Hamish. »Du gehörst immer noch zu ihnen. Nur dass du gleichzeitig auch anders bist. Vielleicht kannst du ihnen helfen. Sie *beschützen*. Die Welt beschützen! Das Große Finale verhindern!«

Unvermittelt kamen Hamish die Worte seines Vaters in den Sinn …

*»Vorbeugen ist besser als Heilen, H! Sei stets bereit!«*

Und dann …

»Guckt mal!«, sagte Alice. »Du hattest recht, Buster! Da bewegt sich was!«

Irgendwo weit unten huschte ein pummeliger Junge im gestreiften Hemd nervös herum, wetzte von einem Mülleimer zum nächsten.

»Den kenne ich! Das ist Dexter«, sagte Alice. »Er sucht was Essbares. Vielleicht haben sie seine Eltern geholt.«

»Und da drüben – da!«, rief Buster. »Da unten ist ein Mädchen. Die beiden können bei uns mitmachen!«

Das Mädchen, das vielleicht elf Jahre alt war, schleppte

einen beeindruckenden, schwankenden Stapel von Pizzakartons.

»Das will sie doch nie im Leben alles allein essen«, sagte Elliot. »Irgendwo sind bestimmt noch mehr. Noch mehr Pausenwandler!«

»Ja«, riefen alle, klatschen sich ab und klopften sich gegenseitig auf die Schultern und grinsten und lachten und hörten damit abrupt auf, als sie **FFUUUUAAAAAAAAAAAARRRRR** hörten …

»Das war ich nicht«, sagte Buster mit schuldbewusster Miene.

»Oh, nein«, sagte Alice und wurde aschfahl. »Das Horn!«

»Es ist eine *Schreckliche* Pause«, sagte Venk nervös. »Hast du nicht gesagt, es wird keine Schreckliche Pause, Elliot?«

»Offenbar kommen sie schneller voran, als wir dachten«, sagte Elliot, holte die Grafik aus seinem PPP und prüfte sie. »Wir müssen runter. Sofort. Hier oben bieten wir ein leichtes Ziel!«

»Wir können nicht runter!«, rief Clover. »Die hören doch, wenn die Achterbahn quietscht.«

»Was sollen wir tun?«, jammerte Elliot. »Was sollen wir tun?«

Sie saßen in der Falle – neunzig Meter hoch!

Alle sahen Alice an. Sie hatte auf alles eine Antwort, aber zum ersten Mal, seit sie sich kannten, sah Hamish, dass auch sie nicht weiterwusste.

»Alice?«, sagte Elliot, aber sie wusste einfach nicht, was sie sagen sollte.

»Wir *warten*«, sagte Hamish und übernahm das Kommando. »Wir halten still, wir bleiben ruhig und hoffen, dass sie nicht hochgucken.«

HH

Ganz oben auf der Achterbahn kauerte der kleine Trupp und beobachtete entsetzt, wie die Schrecklichen in größerer Zahl als je zuvor auftauchten.

Sie strömten aus dem Wald, verteilten sich im Ort. Von oben sah es aus wie ein sich ausbreitender Ölteppich – eine unheimliche schwarze Lache, die jede Straße, jede Ritze ausfüllte wie ranziges Fett, das in die Adern der Stadt sickerte.

»Die sind hinter jemandem her«, sagte Hamish, und sein Herz schlug schneller. »Einem Erwachsenen.«

**KADONNNNNNGGGGGG!**

Die Achterbahn erbebte.

»Was war das?«, fragte Venk.

**KADONNNNNNGGGGGG!**

Das Metallgestell fing an zu kreischen und zu knarren.

Es fing an zu rütteln und zu schütteln.

Venk machte einen langen Hals, um über den Rand zu spähen.

»Oh …«, sagte er.

»Was?«, fragte Clover.

»Ach, du Schande«, sagte Venk.

»WAS?«, riefen alle.

Venk drehte sich zu ihnen um.

»Einer kommt rauf«, sagte er und sah aus, als könnte er es selbst nicht glauben. »Da kommt einer rauf!«

»Wo rauf?«, fragte Elliot. »*Hier* rauf?«

Buster hielt sich den Mund zu und schrie. Es klang wie ein Mäuschen, das in einer Kiste quiekte.

Panik machte sich breit. Venk fing an, am Sicherheitsbügel herumzureißen.

»Wir müssen uns einsprühen!«, sagte Buster und klappte sein PPP auf. »Wir brauchen ein bisschen Tabasco.«

»Nein«, sagte Hamish. »Wenn wir alle nach Tabasco riechen, merken die Schrecklichen bestimmt was. Es wäre zu offensichtlich. Passt auf, ich hab das schon mal gemacht.« Er drehte sich zu ihnen um. »Haltet einfach still. Guckt ausdruckslos. Oder besser noch: Tut so, als würdet ihr schreien. Schließlich sitzen wir in einer Achterbahn – wenn uns das Biest findet, sollten wir auch so aussehen, als hätten wir Angst. Also gebt euch Mühe!«

Es war der einzige Plan, den sie hatten. Augenblicklich zogen sie wilde Fratzen. Buster sah aus, als hätte er Verstopfung. Clover sah aus, als hätte sie sich den Zeh gestoßen. Venk sah aus, als hätte er gerade erfahren, dass ihm ein Fuß fehlte.

# WONK

Die ganze Achterbahn bog sich nach rechts!

**KRIIIIIIIIIIAAAAAAAAAAAK**

Und wenn das ganz Ding nun umkippte?

**WWWWWWWONK**

Jetzt bog es sich nach links.

**KAAAAAAAARDAAASCH!**

Eine grässliche Hand kam über das Geländer. Alle hielten die Luft an.

# KAAAAARDASCH!!!

Noch eine Hand erschien, und vier riesige Klauenfinger tasteten nach irgendwas, woran sie sich festhalten konnten.

Und dann *hiiiiiiieeeeev* … tauchte das riesige Untier auf.

Einen so schrecklichen Schrecklichen hatten sie noch nie gesehen. Er hatte schmale Augenschlitze und Zangen, wo seine Nase hätte sein sollen. Sein Umhang öffnete sich ganz leicht und gab einen Wanst preis, der von öligen Saugnäpfen übersät war.

Wenn eines der Kinder hätte schreien können, so wäre das jetzt der Moment seiner Wahl gewesen. Dieses Vieh war das hässlichste, übelste, ekligste Ungeheuer, das ihnen je begegnet war!

Es krabbelte und kullerte über die Kinder, setzte einen hässlichen Fuß auf Hamishs Schoß und eine feuchte Hand auf Venks angewidertes Gesicht, dann schob es sich einmal quer durch den Achterbahnwaggon und wischte dabei jedem der Kinder mit seinem scheußlichen, schwabbeligen, schleimigen Leib übers Gesicht.

*Iiiiii-hihiiiiiii!*

Aber offenbar schöpfte das Monster keinen Verdacht, dass es sich bei diesen sechs Figuren um irgendetwas anderes als ganz gewöhnliche, uninteressante, stinkige Kinder aus Starkley handeln mochte, die in der Zeit gefangen waren.

»Das Vieh ist einfach über uns weggekrochen«, flüsterte Elliot aus dem Mundwinkel.

»Es interessiert sich nicht für uns«, zischte Hamish zurück. »Guck mal.«

Das Monster hockte nun auf den Achterbahnschienen und blickte auf die kleine Stadt hinab. Es hockte da, schnüffelte und knurrte und kratzte sich wie ein Hund.

»Es guckt zur Uhr«, flüsterte Alice.

Ihre Augen wurden groß, als das Ungeheuer tief in seinen Umhang langte und etwas hervorzog …

**FUUUUUAAAAAAAAAA AAAAAAAAAAAAAAA AAAAAAAAARRRRRRR!**

Ach, du meine Güte – das Horn! Es warnte die anderen Schrecklichen!

**FUUUAAAAAAAAAAARRRRRR!**

Die Kraft dieses Horns war enorm – es wehte den Kindern glatt die Haare ins Gesicht. Venks Ohren flatterten im Wind.

Tief unter ihnen donnerten die Schrecklichen zu Hunderten davon, räumten den Ort, einige auf ihren Requiden, andere hasteten auf eigenen Beinen durch Starkley und ließen ihre Umhänge flattern.

*Sie müssen die Uhr sehen*, dachte Hamish, als sich der kleine Bruder vom Cousin des Hauchs einer Ahnung eines Gerüchts von einer Idee in seinem Kopf auszubilden begann. *Einer von denen muss immer die Uhr im Auge behalten.*

HH

Minuten nach dem Blitz, als sie ganz sicher sein konnten, dass sich die Schrecklichen auch wirklich wieder dorthin verkrümelt hatten, woher sie gekommen waren, drückte Buster den Startknopf an seiner Fernbedienung und brachte den kleinen Trupp heil nach unten.

Blass und schweißgebadet standen sie da, auf wackligen

Beinen, und waren dankbar, wieder festen Boden unter den Füßen zu haben.

»Okay«, sagte Buster aufgewühlt. »Ich bring euch nach Hause.«

Die Fahrt zurück nach Starkley verlief schweigend. Allen klebten die falschen Bärte, die Clover verteilt hatte, in ihren Gesichtern. Falls jemand sie sehen sollte, würde er sie für eine Familie zwergwüchsiger Erwachsener halten, die einen kleinen Ausflug mit dem Eiswagen machte. Hamish starrte aus dem Fenster. Die Schrecklichen hatten sich nicht einmal die Mühe gemacht, die Stadt so zu hinterlassen, wie sie sie vorgefunden hatten. Mülleimer waren umgekippt. Fensterscheiben waren eingeschlagen. Ein Auto lag auf dem Dach. Die Straßen waren vollgemüllt. Ein paar umgemodelte Erwachsene standen herum, sahen, was da los war, konnten sich aber nicht erklären, wie es dazu gekommen sein mochte. Die PAG drückte sich tief in die Sitze, als sie daran vorüberfuhr.

»Dass die Schrecklichen so leichtsinnig werden«, sagte Alice, »heißt, dass es ihnen mehr oder weniger egal ist, ob sie entdeckt werden.«

Niemand musste extra erwähnen, dass das kein gutes Zeichen war. Es konnte nur bedeuten, dass etwas Monströses bevorstand. Das Große Finale nahte. Bis dahin gab es nur noch zwei Pausen.

HH

Hamish sprang im Lovelock Close vor dem Haus Nummer 13 ab und winkte den anderen.

Es war eine anstrengende Nacht gewesen, und er wollte nur noch was Warmes essen und schnurstracks ins Bett.

Als er sich jedoch umdrehte, fiel ihm an seinem Zuhause etwas Ungewöhnliches auf.

Nirgendwo brannte Licht.

Er runzelte die Stirn.

»Hallo?«, sagte er und drückte die Haustür auf. »Mum? Jimmy?«

Er stand auf der Schwelle und lauschte. Keine Antwort.

»Jimmy … James!«, rief er mit leichtem Beben in der Stimme. »Mum?«

Langsam wurde ihm mächtig mulmig zumute.

Und als er ins Wohnzimmer kam und die offene Terrassentür entdeckte und die umgestoßene Teetasse beim Lehnstuhl und die auf dem Teppich verstreuten Trösterchen …

Da wurde Hamish Ellerby die schreckliche, schreckliche Wahrheit bewusst.

25

# Verschleppt!

Sie waren verschleppt worden!

Mum und Jimmy. Jimmy und Mum. Einfach weg.

Hamish hatte in allen Zimmern zweimal nachgesehen und dann noch ein drittes Mal, obwohl ihm das Herz schwer wurde, als er einsehen musste, dass es sinnlos war.

Er hatte gesehen, wie die Schrecklichen über Starkley hergefallen waren. Mit eigenen Augen hatte er gesehen, wie sie ihrem grauenvollen Treiben nachgingen. Er hatte sogar selbst gesagt: »Die sind hinter jemandem her«, als er dort gesessen hatte, in diesem Achterbahnwaggon, gefangen und absolut machtlos – nicht ahnend, dass sie hinter seiner Familie her waren.

War das die Rache? Vielleicht wussten die Schrecklichen, dass er ein Pausenwandler war. Suchten sie jetzt nach ihm?

Hamish schloss die Terrassentür, verriegelte sie, sammelte die Kekse auf, stellte die umgefallene Teetasse neben die Spüle und setzte sich in die Mitte vom Sofa.

Das war Jimmys Platz. Normalerweise ließ er Hamish nie dort sitzen.

Na, da hatte das Ganze wenigstens auch etwas Gutes. Er konnte sich hinsetzen, wo er wollte.

Hamish blieb noch eine Weile, wo er war, dann rutschte er reumütig nach links.

Er warf einen Blick auf seine Uhr. Es war spät, aber er wollte noch nicht ins Bett. Und hier wollte er sowieso nicht schlafen.

Er wusste genau, wohin er wollte.

*»Verschleppt?«*, sagte Alice schockiert und schloss die Tür hinter sich. »Oh, Hamish – das tut mir so leid.«

Hamish fiel auf, dass Alice ihr Elternhaus komplett dunkelgrau gestrichen hatte, bis auf das Treppengeländer, die Türrahmen und Decken und Böden. Die waren allesamt stahlblau.

»Deine Eltern flippen aus, wenn sie sehen, was du mit eurem Haus angestellt hast!«, sagte er.

»Die Inneneinrichtung wird vermutlich nicht ihre allergrößte Sorge sein«, sagte sie.

»Hör zu. Wir müssen was unternehmen«, sagte er, denn auf dem langen, dunklen Weg zur Viola Road hatte er eine Entscheidung getroffen. »Wenn es stimmt, dass uns nur noch zwei Pausen bleiben … dann müssen wir den Schrecklichen den Kampf ansagen.«

Er setzte eine wichtige Miene auf.

»Wir müssen *klug* handeln, Hamish«, sagte Alice.

»Mein Leben lang habe ich mir Mühe gegeben, klug zu handeln«, sagte Hamish, ging in die Küche und zog die Kühlschranktür auf. Darin stapelten sich nur Fischburger. »Ich gebe mir immer Mühe, höflich zu bleiben und das Richtige zu tun, aber meistens werde ich trotzdem nur gehetzt oder verprügelt oder in einen Busch geschubst und um meine Uhr gebracht. Vielleicht möchte ich einmal im Leben den Kampf *beginnen*.«

»Und was hast du vor?«, fragte sie ruhig, während er an einem der Fischburger schnupperte und ihn gleich wieder zurücklegte. An der Kühlschranktür klebten die üblichen Erinnerungen. Fotos von Alice und ihrer Familie. Zeichnungen. Eine Urkunde, auf der stand »Starkleys U12–100-Meter-Meister – Alice Shepherd«. Ein Gutschein für ein Prozent Rabatt auf die nächste Pizzabestellung.

»Na ja«, sagte er und wandte sich ihr zu, um seine große Idee zu verkünden. »Ich glaube, ich sollte mich von den Schrecklichen verschleppen lassen.«

Alice zog die Augenbrauen hoch.

»Du solltest dich von den Schrecklichen verschleppen lassen«, wiederholte sie.

»Ich sollte mich von den Schrecklichen verschleppen lassen, ja«, sagte er.

»Und dann?«

»Na, dann bringen sie mich in ihr Versteck. Und das ist mein Plan.«

»Das ist dein Plan? Das ist ein lausiger Plan. Was willst du denn machen, wenn du in ihrem Versteck bist?«

Hamish überlegte.

»Sie angreifen?«, sagte er.

»Sie angreifen. In ihrem eigenen Versteck? Was hast du vor? Willst du sie zu einer Partie Boggle herausfordern?«

»Na ja … *so* genau habe ich mir das noch nicht überlegt. Mein Plan ist noch nicht voll ausgereift. Aber ich schätze, das dürfte wohl der Moment sein, in dem ihr alle mit dem Eiswagen auftaucht.«

Alice starrte ihn nur an.

»Es sei denn …!«, sagte er, als ihm noch eine andere Idee kam. »Es sei denn, Buster würde ein paar coole Modifikationen am Eiswagen vornehmen, damit daraus so was wie ein *Streit*wagen wird.«

»Verstehe …«, sagte Alice und ließ sich an der Spüle ein Glas Wasser ein. »Ein Streiteiswagen.«

»Und … na ja … ihr bringt eine ganze Armee von Kindern mit, und dann rufen wir: ›Hey, ihr Schrecklichen – wieso seid ihr eigentlich so bescheuert?‹ Und *da* geben wir es ihnen dann.«

Alice stellte für Hamish ein Glas Saft auf den Tisch. Das konnte er gut brauchen.

»Wir geben es ihnen«, wiederholte sie. »Was denn? Zuckerbrot und Peitsche?«

»Nein – ich meinte, wir VERNICHTEN SIE!«, sagte Hamish und schlug mit einem solchen **BAMM** auf den Tisch, dass er seinen Saft verschüttete. »Oh, Mist, tut mir leid. Ich mach das weg.«

Alice stand auf und trat ans Fenster.

»Ich glaube nicht, dass wir sie vernichten können«, sagte sie ganz langsam. »Wirklich nicht.«

Tief in seinem Herzen wusste Hamish, dass sie recht hatte. Er war nur so hilflos und allein gewesen, als er sich eingestehen musste, dass Mum und Jimmy weg waren, und da wollte er einfach unbedingt *irgendwas* tun.

*Egal was.*

Alice stand am Fenster und blickte schweigend ins Dunkel hinaus, während Hamish seine Lage überdachte.

Sein Dad fiel ihm als Erstes ein. Hamish vermisste ihn mehr als je zuvor. Und nachdem die Schrecklichen nun Mum und Jimmy verschleppt hatten, war sein Dad der einzige Mensch, mit dem er gern gesprochen hätte. Der wissen würde, was zu tun war. Der einen Plan hätte. Und zwar einen genialen Plan. Einen unglaublichen Plan, forsch und kühn, faszinierend und erlösend. Sie würden gleiche T-Shirts tragen und wären ein perfektes Vater-Sohn-Team, das geistreiche Kommentare von sich gab, während es Mum und Jimmy zu Hilfe eilte. Daran bestand kein Zweifel.

Doch sein Dad war verschwunden.

Bei den Schrecklichen? Möglich.

Möglich wäre allerdings auch diese Vorstellung, die Hamish zu nachtschlafender Stunde quälte. Diese Vorstellung, die er stets zu verdrängen und zu ersticken suchte. Diese Vorstellung, dass sein Dad möglicherweise in eine andere Stadt gezogen war und seine Zeit dort mit irgendeinem anderen kleinen Jungen verbrachte. Eine andere Familie allabendlich aufheiterte. Sich zum Essen an den Tisch setzte und seinem neuen Sohn die Haare verwuschelte. Mit ihm am Küchentisch Boggle spielte. Einen neuen Anfang wagte, während Hamishs Leben auseinanderbrach.

Ich meine – was war denn wahrscheinlicher? *Das* oder weltstoppende Ungeheuer?

Hamish brauchte seinen Dad, so viel stand fest. Wie hatte sein genialer Plan denn ohne seine Hilfe ausgesehen?

*Sich verschleppen lassen und die Schrecklichen bescheuert schimpfen.*

Ach, hatte das denn überhaupt Sinn? Hatte es Sinn, sich zu wehren? Die Schrecklichen würden gewinnen. Wie immer. Da konnte man genauso gut zu Hause bleiben wie Robin und seine Familie. Man konnte sich einfach zurücklehnen und es geschehen lassen. Lass die nächsten beiden Pausen kommen und gib dich geschlagen!

»Da hast du mich gerade auf eine Idee gebracht«, sagte Alice gänzlich unerwartet.

26

# Auf dem Posten

»Das verstehe ich nicht«, sagte der kleine, dickliche Junge mit den Hamsterbacken. »Könntest du mir die Idee noch mal erklären?«

»Okay«, sagte Alice und stemmte die Fäuste in die Hüften. »Auch wenn es mir vorkommt, als hätte ich das schon hundertmal getan.«

Hamish blickte auf die Lichtung hinaus. Er konnte es nicht fassen.

Gestern waren sie noch zu sechst gewesen.

Heute Morgen waren sie *ganz viele*.

Mindestens fünfundzwanzig Kinder hockten im Schneidersitz auf dem Waldboden draußen vor der Hütte von Alices Opa.

»Dann werde ich diesmal etwas langsamer sprechen …«, sagte sie.

Es war am späten Morgen des nächsten Tages, und Hamish, Alice, Buster, Elliot, Clover und Venk hatten schon seit Stunden alles Mögliche organisiert.

Es war kein Tag für die Schule. Es war ein Tag für Taten.

Folgendes war bisher passiert.

Um Punkt 9:01 Uhr hatte Buster Dr. Fussbundler mit seiner losen Plombe abgelenkt, während Clover sich heimlich ins Büro von Au Backe schlich.

Dort konnte sie Dr. Fussbundlers Patientenakten durchforsten, und so kamen sie an eine Liste sämtlicher Kinder aus Starkley, die eine Füllung mit diesem komischen ZINOXY-KLUMP©-Zeug bekommen hatten.

Somit hielten sie eine Liste sämtlicher Pausenwandler der Stadt in Händen.

Um 9:04 Uhr war diese kostbare Liste beim Rest der PAG angekommen.

Und gegen 9:15 Uhr hatten sich Venk, Alice, Hamish, Clover, Elliot und ein etwas wehleidiger Buster aufgeteilt, um die aufgelisteten Kinder vor der Winterbourne und der St. Autumnal abzufangen.

»Pssst!«, hatten sie gemacht, wenn sie hinter einer Ecke oder hinter Mülltonnen hockend einen von Dr. Fussbundlers Patienten entdeckten. »Könnten wir uns mit dir vielleicht mal kurz über die Zukunft unseres Lebens auf der Erde unterhalten?«

Jetzt – um 11:48 Uhr an diesem ansonsten stinknormalen Donnerstag – saßen sämtliche Kinder, die mit ZINOXY-KLUMP© behandelt worden waren, hier auf der Lichtung.

Vielleicht machten die Kinder nicht viel her – aber Hamish sah darin etwas ganz Besonderes: Jetzt hatten sie eine Armee.

Da waren Darcy und Lola, die Zwillinge, die ganz in der Nähe von Clover wohnten. Sie waren total begeistert, als sie hörten, dass ein Aufstand geplant war.

Drüben beim Baum saßen Finch, Jude und Cody.

Und dann waren da noch Drake und Kit und Rufus, die aufmerksam bei Ed, Daisy, Mo und Poppy hockten.

Hamish sah sogar Dexter, den Jungen mit dem gestreiften Hemd, der ihnen in der Nacht zuvor von der Achterbahn aus aufgefallen war. Hamish hatte versucht, mit ihm zu sprechen, doch Dexter blieb stumm, als hätte er ein Gespenst gesehen. Er war leichenblass, zitterte bei jeder Berührung und gab sich alle Mühe, bloß nicht aufzufallen.

Hamish und die PAG bauten sich vor diesen Kindern auf, in ihren Overalls mit den kleinen Rangabzeichen, die Elliot aufgebügelt hatte, damit es so aussah, als hätten sie hier tatsächlich was zu sagen. Außerdem hatte er eine Liste mit häufig gestellten Fragen abgetippt und in edler Schrift auf gelbe Karteikärtchen gedruckt, weil er meinte, das wäre bestimmt ganz hilfreich.

Er nannte seine Liste PAGFAQ.

# ~ ELLIOTS PAGFAQ ~

## Sag mal, was ist hier eigentlich los?

Gute Frage. Anscheinend steht eine Invasion von Schrecklichen bevor, die die Zeit anhalten, und offensichtlich sind wir die Einzigen, die die Welt retten können.

## Bitte was?

Genau. Und morgen Abend erwartet uns das Große Finale. Ein blutiges Gemetzel wird Starkley dem Erdboden gleichmachen, und die Schrecklichen werden die Weltherrschaft übernehmen!

## Gruselige Vorstellung. Woher kommen diese »Schrecklichen« denn?

Entweder aus dem Meer, aus dem All oder aus Frankreich. Momentan vermuten wir am ehesten aus dem All, aber von uns war noch niemand in Frankreich. Wer weiß, was da so vor sich geht?

## Warum haben sie sich Starkley ausgesucht?

Weil es so langweilig ist und kaum jemand herkommt. Das bringt mit sich, dass es hier keine Fremden gibt und niemand erwarten würde, dass so etwas hier passieren könnte. Außerdem ist es vom Meer her gut zu erreichen, und es gibt einen 24-h-Minimarkt drüben bei der Autowerkstatt.

## Wann greifen diese Schrecklichen an?

Wir wissen nur, dass sie immer öfter kommen und länger bleiben. Anfangs kamen sie im Schutz der Dunkelheit. Dann abends zur Essenszeit. Inzwischen sind sie offenbar so siegessicher, dass sie bei Tag und Nacht auftauchen. Für weitere Informationen siehe meine Grafik (Bild 1).

## Ihr Erscheinen folgt also keiner Logik?

Meinst du, mit Logik kommst du hier weiter? Aliens halten die Welt an, um Erwachsene zu verschleppen, während Zehnjährige mit zweifelhafter Dentalhygiene auf Rollern rumrasen, die sie eigentlich noch gar nicht fahren dürfen, und Pläne schmieden, mit denen sie das Ende der Welt verhindern wollen!

## Okay. Kein Grund, gleich schnippisch zu werden.

Ich bin nicht schnippisch. Ich wollte es nur gesagt haben.

## Na, für mich klingt das aber schnippisch.

Tja, tut mir ja leid, aber diese ständige Anspannung geht auch an mir nicht spurlos vorüber.

## Hast du deshalb angefangen, Selbstgespräche zu führen?

Könnte sein, ja! Gut möglich, Elliot!

## Vielen Dank für deine Mühe, Elliot.

Okay, jetzt wird's irgendwie schräg.

»Wo ist Buster?«, fragte Hamish, während er seinen Blick über die Kinder von Starkley schweifen ließ.

»Er meinte, er müsste noch irgendwas aus der Stadt holen«, sagte Alice. »Aber die Kids brauchen mehr Informationen, Hamish. Sie haben Angst.«

»Ich will versuchen, ihnen die Lage zu erklären«, sagte Hamish, trat vor und holte tief Luft. Alle Blicke waren auf ihn gerichtet. Er räusperte sich.

»Kinder von Starkley«, sagte er. »Ihr mögt in der Überzeugung aufgewachsen sein, dass wir in Großbritanniens viertlangweiligstem Ort leben. Aber das stimmt überhaupt nicht. Im Grunde ist Starkley der Schauplatz der unglaublichsten Vorgänge, die die Welt je gesehen hat. Die Weltstopper sind unter uns. Sie haben die Schrecklichen geschickt, um die Erwachsenen zu verschleppen und sie umgemodelt zurückzubringen. In weniger als achtundvierzig Stunden wollen sie Starkley auslöschen und sich daranmachen, den Rest der Welt zu übernehmen. Und nur wir können sie aufhalten.«

Eine einsame Hand schoss nach oben.

»Aber wie denn?«, fragte ein Mädchen mit Zöpfen. »Darüber steht gar nichts auf diesem FAQ-Zettel!«

»*PAG*FAQ-Zettel«, verbesserte Elliot.

»Wie kriegen wir unsere Eltern wieder?«, weinte sie. »Wie können wir die Menschen daran hindern, so gemein zu sein? Wir sind doch nur Kinder!«

»Wir sind nicht nur Kinder«, sagte Hamish. »Wir sind *Pausenwandler.*«

Alle redeten wild durcheinander. Angst machte sich breit. Was sollte das heißen? Was konnten *sie* denn schon dagegen unternehmen?

»Alice hat eine Idee«, sagte Hamish, was alle zum Schweigen brachte. »Heute wird es eine Pause geben, und Alice glaubt, es gibt eine Möglichkeit, diese Weltstopper ein für alle Mal zu besiegen, damit danach wieder alles normal ist.«

Er trat einen Schritt zurück.

»Alice?«, sagte er.

»Wenn Pause ist«, sagte sie, »erstarren die Menschen, stimmt's?«

Alle murmelten zustimmend.

»Die Schrecklichen dagegen können sich weiter bewegen. Aber wenn die Pause fast vorbei ist, rennen alle weg. Warum eigentlich?«

»Weil sie nicht gesehen werden wollen!«, rief ein Kind, das aus irgendeinem Grund wie ein Ninja gekleidet war.

»Möglich«, sagte Alice. »Aber *warum* wollen sie nicht gesehen werden? So mächtig, wie sie sind. Und die meisten Erwachsenen sind entweder verschwunden, oder sie sind wieder da, aber gemein. Also fliehen die Monster vielleicht aus einem anderen Grund.«

»Aus welchem Grund denn?«, fragte ein schlaksiger Junge weiter hinten.

»Na ja, es ist nur eine Vermutung, aber ich glaube, wenn wir frei herumlaufen, können *die* sich nicht bewegen.«

Auf der Lichtung wurde es ganz still, während die versammelten Kinder über das nachdachten, was Alice da eben gesagt hatte.

»Hä?«, rief jemand aus der Mitte.

»Was wäre, wenn sie denselben Regeln folgen müssten wie wir?«, fuhr sie fort. »Was wäre, wenn das der Grund ist, wieso einer von ihnen immer die Turmuhr im Auge behalten muss? Wenn sie nach Ende der Pause erstarren, falls sie noch in Starkley sein sollten?«

Na, das war vielleicht eine Idee. Konnte das stimmen? Vielleicht war das ja wirklich der Grund, weshalb die Schrecklichen wie in Panik weggerannt waren, kurz bevor die Welt sich weiterdrehte. Sie hatten Angst zu erstarren! Und wenn es den Kindern gelang, dafür zu sorgen, dass die Schrecklichen erstarren mussten … Na, dann konnten sie das machen, was Clover vorgeschlagen hatte: die Polizei oder das Militär oder den Bürgermeister rufen und sagen: Seht her! Monster sind unter uns! Es stimmt! Sperrt sie ein!

»Das scheint mir zwar ziemlich riskant zu sein«, warf Venk ein. »Aber im Moment haben wir keine bessere Idee. Und ich für meinen Teil bin dabei.«

»Wer macht mit?«, fragte Hamish. Einen Augenblick lang rührte sich keiner.

Dann jedoch, ganz langsam …

»Ich bin dabei«, rief Finch und hob eine Faust.

»Wir auch!«, krähten Lola und Darcy.

»Und wir!«, riefen Ed und Rufus.

»Ich werde auch helfen«, wurde eine letzte Stimme laut, mit einem seltsam aufgesetzten Akzent, von ganz hinten.

Alle drehten sich um, weil sie sehen wollten, wer sich da so unerschrocken zu Wort meldete.

Neben Buster stand ein beleibter Junge im viel zu engen T-Shirt, mit einer knallgrünen mexikanischen Wrestling-Maske vor dem Gesicht.

»El Gamba isse gekomme, umme ssu helfen!«, rief Grenville Bile, der seinen mexikanischen Akzent noch nicht so richtig draufhatte.

»Was will die Krabbe hier?«, fragte Alice mit großen Augen, und Hamish stemmte die Fäuste in die Hüften. »Seit wann ist *der* denn ein Pausenwandler?«

»Seit einer halben Stunde ungefähr«, sagte Buster. »Als wir bei Dr. Fussbundler waren, um die Patientenakten durchzusehen, haben wir glatt vergessen, einen Blick auf den aktuellen Terminkalender zu werfen. Ich bin noch mal zurück, und da habe ich gesehen, wie Grenville mit einer nagelneuen Plombe im Mund herausspaziert kam. Er war schon auf dem Weg zu Madame Couscous!«

»Hallo?«, wurde noch eine neue Stimme laut, und jemand bahnte sich einen Weg durchs Unterholz. »Was machen wir hier? Spielen wir Verstecken?«

Es war Robin! Er hielt einen Lolli von Au Backe in der Hand. Dann war *er* also auch dort gewesen!

»Robin!«, rief Hamish. »Aber ich dachte, deine Zahnhygiene ist mustergültig?«

Robin kriegte rote Ohren.

»Da habe ich vielleicht ein wenig übertrieben«, sagte er. »Ich hege eine gewisse Vorliebe für österreichische Ölsardinentörtchen … und was ist hier jetzt eigentlich los?«

»Tja«, sagte Hamish etwas betreten. »Ich schätze, es dürfte euch umhauen.«

»Das möchte ich bezweifeln«, sagte Grenville achselzuckend. »Mich haut so leicht nichts um.«

»DAS ABER BESTIMMT!«, riefen so ziemlich alle im Chor.

»Na, was es auch sein mag, wir sind dabei!«, erwiderte Grenville und klopfte Robin auf die Schulter, was diesem einen Mordsschrecken einjagte.

»Dann sind wir so weit«, verkündete Hamish mit seiner heldenhaftesten Stimme und ließ seinen Blick über den kleinen Trupp tapferer Freunde und Zeitkämpfer schweifen. »Lasst uns beginnen …«

27

# Training

Hamish schlenderte stolz auf der Lichtung herum, während sich die Kinder ans Werk machten.

Sie hatten Grenville und Robin so schonend wie möglich eingeweiht.

Grenville war bemerkenswert ruhig geblieben.

Und nachdem Robin aufgehört hatte, in Ohnmacht zu fallen und sich zu übergeben, brachte er es sogar fertig, ein- bis zweimal zu nicken, bevor er sich erneut übergeben musste und wieder in Ohnmacht fiel.

Außerdem war Grenville zu seinen eigenen Schlussfolgerungen gekommen, was ihm eigentlich gar nicht ähnlich sah.

»Meine Mum«, sagte er leise. »Ich glaube, sie wurde auch verschleppt und gemein zurückgebracht. Ich hätte sie gern wieder so, wie sie war. Bevor sie mein ganzes Spielzeug gegen ein Buch über Trecker eingetauscht hat! Früher war sie ein netter Mensch, Hamish. Und ich auch.«

Hamish freute sich, dass Grenville da war. In letzter Zeit hatte er eine ganz andere Seite von ihm kennengelernt. Und nicht nur seine *Rück*seite. Noch mehr freute er sich sogar darüber, dass Grenville endlich einen Grund hatte zu kämpfen. *Kein* Kind hat es verdient, ein Buch über Trecker lesen zu müssen.

Nicht mal du.

Inzwischen hatte sich der Rest der Pausenwandler in verschiedene Gruppen aufgeteilt, um sich in etwas zu üben, das Buster »Pausen-Präparation« (kurz PP) nannte.

GRUPPE A
Pausen-Protektions-Pakete-Packer
(kurz PPPPs)
Besondere Aufgaben:
Vorräte für Pausen-Protektions-Pakete
(kurz PPPs) besorgen und verteilen,
einschließlich Tabasco und Desinfektionsgel –
die Primär-Produkte (kurz PPs).
Gruppenleiter: Elliot.

GRUPPE B
Pausen-Poser
(kurz ebenfalls PPs)
Besondere Aufgaben:
Verschiedene Posen wie »Lachen« oder »Lächeln«
einstudieren, die sich während der Pause nutzen
lassen, um die Schrecklichen zu täuschen.
(Pausenwandler werden aufgefordert, ihre jeweils
eigene Persönliche-Primäre-Pausenwandler-
Pausenpose zu entwickeln (kurz auch PPPPP.)
Gruppenleiter: Buster.

GRUPPE C

Physio-Progressive-Pausen-Progression
(kurz PPPP, genau wie die andere PPPP, aber ganz anders als die PPs, die PPP und natürlich die PPPPP.
(Ich hoffe, du machst dir Notizen.)
Besondere Aufgaben:
Geniale Kampftechniken und coole Selbstverteidigungs-Moves.
Gruppenleiter:
Für diesen Job konnte es nur einen geben: Grenville.

Von entscheidender Bedeutung war, dass jeder Pausenwandler in jedem Bereich trainierte. Es half nichts, seine PPs zu kennen, wenn man sich nicht mit seinem PPP auskannte, und wenn man nicht über sein PPP Bescheid wusste, gab es keinerlei Gewissheit dafür, dass man mit seinen PPPPs oder PPPPPs vertraut war.

Plötzlich musste Hamish pinkeln.

Vorher jedoch schlenderte er mit Alice von einer Gruppe zur nächsten, um sich anzusehen, welche Fortschritte sie machten. Die Ausbildung lief pädagogisch perfekt (kurz PP).

Allein Dexter schien nicht so richtig mitzumachen. Er saß etwas abseits, starrte vor sich hin und wirkte reichlich blass um die Nase.

»Okay!«, rief Buster, als er sich vor seiner kleinen Gruppe aufbaute. »Nehmen wir an, die Pause kommt in einem

›glücklichen‹ Moment. Ich möchte, dass ihr erstarrt und mir euer glücklichstes Gesicht zeigt!«

Alle Kinder machten glückliche Gesichter und standen perfekt pausiert da.

»Okay – dann nehmen wir jetzt an, dass die Pause während einer Phase latenter Sorge kommt, getrübt von Trauer und Sehnsucht. Zeigt mir eure besten Mienen voll ›latenter Sorge, getrübt von Trauer und Sehnsucht‹!«

Danach zogen Hamish und Alice zu den PPPP-Kids weiter, die Kampftechniken lernten.

»Versuchen wir noch mal den Mexikanischen Fußstampfer«, rief Grenville, der jetzt in seinem Element war. Und nach dem Mexikanischen Fußstampfer gehen wir über zum Chinesischen Zungenreißer! Buster sagt, die Schrecklichen haben Drahthaare auf ihren Zungenwarzen, von denen man sich prima ein Büschel greifen kann!«

Als sie weitergingen, bemerkte Hamish zwei kleine Gestalten etwas abseits stehen, im Schatten, am Rande der Lichtung.

Es waren Scratch Tuft und Mole Stunk.

Sie hatten seit Tagen Hausarrest. Sie hielten sich bei den Händen und wagten anscheinend nicht, näher zu kommen. Schließlich sah es aus, als hätte Hamish das Kommando, und der war bestimmt noch sauer auf sie. »Kommt her, Mädchen«, sagte er freundlich. »Euch können wir brauchen. Wisst ihr noch diesen einen Trick, bei dem eine von euch hinter jemandem in die Hocke geht und die andere das Opfer schubst? Das müsst ihr uns beibringen. Und außerdem das, wo ihr einen Furz lasst und ihn irgendwie mit der Hand auffangt.«

Die Mädchen lächelten erleichtert. Entweder waren sie froh, dabei zu sein, oder sie hatten gerade wieder einen fahren gelassen.

»Okay, denkt daran!«, rief Alice. »Nach der Grafik zu urteilen, mit der uns Mr. Bodfish geholfen hat, wird die nächste Pause heute um Punkt fünfzehn Uhr stattfinden. Sie dürfte etwa neunundzwanzig Minuten und neunundzwanzig Sekunden dauern. Wir müssen schnell handeln. Wir müssen *überlegt* handeln. Denn nach der heutigen Pause kommt dann nur noch *eine einzige* vor dem …«

Um die Tragweite der Situation zu betonen, machte sie eine kurze Pause.

»… vor dem *Großen Finale*!«

Alle wussten, dass es noch einiges zu tun gab. Ihr Plan *musste* einfach gelingen.

Immerhin wäre es ohne Weiteres möglich, dass sogar … *deine* Zukunft davon abhängt.

28

# Freitagsrummel

Der Plan, den Hamish und Alice ausgeheckt hatten, war simpel.

Ihnen blieben nur noch zwei Pausen.

Eine Pause wollten sie zur Vorbereitung nutzen.

Und die andere, um *zuzuschlagen*.

Sie wussten, was sie zu tun hatten. Sie mussten dafür sorgen, dass alle Schrecklichen und ihre Weltstopper zur selben Zeit am selben Ort waren.

Und das bedeutete, dass sie Starkleys Einwohner ohne jede Ausnahme zum selben Zeitpunkt am selben Ort versammeln mussten.

Vermutlich würden die Schrecklichen ihr Glück gar nicht fassen können.

Alle Erwachsenen? Zur freien Verfügung? Keine Rumrennerei, kein Rumgeschleime mehr? Kein Klickediklacken auf unangenehmem Pflaster und auch keine Fummelei an Schlössern und Fenstern?

Es würde ihr großer Tag werden. Sie konnten mitnehmen, wen sie wollten. Sie konnten gleich alle Einwohner auf einmal verschleppen und dieses langweilige Kaff hinter sich lassen – bereit für den nächsten Schritt.

Danach konnten sie über London herfallen. Paris. Rom. Berlin.

Sie konnten weiterziehen nach New York. Tokio. Toronto. Moskau. Mumbai.

Sie wären bereit für die *Totale Weltherrschaft*!

Und weil diese Pause die bisher längste Pause sein würde, hätten sie alle Zeit der Welt …

Zumindest würden sie das glauben … Was aber, wenn es schiefging? Wenn sich die PAG verrechnet hatte?

Na dann, gute Nacht.

HH

»Wir wissen, dass mindestens einer von den Schrecklichen die Turmuhr im Auge behalten muss«, sagte Alice.

Die PAG saß um den kleinen Tisch im Eiswagen versammelt, und Alice deutete auf einem Stadtplan von Starkley auf die Turmuhr.

»Deshalb ist gestern Abend einer von denen auf die Achterbahn geklettert. Für sie ist es die einzige Uhr in der ganzen Stadt, die richtig geht. Sie wissen nicht, dass wir Hamishs Explorer haben.«

Clover und Venk nickten. Buster klopfte Hamish auf die Schulter.

»Wenn wir sie von der Turmuhr weglocken, damit sie die nicht mehr sehen können, wissen sie nicht, wie lange die

Pause noch dauern wird. Wir müssen sie einfach lange genug beschäftigen und hoffen, dass unsere Theorie stimmt.«

Hamish setzte ein zuversichtliches Gesicht auf. Es war von entscheidender Bedeutung, dass er Zuversicht ausstrahlte.

»Wir wollen also alle Einwohner am selben Ort versammelt haben, bevor die Schrecklichen kommen«, sagte Hamish. »Und, Buster, das ist dann der Moment, in dem du dich um die Uhr kümmerst!«

»Verstanden«, sagte Buster. »Aber wie kriegen wir die ganze Stadt an denselben Ort?«

Die 15:00-Uhr-Pause war da, und jeder hatte seine Aufgabe bekommen.

Die Pausenwandler mussten sich beeilen und koordiniert vorgehen, während die kleine Stadt stillstand.

»Kommt schon!«, sagte Hamish, der den Vormarsch auf den Rathausplatz anführte. »Los geht's!«

Die Kinder flitzten in alle Himmelsrichtungen und machten sich ans Werk.

Alle bis auf einen.

»Was ist los, Grenville?«, fragte Hamish verdutzt.

Grenville starrte irgendwas an. Hamish folgte seinem nervösen Blick und begriff sofort.

»Diese Typen da«, sagte er. »Die dir auflauern.«

»Stig«, antwortete Grenville leise. »Stig und Bash.«

Drüben vor dem Süßkramladen standen die beiden großen Jungen, die Grenville neulich bedroht hatten. Ihre erstarrten Mienen sahen aus, als hätten sie nichts Gutes im Schilde geführt, als die Pause begann.

»Also«, sagte Hamish und überlegte, ob er wirklich sagen sollte, was er gleich sagen würde. »Du weißt ja bestimmt, dass sich Pausen auf unterschiedlichste Weise nutzen lassen …«

Verwirrt sah Grenville ihn an.

Währenddessen – eine Ecke weiter – hasteten Scratch und Mole in die Bücherei von Starkley, in der es noch stiller war als sonst. Sie tippten »1000 Kopien« auf der Tastatur des Fotokopierers ein. Augenblicklich kam Leben in den alten, grauen Kasten, der ein quietschbuntes Blatt nach dem anderen auf den Boden spuckte.

Scratch hob eines davon auf und sah es sich an.

# MORGEN! FREITAGS-RUMMEL!

**RIESENSPASS UND FEUERWERK!**

## KOMMT UND HÖRT DIE WICHTIGE BEKANNTMACHUNG!

**WOMÖGLICH IST STARKLEY GAR NICHT SO LANGWEILIG!**

**ANWESENHEIT IST PFLICHT.**

# DER BÜRGER-MEISTER.

Jetzt musste der Bürgermeister nur noch glauben, dass er das tatsächlich in Auftrag gegeben und dann schlicht vergessen hatte.

Draußen vor der Bücherei warteten zehn Kids auf ihren BMX-Rädern darauf, die Flugblätter überall zu verteilen.

»Der erste Schwung!«, brüllte Grenville, der das Leben als Autoritätsperson genoss. »Los, los, los!«

Im Zeitschriftenladen an der Ecke stellten Robin und drei andere Kinder unzählige Sticker mit der Stickermaschine her. Und gleich darauf klebten sie diese an jede Jacke, jede Straßenlaterne und jeden erstarrten Wellensittich in Starkley.

Clover und Venk stahlen sich in das Gebäude von *Starkley FM* – der entsetzlich langweiligen Radiostation, die immer nur berichtete, dass es keine Verkehrsprobleme gab und für morgen keine zu erwarten waren. Sie schummelten den Sprechern Zettel unter, auf denen stand:

***»Und nicht vergessen – es ist Freitagsrummel, morgen Abend auf dem Festplatz. Versäumen Sie nicht die große Bekanntmachung! Es gilt Anwesenheitspflicht!«***

Dann tauschten sie die CDs mit dem alten Klassikkram gegen High Energy Dance Pop. Da hörten die Leute wenigstens zu!

Sie klebten Plakate, sie verschickten Einladungen, sie pusteten Ballons auf, sie klickten »JA, ICH NEHME TEIL« in den Veranstaltungseinladungen der Leute an, sie änderten die Webseite der *Starkley Post* und schrieben:

**»FREITAGSRUMMEL ROCKT!«**

Und als neunundzwanzig Minuten und neunundzwanzig Sekunden um waren und der Himmel über ihnen aufblitzte, war Starkley plötzlich von Farben und Fähnchen erfüllt.

Als sie nun dastanden und ihr Werk betrachteten, konnten Hamish und Alice die aufkommende Begeisterung im Städtchen hören. Selbst von den Erwachsenen, die schon umgemodelt worden waren.

*»Freitagsrummel? Wird aber auch Zeit, dass mal wieder Freitagsrummel ist!«*

*»Worum es bei dieser aufregenden Bekanntmachung wohl gehen mag?«*

*»Ich habe gehört, die Jury hat es sich anders überlegt und findet jetzt doch, dass Starkley Großbritanniens langweiligster Ort ist!«*

Als ein Auto vorbeifuhr, konnte Hamish das Radio hören.

*»Nicht vergessen – morgen ist Freitagsrummel auf dem Festplatz. Versäumen Sie nicht die große Bekanntmachung. Und hier kommt »Dance Your Legs Off« von Laser Face …«*

Hamish lächelte.

Die Nachricht hatte sich verbreitet.

»Okay«, rief Grenville, der plötzlich an ihnen vorbeiwetzte. »Ich glaub, ich muss los!«

Alle drehten sich um, weil sie wissen wollten, wovor er flüchtete.

Dort, mitten auf dem Rathausplatz von Starkley, standen Stig und Bash.

Und alle lachten sie aus. Alte Leute, junge Leute, Lehrer, einfach *alle*.

Warum?

Weil Grenville die Pause genutzt hatte, um alles, was sie anhatten, auszutauschen gegen … zwei sehr, sehr enge und sehr, sehr stramm gespannte Strampelhöschen.

Genau. Strampelhöschen.

Grenville hatte sie sich aus der Tasche einer Frau mit Kinderwagen geliehen, zusammen mit ein paar Schnullern und zwei kleinen Nachtmützchen.

Stig hielt einen Teddy unterm Arm, Bash eine Puppe.

**»WAS ZUM …!?«**, rief Stig und spuckte seinen Schnuller aus. **»WARUM BIST DU ANGEZOGEN WIE EIN RIESENBABY?«**

**»ICH?«**, rief Bash, während sich eine Menschenmenge um sie bildete. **»DU BIST ANGEZOGEN WIE EIN RIESENBABY!«**

**»DU BIST DAS RIESENBABY!«**, schrie Stig.

**»NEIN, DU BIST DAS RIESENBABY!«**, schrie Bash.

Stig warf eine Rassel nach Bash. Bash hob sie auf und warf sie zurück.

Und da ging dann die Schlägerei los.

**»BABYBOXEN!«**, rief Madame Couscous, als sie aus ihrem Laden gerannt kam und sich vor Freude die Hände rieb. **»ICH *LIEBE* BABYBOXEN!«**

Und als die beiden Riesenbabys auf dem Boden herumrollten, fingen die Leute von Starkley an zu rufen: *»Ba-by-bo-xen! Ba-by-bo-xen!«*

Lächelnd machte sich Hamish auf den Weg. Langsam zeigte sein Plan Wirkung. Er hoffte nur, dass die PAG es auch schaffen würde. So viele Menschen verließen sich auf sie, ob sie es nun wussten oder nicht.

Aber nachdem nun alle vom Freitagsrummel wussten, blieb nur noch eins zu tun.

Das Furcht Einflößendste.

Was der Moment war, in dem Dexter, der stille Junge mit dem gestreiften Hemd, angelaufen kam und Hamish an die Schulter tippte.

»Ich glaube, ich muss dir was ziemlich Wichtiges sagen«, flüsterte er nervös.

# 29

# Gut gemacht, Dexter!

»Du hast ihr Versteck gesehen, Dexter?«, fragte Hamish erschrocken. »Du warst *da*?«

Dexter atmete in eine Papiertüte, um nicht zu hyperventilieren.

»Ja«, hauchte er zwischen zwei mächtigen Atemzügen.

»Zeig uns, wo das ist«, sagte Alice. »Auf dieser Karte.«

Dexter deutete mit dem Zeigefinger seiner zitternden Hand auf ein Waldstück irgendwo nördlich der grauen Brücke.

»Jenseits der Brücke?«, fragte Hamish. »Aber da geht doch *nie* jemand hin!«

»Angst?«, fragte Alice.

»Na ja … ja«, gab Hamish zu. »Du nicht?«

»Ich sag's dir doch«, sagte sie. »Ich hab vor nichts Angst.«

»Da oben auf der Achterbahn kam es mir aber schon so vor, als hättest du ein bisschen Angst gehabt«, sagte Venk.

»Halt die Klappe, Venk!«, sagte Alice. »Sonst erzähle ich allen, dass du gern in einer Boyband wärst!«

»Da steht ein altes Häuschen«, fuhr Dexter fort, wobei er

sich alle Mühe gab, vor lauter Angst nicht zu stottern. »Drüben bei den Klippen.«

Bei den Klippen? Bei den Klippen war es gefährlich. Nur die Klippen lagen zwischen Starkley und dem Meer.

»Es ist fast grün vor lauter Moos«, sagte Dexter, »aber die Blätter an den Bäumen drum herum sind alle pechschwarz, als wären sie vergiftet.«

»Wie hast du es gefunden?«, fragte Alice.

»Vor zwei Wochen waren wir wandern«, sagte Dexter, und ein kalter Schauer lief ihm über den Rücken, als er daran dachte. »Meine Eltern, meine große Schwester und ich. Dad meinte gerade, es würde irgendwie dunkler werden, und dann war da dieser Blitz, und auf einmal blieben alle stehen.«

»Außer dir?«

»Außer mir«, sagte Dexter. »Und da habe ich sie dann kommen hören. Es klang wie ein Trommelwirbel oder ein Donnergrollen, und ich wusste nicht, was ich machen sollte, also habe ich mich hinter einem Busch versteckt …«

Hamish legte eine Hand auf Dexters bebende Schulter.

»Sie kamen von überall. Von links, rechts, oben, unten. Sie haben meine Familie mitgenommen, und nach einer Minute oder so bin ich aufgestanden und den geknickten Ästen und Büschen zu dem unheimlichen alten Häuschen gefolgt …«

»Sie wohnen also in einem Häuschen?«, fragte Buster naserümpfend. »Wie eine alte *Oma*? Mit Strickzeug und Spitzendeckchen?«

»Sie wohnen *darunter*«, sagte Dexter, dessen Gesicht bei der Erinnerung daran ganz grau wurde. »Wenn man die Haustür aufmacht, sind da nur Stufen, die nach unten führen. Die ersten beiden kann man noch sehen, aber dahinter ist alles dunkel … schwärzer, als ihr es euch vorstellen könnt.«

»Bist du runtergegangen?«, fragte Alice und kam näher. »Bist du die Treppe runtergegangen?«

Dexter machte ein betretenes Gesicht.

»Eine Stufe habe ich geschafft. Aber ich wusste ja, was da unten war. Ich hatte sie gesehen. Und was das Schlimmste war – ich habe gesehen, wer das Kommando hat.«

»Die Weltstopper?«, fragte Hamish. »Die Großen mit den Bärten?«

»Sogar noch größer als die«, sagte Dexter. »Größer als ein Bus. Vielleicht sogar größer als zwei Busse. Er hatte die mächtigsten Pranken der Welt. Wie Klauen. Und seine Beine waren wie Bäume. Ich höre immer noch sein Stampfen, Hamish. Dieses *stampf* … *stampf* … *STAMPF*.«

Die Kinder zuckten zusammen.

»Ich glaube, ich habe den Weltstopper-General gesehen«, sagte er mit großen, angsterfüllten Augen.

Alice schluckte. Es gab noch was Schlimmeres als einen Weltstopper? Einen Weltstopper-*General*?

Hamish wusste, was das hieß. Der Boss war vor Ort, um sicherzustellen, dass die Arbeit auch erledigt wurde. Das war keine gute Nachricht. Aber wenigstens wussten sie jetzt, wer das Kommando über die Pausen hatte.

»Ich konnte einfach nicht weitergehen«, sagte Dexter schlotternd. »Ich hatte zu große Angst.«

Beschämt ließ er den Kopf hängen.

Hamish klopfte Dexter auf die Schulter, dann wandte er sich an Alice.

»Unter diesem Steinhäuschen finden wir unsere Familien«, sagte er.

Dann galt es jetzt nur noch, das geringfügige Problem mit den Weltstoppern zu lösen.

# Der letzte Countdown

An diesem schicksalhaften Freitagmorgen, an dem sich Hamish Ellerby so gut vorbereitet fühlte wie nur menschenmöglich, schloss er am Lovelock Close Nummer 13 die Haustür hinter sich und hoffte, es würde nicht zum letzten Mal sein.

*Eine Pause noch*, dachte er. *Eine Pause noch, in der sich* alles *ändern kann.*

**»SCHNAUZE!«**, hörte er, als die Tür ins Schloss fiel. **»IHR KLEINEN NERVENSÄGEN! ICH ZIEH EUCH DIE HAMMELBEINE LANG!«**

Mr. Ramsface war im Garten nebenan, mit schiefem, grausamem Grinsen im Gesicht. Er jagte seine Kinder mit dem Gartenschlauch vor sich her, aus dem eiskaltes Wasser spritzte.

Nur war das leider kein Spiel. Die Kinder waren schon klatschnass und rannten kopflos im Kreis umher.

»Dad!«, riefen sie, ohne zu ahnen, dass ihr Vater von den Weltstoppern umgemodelt worden war. »Hör auf!«

**»IHR KLEINEN HOSENSCHEISSER!«**, schrie er.

Hinter ihm tauchte Mrs. Ramsface auf. Hamish war erleichtert. Sie würde ihn aufhalten. Sie würde ihm ins Gewissen reden. Doch das tat sie nicht.

Stattdessen fing sie an, die Kinder mit Tennisbällen und Mehlsäckchen zu bewerfen.

**»IHR MIESEN KLEINEN BRECHBOHNEN!«**, rief sie. **»IHR MINDERBEMITTELTEN NASENFLÖTEN!«**

»Mami!«, rief der kleine Billy Ramsface. »Um Krakens willen, *lass das!*«

In der ganzen Stadt herrschte eine derart angespannte Atmosphäre.

Madame Couscous stellte draußen vor ihrer Internationalen Welt der Zuckerwaren ein Schild auf und bellte es an.

KÜNFTIG WERDEN HIER
NICHT MEHR BEDIENT:
KINDER · FREUNDE VON KINDERN
ERWACHSENE · TIERE (besonders HÜHNER)
ERWACHSENE, DIE ALS TIERE VERKLEIDET
SIND (besonders HÜHNER)
FREUNDE VON ERWACHSENEN, DIE ALS TIERE
VERKLEIDET SIND (besonders HÜHNER)

Als Hamish um eine Straßenecke bog, beobachtete er mit stillem Staunen, dass Rex Ox sich dort mit Tyrus Quinn raufte.

Kinder kauerten im Kaufhaus Kaufrausch, drückten ihre Nasen an der Scheibe platt und fragten sich, was um alles in der Welt da draußen eigentlich los war.

Vor dem Zeitschriftenladen stand ein Plakat der Starkley Post:

**AMTLICHE VERLAUTBARUNG:**

ALLES QUATSCH.

Drüben auf der anderen Seite hatte der Postmeister den Karren mit Briefen und Päckchen angezündet und zeigte hysterisch kichernd mit dem nackten Finger darauf. Hinter ihr lag eine Spur aufgerissener Geschenkpakete zwischen herumfliegenden Flugblättern für den Freitagsrummel.

Auch Frau Fussbundler schien an der Schule kein Interesse mehr zu haben und stand draußen vor der Schlachterei, wo sie sich im Armdrücken mit Mr. Longblather maß, der wie ein zorniges Huhn gekleidet war (wenn auch niemand so recht wusste, wieso).

Und überall – *überall* – war nur Gemeinheit.

Immer lauter wurde sie, wie ein Wirbelsturm, riss den Unmut mit sich und verteilte ihn über die ganze Stadt.

Langsam wurde die Lage kritisch.

HH

»Uns bleiben keine vierundzwanzig Stunden mehr«, sagte Alice zu den Pausenwandlern. »Und nur noch eine allerletzte Pause, um das Große Finale zu verhindern. Das ist die letzte Chance, unsere Familien zu retten.«

Alle Kinder saßen um den Eiswagen herum. Das blaue Blinklicht spiegelte sich in ihren Augen.

Hamish wurde ganz warm ums Herz, als er Alice betrachtete. Die ganze Zeit war sie immer für ihn da gewesen. Wie ein Schutzengel. Und auch er – das hoffte er zumindest – war immer für sie da gewesen. Sie waren ein gutes Team. Alle hatten Grund, stolz auf sich zu sein.

»Inzwischen solltet ihr alle ein Abzieh-Tattoo erhalten haben.«

Hamish warf einen Blick auf seinen Unterarm. Da stand:

**VP! Vereinigte Pausenwandler!**

»Damit ihr die anderen Pausenwandler auf den ersten Blick erkennen könnt«, sagte sie. »Denn das dürfte heute Abend etwas schwierig werden. Gegen halb neun – bei Sonnenuntergang – wird es eine Pause geben. Wenn sie kommt, wird Buster sofort die Turmuhr anhalten.«

Buster hob seine Hand.

»Aber wenn alle auf dem Festplatz sind und ich ganz allein

in der Stadt bin, woher weiß ich dann, dass die Welt stillsteht? Ich meine – da ist ja sonst keiner. Nur ich. Da gibt es nichts, woran ich erkennen könnte, ob sie sich dreht oder nicht!«

Alice wurde klar, dass Buster auf etwas immens Wichtiges hingewiesen hatte. Auch wenn es vermutlich das allererste Mal war.

»Wir knipsen das kleine Licht oben auf der Achterbahn an«, sagte sie nach kurzer Überlegung. »Das müsstest du von dort, wo du bist, erkennen können. Das ist das Signal für dich, dass die Welt stillsteht. Ihr anderen! Wenn die Schrecklichen kommen: Schreit nicht. Lauft nicht weg. Rührt euch nicht von der Stelle. Tut rein gar nichts, bis Hamish euch das Zeichen gibt. Und dann – *verbreitet so viel Chaos wie möglich*!«

Hamish ließ seinen Blick über die Kinder schweifen, die da vor ihm saßen. Sie sahen aus, als hätten sie schreckliche Angst.

Hamish merkte, dass es ihm genauso ging.

Aber eines wusste er genau: Er würde seine Familie zurückholen.

Als es gegen acht Uhr langsam dunkel wurde, machten sich die Kinder auf den Weg zum Festplatz.

Die Einwohner Starkleys strömten bereits in Scharen dorthin. Umgemodelte mischten sich mit den letzten Normalen, was eine seltsame Stimmung erzeugte.

»Aus dem Weg!«, bellte manch Umgemodelter.

»Oh, verzeihen Sie bitte«, antwortete ihm ein Normaler.

»Halt die Klappe, Sackgesicht«, erwiderte der Umgemodelte dann.

»Aber das muss doch jetzt nicht sein«, gab der Normale zurück.

»DU musst auch nicht sein!«, schnauzte der Umgemodelte.

Hamish stand bei der Achterbahn und sah sich die eintreffenden Leute genau an. Er schätzte, dass wohl gut neunzig Prozent der Erwachsenen umgemodelt waren. Heute war der Tag, an dem die Schrecklichen ihr Werk zu Ende bringen wollten.

Als die Kinder auf den Festplatz kamen und das Popcorn und die Berge aus Zuckerwatte rochen, verteilten sie sich wie vereinbart. Sie setzten ein falsches Lächeln auf und lachten hin und wieder laut, damit man sie für ganz normale Kinder hielt, die sich auf dem Jahrmarkt amüsierten, und nicht für Mitglieder einer straff organisierten Eliteeinheit.

Hamish behielt seine Explorer im Auge. Jemand stellte die Musik lauter. Inzwischen war es fast dunkel.

»20:25 Uhr«, raunte er Alice zu. »Fünf Minuten noch.«

Immer mehr Erwachsene trafen ein und drängten durch die großen Messingtore auf den Festplatz. Schon bald drängelten sie sich vor den Karussells und stritten darum, wer der Erste in der Schlange war.

Erwachsene Männer brüllten sich an, während sie versuchten, sich gegenseitig mit dem Autoskooter zu rammen. An der Wurfbude schmetterten Frauen die Bälle mit voller Wucht, wie Tennisstars beim Aufschlag in Wimbledon.

»20:28 Uhr«, flüsterte Alice, und Hamish warf einen Blick in die Runde, um sicherzugehen, dass alle an ihrem Posten waren.

»Okay«, sagte sie. »Ich teste noch mal das Licht an der Achterbahn, damit Buster weiß, wann er die Uhr anhalten soll.«

Sie trat in den kleinen Kontrollraum neben der Achterbahn und knipste den kleinen Schalter an.

»Geht es?«, fragte sie und sah hinauf.

»Mach noch mal«, sagte Hamish.

Sie knipste noch mal.

Doch das kleine, rote Lämpchen oben auf der Achterbahn blieb dunkel.

»Die Lampe ist kaputt!«, sagte sie und knipste und knipste, rauf und runter, rauf und runter und wieder rauf. »Vielleicht hat sie neulich abends was abbekommen, als dieses Ungeheuer da oben war!«

Entsetzt schlug sie die Hände vor den Mund.

»Das Licht! Das Signal! Wie spät ist es?«

Hamish sah auf seine Uhr.

»20:29 Uhr!«, sagte er verzweifelt.

»Wenn Buster das Licht nicht sieht und die Turmuhr nicht anhält, dann war alles umsonst! Die Schrecklichen kommen und greifen sich einfach, wen sie haben wollen, und sie können sehen, wie viel Zeit ihnen noch bleibt, und einfach alle mitnehmen. Was sollen wir tun? Was sollen wir nur tun?«

Hamishs Gedanken rasten.

Es durfte nicht alles vergebens sein. Diese letzte Chance, diese letzte Attacke!

Er fuhr herum.

»Da! Da drüben!«, sagte er.

Er zeigte auf ein Zelt mit der Aufschrift **FEUERWERKSKÖRPER**. Die waren für das Mitternachtsfeuerwerk gedacht.

»Komm mit!«

HH

Hamish und Alice rannten zu dem Zelt und sammelten alles an Raketen ein, was sie finden konnten. Kleine, große, riesengroße, welche, die aussahen wie Kerzen, welche, die aussahen wie echte Raketen, welche mit kleinen Windmühlen dran.

»Wir müssen sie anzünden!«, sagte Hamish. »Wir müssen sie *alle* anzünden!«

In Windeseile steckten Hamish und Alice sie in die Erde.

»Eigentlich dürften wir das Zeug nicht mal anfassen!«, sagte sie. »Wir sind erst zehn!«

»Eigentlich sollten wir auch nicht die Einzigen sein, die die Menschheit gegen randalierende Gruselmonster verteidigen«, sagte Hamish. »Schnell jetzt! Wir haben höchstens noch dreißig Sekunden bis zur Pause!«

***»WAS MACHT IHR DA?«***, donnerte ein Mann und

kam mit Riesenschritten auf sie zu. ***»LASST DIE FINGER DAVON!«***

»So!«, rief Alice. »Das wären alle!«

»Ein Streichholz! Wir brauchen ein Streichholz! Wo kriegen wir jetzt ein Streichholz her?«

Moment mal!

Hamish tastete in seiner hinteren Hosentasche herum und holte eine kleine Schachtel hervor.

**BELASKO.**

Natürlich! Die Streichholzschachtel vom Schreibtisch seines Vaters!

Er schüttete die Sonnenblumenkerne heraus, die er vor ein paar Tagen hineingelegt hatte, und fand ein Streichholz.

***»HÖR SOFORT AUF DAMIT!«***, brüllte der Mann.

Eilig strich Hamish mit dem Hölzchen über die Schachtel und hielt es am ausgestreckten Arm.

Als die erste Feuerwerksrakete zischelte, zündete er gleich die nächste an. Und dann die nächste. Und dann die nächste.

**»ICH WERDE EURE ELTERN HOLEN!«**, rief der Mann.

*Nein*, dachte Hamish. *Das mach ich schon selbst.*

Und als die erste Rakete zischte und knallte und Pirouetten durch die Luft beschrieb, machte Hamish immer weiter, zündete eine Lunte nach der anderen an, bis hoooooooooch oben in der Luft die ersten Raketen EXPLODIERTEN und den Nachthimmel erleuchteten …

Die nächste Rakete **KNALLTE**, und drei weitere stiegen zischend auf …

Dann noch eine …

Dann sechs auf einmal …

**KNALL! PENG!**

**KNALL! KNALL!**

BLITZ!

Und alles war still.

Die Pause hatte eingesetzt.

Hamish und Alice blickten in den nächtlichen Himmel auf.

Sechs mächtig große, knallbunte Explosionen hingen reglos in der Luft.

Wie rieselnder Sternenstaub beleuchteten sie die Erde, während die pausierenden Erwachsenen zu diesem funkelnden Wunderwerk aufblickten.

»Wie wunderschön«, sagte Alice, während sie es glitzern sah, und einen Moment lang vergaß sie völlig, wo sie war.

Totenstille herrschte in Starkley.

Niemand rührte sich.

Und dann erstarrten auch die Pausenwandler, als der leise Donner einsetzte.

»Geht in Stellung!«, rief Hamish, und die PAG legte los.

Die Schrecklichen kamen. Und sie kamen schnell.

31

# SHOWDOWN

»Haben es alle erledigt?«, rief Alice. »Haben alle eine Armbanduhr umgestellt?«

»Ich habe sogar vier umgestellt!«, tönte Grenville.

»Ich sechs!«, sagte Venk.

»PPPs sind verteilt!«, rief Elliot.

»Was waren noch mal PPPs?«, fragte Clover verwirrt. »So was wie PPPs oder eher so was wie PPPs?«

Der Donner der Hufe wurde immer lauter und lauter und LAUTER.

Alice blickte zum Feuerwerk am Himmel auf.

»Ich hoffe, Buster kriegt das mit«, sagte sie ganz leise.

»Buster ist pfiffig«, erwiderte Hamish, um sie zu beruhigen. »Buster wird schon merken, dass wir den Plan ändern mussten. Er wird sehen, dass das Feuerwerk in der Luft festhängt. Er wird sich denken können, dass die Pause angefangen hat. *Garantiert!*«

HH

Am Rathausplatz, bei der Uhr, starrte Buster zu dem kleinen Licht oben an der Achterbahn hinauf und rümpfte die Nase.

Das war komisch. Wieso leuchtete es nicht?

*Es sollte doch jetzt leuchten*, dachte er.

Er sah noch mal zur Uhr. Ja. Das kleine Licht sollte jetzt definitiv leuchten.

Buster gähnte.

*Oh*, dachte er abwesend. *Guck mal! Das hübsche Feuerwerk!*

HH

»Gleich sind sie da!«, rief Hamish, als die nahende Horde immer lauter wurde. »Nehmt eure PPs ein!«

»Was waren noch mal unsere PPs?«, flüsterte Clover. »Unsere Picknick-Pickel? Unsere Pups-Pudel?«

»Deine Pausen-Pose!«, sagte Venk. »Nimm deine Pausen-Pose ein!«

Und als Venk zur Statue erstarrte, mit Blick hinauf zum Feuerwerk und einem breiten Grinsen im Gesicht … wehte ihn so ein Geruch an, umfing ihn, durchrang ihn.

So ein ekliger, unerträglicher Gestank wie eine Wolke von feuchtem, fauligem Moder. Jeder der Pausenwandler spürte, wie seine Nase zucken wollte. Manche hielten die Luft an. Andere atmeten ein und hatten dann mit tränenden Augen zu kämpfen.

Der Donner hatte nachgelassen.

Man sollte meinen, das sei was Gutes.

Doch das war es *nicht*.

Es bedeutete, dass sie da waren. Dass sie aus dem Dunkel gekrochen kamen, sich anschlichen und breitmachten …

Hamish spürte das erste Monster, bevor er es sah.

Es stand hinter ihm, strich mit knochigem Finger von seinem Kreuz bis rauf zum Nacken, gerade so fest, dass es ihm ein wenig die Haut einritzte.

Er wollte sich schütteln.

Aber das durfte er nicht.

Er durfte es nicht.

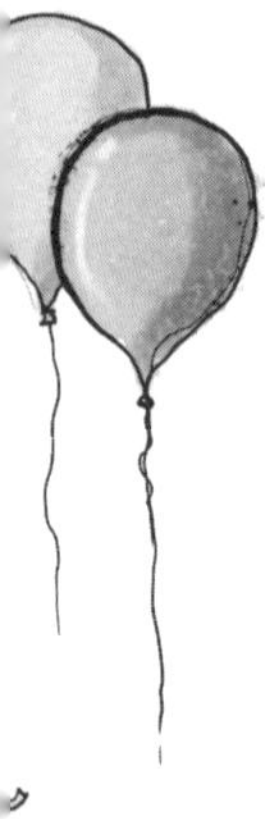

Dann schleppte sich das Ungeheuer um ihn herum, bis es vor ihm stand.

Es ragte über ihm auf, und während sich das monströse Gesicht langsam zu Hamish herabbewegte, sah er noch, dass eine ganze Horde von Schrecklichen auf den Festplatz drängte.

Schließlich war das Vieh mit ihm auf Augenhöhe.

Hamish traf fast der Schlag, als er merkte … er *kannte* dieses Monster!

Es war dasselbe Vieh, das damals vor seinem Fenster gewesen war.

Und offenbar hatte auch das Monster ihn erkannt. Deshalb wollte es ihn dazu bringen, sich zu schütteln. Es wollte beweisen, dass Hamish ein Pausenwandler war.

Es hielt einen Finger in die Luft, dann machte es damit das Widerlichste, was man sich vorstellen kann.

Es schob ihn langsam in Hamishs Nasenloch …

Drüben bei der Uhr hatte Buster das Gefühl, dass da irgendwas nicht stimmte.

Dieses kleine rote Licht war nicht angegangen. Es saß nur dunkel da, hoch oben auf der Achterbahn, unter diesem atemberaubenden Feuerwerk.

Diesem Feuerwerk, das da am Himmel hing.

Wie Feuerwerk es so tut.

Buster musste schon wieder gähnen. *Mann, das Tier in mir will gefüttert werden*, dachte er und tätschelte seinen Bauch …

Moment mal – *Feuerwerk? Das am Himmel hängt?*

Das tut Feuerwerk sonst nicht!

Oje.

Ojemine.

Das ist die letzte Pause!

Buster kletterte zur Uhr hinauf.

Hamish überlegte, zu wie viel Prozent er sicher sein konnte, dass es das mit Abstand Ekelhafteste war, was er je erlebt hatte, als dieser schreckliche Finger aus dem einen Nasenloch gekrochen kam und sich schmerzhaft ins andere schob.

Er war zu tausend Prozent sicher, dass es das mit Abstand Ekelhafteste war, was er je erlebt hatte.

Jetzt konnte er diesen kalten, glatten Finger hinter den Augen spüren, wo er nach seinem Gehirn tastete.

Und dennoch zuckte Hamish mit keiner Wimper.

Er *musste* stillhalten.

Für Mum.

Für Jimmy.

Für Starkley.

Für seinen *Dad*.

Das Monster neigte den Kopf und brachte sein grässliches Gesicht näher an ihn heran. Hamish sah sein Spiegelbild in den riesigen Glupschaugen, so wie man sich in einem alten, zerkratzten Löffel sieht.

Außerdem sah er Alice nicht weit entfernt stehen, vom Feuerwerk beleuchtet. Sie rührte sich nicht.

Die Schrecklichen amüsierten sich bestens. Manche spielten mit den Erwachsenen herum und warfen sie hin und her, und einer von ihnen setzte sich kichernd eine Katze als Hut auf.

Beim Autoskooter musste der arme Robin stillhalten,

während ein Ungeheuer auf seinem Kopf eine Perücke aus Würmern drapierte. Robins Augen waren riesengroß – aus *Würmern*! –, aber der Junge rührte sich nicht. Auch nicht, als das Vieh anfing, die Würmer zu zerquetschen und zu verreiben, mit diesem grässlichen Grinsen im Gesicht. Robin konnte fühlen, wie die feuchten kleinen Leiber auf seiner Kopfhaut herumschlingelten und -schlängelten. Er musste alles in sich niederringen, um nicht zu winseln und wegzurennen.

*Komm schon*, dachte Hamish, der es kaum erwarten konnte, der verzweifelt seinen Freund vor diesem Monster retten wollte. *Jetzt komm schon!*

Und dann …

***STAMPF … STAMPF … STAMPF …***

Es war so weit.

Die Weltstopper kamen.

Doch war Hamish auf das, was jetzt kam, nicht vorbereitet.

Zwei gigantische Weltstopper schlenderten auf den Festplatz und gaben ein tiefes, kehliges Lachen von sich, bei dem es einem eiskalt über den Rücken lief …

Sie musterten die versammelten Einwohner von Starkley und konnten ihr Glück nicht fassen. Sie klatschten in die Hände, verspritzten ihren Schweiß in alle Winde und johlten vor Freude.

Und im nächsten Augenblick, angelockt vielleicht von ihrer Freude …

Hot Dogs

**STAMPF.**
**STAMPF.**
**STAMPF.**

Die Schrecklichen wandten sich dem Stampfen zu. Einige knieten nieder, um es zu willkommen zu heißen.

Eilig sah Hamish zu Dexter hinüber, der seinen Blick erwiderte und ängstlich nickte.

Der Weltstopper-General kam.

Zwei himmelhohe Bäume bogen sich beiseite, als ein ungeheures Monstrum krachend auf den Festplatz trat. Seine riesigen Hände waren so groß wie Autos, und es schleuderte eine komplette Wikinger-Schiffsschaukel beiseite, um sich Platz zu schaffen. Ein Heer von wütenden, schwitzenden Requiden galoppierte heran und umzingelte die erstarrten Einwohner von Starkley. Finster standen sie da und wieherten.

**»GUUUUUUUUT«,**

brüllte das Untier, was die ganze Stadt erbeben ließ.

**»DIESE GÖRN GEHN MIR AUFN GEIST. SCHNAPPTSE!«**

Hamish rutschte das Herz in die Hose. Er hätte nie – niemals – gedacht, dass der Weltstopper-General so … grengantisch sein würde!

So enormonumental!

So … groß.

Mächtige Spuckeklumpen flogen durch die Luft, pfiffen an den Kindern vorbei und spritzten auf Karussells und erstarrte Erwachsene.

**»ALLEKINNER! HOLTZI!«**

Was auch immer das bedeuten mochte – es war klar, dass die Schrecklichen gehorchen würden.

Hamish sah Alice an. Sie zwinkerte ihm zu.

»PAUSENWANDLER!«, rief er. »JETZT!«

32

# Jetzt geht's los

Im selben Augenblick, in dem Buster seinen Irrtum bemerkt hatte, war er zur Turmuhr hinaufgeklettert und hatte einen Schraubenschlüssel unter den Minutenzeiger geklemmt, damit der sich nicht mehr weiterdrehen konnte.

So. Das müsste gehen. Und er wusste genau, was er als Nächstes tun musste.

Er kletterte wieder runter und sprang in den Eiswagen.

Er hatte ein paar Modifikationen vorgenommen, von denen er sicher war, dass sie ganz praktisch sein würden.

Auf dem Festplatz herrschte der helle Wahnsinn.

Das reine *Chaos*!

Überall liefen Kinder herum, von denen manche mit Löffeln auf Dosen und Töpfe einschlugen, während verdutzte Monster rempelnd versuchten, sie zu packen.

**»SCHNAPPTSE!«** tobte der Weltstopper-General, wütend wegen dieser Störung.

»ZERQUETSCHTSE! ZERMALMTSE!«

Hamish behielt den wankenden Riesen im Auge. Der war offensichtlich in Panik.

»WER GUCKT AUFDE ZEIT?«, brüllte er. »WER GUCKT AUFDE UHR?«

Am Fuß der Achterbahn kletterten drei Schreckliche verzweifelt übereinander her, in dem Versuch, die Stützpfeiler zu erklimmen. Sie konnten nicht begreifen, wieso sie immer wieder runterrutschten.

Eilig verschmierte Venk noch mehr vom extrastarken Desinfektionsgel, das die Pfeiler so superglitschig machte.

»WIR MÜSSN DE UHR SEHN!«,

brüllte der Weltstopper-General.

»PACKT DE KNIRPSE! STOPPT SE!«

Doch die Schrecklichen hörten nicht mehr auf ihren Herrn und Meister. Sie hatten ganz andere Probleme.

»MEXIKANISCHER FUSS-STAMPFER!«, brüllte Grenville, der voll in seinem Element war, und mehrere Kinder traten gleichzeitig einem Schrecklichen auf den

Fuß. »UND JETZT ZEIGT DIESEM LÄCHERLICHEN MONSTER MAL, WAS EIN CHINESISCHER ZUNGENREISSER IST!«

Mitten hindurch lief Elliot und verspritzte Tabasco aus dem alten Aftershave-Zerstäuber von seinem Vater, dass die Schrecklichen schnauben und sich die Augen reiben mussten.

»WIE SPÄT?«

donnerte der Weltstopper-General außer sich, und sein Speichel landete in großen Pfützenklumpen auf der Erde.

**BUMMM!** Er setzte einen Fuß vor.

**BUMMM!** Dann den anderen!

Einer der Schrecklichen hatte es inzwischen bis oben auf die Achterbahn geschafft und spähte zur Turmuhr hinüber. Aber die Zeiger hatten sich gar nicht weiterbewegt! Die Uhr zeigte noch genau dieselbe Zeit an wie vorhin, als es losgegangen war! Verdutzt und verdattert zuckte er mit den eckigen Schultern und sah mit gequälter Miene zu seinem Boss.

»DANN KUCK AUF DE UHRN VON DEN GEFRORNEN!«,

donnerte der Weltstopper-General.

**»DAMIT WIR SCHÄTZN KÖNN, WIE LANG NOCH!«**

Doch jede Uhr zeigte eine andere Uhrzeit an.

16:13 Uhr!

21:29 Uhr!

17:37 Uhr!

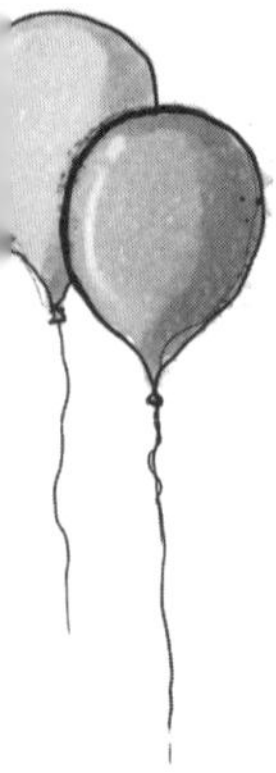

**»RÜÜÜÜÜCKZUUUUUUUUG!«**, donnerte der Weltstopper-General, als er merkte, dass er auf eine derart gut organisierte Revolution in keinster Weise vorbereitet war.

**»SOFOOOOOORT RÜÜCKZUUUUUUUUUG!«**

Hamish sah auf seine Explorer. Die einzige Uhr, die die *korrekte* Zeit anzeigte. Jetzt musste er nur noch den richtigen Moment abwarten.

Er wartete …

Und wartete noch etwas …

Dann endlich …

»Jetzt, Clover!«, rief Hamish. »Los!«

Und als einer der Schrecklichen das Horn zückte, um zum Rückzug zu blasen, warf Clover ihr ungemein naturgetreues laubgrünes Buschkostüm ab, in dem sie sich die ganze Zeit versteckt hatte …

… uuuund …

*SCHNAPPTE SICH DAS HORN!*

»Alice!«, rief sie. »Fang!«

Zum Entsetzen des Weltstopper-Generals warf Clover das Horn hoch, ganz hoch in die Luft …

… es schlug Saltos und drehte Pirouetten und klatschte direkt in Alices Hand – wie ein Bumerang. Einen Moment lang starrte sie das Horn an, total verdattert.

»LOS!«, rief Hamish und tippte auf seine Uhr. »LAUF!«

Doch Alice rührte sich nicht von der Stelle. Als wäre sie versteinert.

»JETZT, ALICE!«, rief Hamish wieder. »MACH SCHON!«

Doch sie starrte nur dieses Horn an.

Und da begann der Weltstopper-General, der ahnte, was gleich passieren würde, auf sie zuzustampfen … Sie blickte auf und sah ihn näher kommen …

Was der Moment war, in dem sich Robin dem Weltstopper-General in den Weg warf und anfing, mit den Armen zu wedeln.

Augenblick mal – *Robin*?

»Es ist zwölf Uhr drei!«, rief Starkleys vormals ängstlichster Junge. »Es ist neun Uhr fünfzehn! Es ist Viertel nach Juni! Es ist siebzig Minuten vor gestern!«

Das genügte, um das monströse Ungeheuer für eine Sekunde zu verwirren. Was quasselte der Knirps da? Dieses Kind, das nach Würmern stank?

*Robin schindet Zeit!*, dachte Hamish. *Denn genau davon haben die Weltstopper nicht genug!*

Plötzlich fing sich Alice. Ihre Miene wechselte von Sorge zu Entschlossenheit. Sie *konnte* es schaffen.

Und als der Weltstopper-General die Geduld verlor und Robin im hohen Bogen auf eine Hüpfburg schleuderte, rannte Alice Shepherd los, als hinge ihr Leben davon ab, was im Grunde ja auch den Tatsachen entsprach.

Sie rannte mit erstaunlicher Geschwindigkeit und bemerkenswertem Geschick.

Sie rannte zwischen Beinen hindurch und hüpfte über lange Arme, die sie packen und zerquetschen wollten.

Sie sprang über Spuckepfützen und rutschte durch den Matsch, und als sie das Ende des Festplatzes erreicht hatte, gelang es Starkleys U12-100m-Meisterin gerade noch, den Fängen des fürchterlichen, fuchsteufelswilden Weltstopper-Generals zu entkommen, der hinter ihr tobte und brüllte.

Neben einem Schild mit der Aufschrift:

FARMER JARMERS PRIVATBESITZ

kam sie schlitternd zum Stehen.

Hamish hatte ihr von seiner Ahnung erzählt. Hoffentlich lag er damit auch richtig.

Und als die gigantischen, grapschenden Hände sie beinah zu fassen hatten, schleuderte Alice Shepherd das muschelähnliche Horn mitten auf das weite, schwankende Feld voller Sonnenblumen am Rande des Festplatzes …

»NEEEEEEEEEEIIIIIIIIIIINNNN!«,

heulte der Weltstopper-General.

»DAS HORN LIEGT IN'N SONNBLUM! RÜCKZUG! RÜCKZUUUUUG!«

BLITZ!

**BUMM! BUMM! BUMMBUMM!**
**BUMMBUMM! BUMM!**

Feuerwerk! Explosionen am Himmel!

Hamish stand allein da, im Licht von grünen, roten, blauen Blitzen und lächelte seine Explorer an. Sie hatten es geschafft. Die Pause war vorbei. Und der Lärm und die Farben machten genau da weiter, wo sie aufgehört hatten, mit mächtigen Explosionen, die man in der Brust spürte.

Die leuchtenden Blitze am Himmel waren wie Stroboskope, die das Leben in Sekundenbruchteile zerstückelten, wie Kamerablitze. Es war nicht zu erkennen, wer stillstand und wer sich bewegte.

Vorsichtig sah Hamish in die Runde. Die Leute von Starkley blickten allesamt zum Himmel auf, wo das Feuerwerk nun seinen Höhepunkt erreichte … Die Schrecklichen bewegten sich anscheinend nicht … aber stimmte das auch?

Und als das letzte **BUMM!** zwischen den Häusern von Starkley verhallt war, wurde vereinzelt anerkennender Applaus laut, während der Festplatz sich noch in dicken Rauch hüllte.

Sonst passierte erst mal nichts.

Doch als sich der Rauch langsam verzog, hörte man die ersten Schreie.

»Was zum Teufel ist das?«, schrie ein Mann, der stolpernd die Flucht ergriff.

»MONSTER!«, schrie ein anderer.

»Seht euch an, wie groß der ist!«, kreischte eine Frau und zeigte auf den Weltstopper-General, der das kleine Städtchen überragte, starr und steif, mit leerem Blick.

»Ach, du meine Güte!«, schrie Mr. Ramsface, der augenscheinlich von seinem bösen Bann befreit war. »Ach, du meine Güte!«

Das Geschrei hielt an, während die Erwachsenen vom Festplatz flohen. Immer wieder stießen sie mit erstarrten, schleimigen Schrecklichen zusammen, woraufhin sie nur noch lauter schrien. Doch unter die Entsetzensschreie mischte sich schon bald auch der Jubel der Pausenwandler.

Sie hatten sie gestoppt. Sie hatten die Stopper gestoppt. Sie waren die Stopperstopper!

Triumphierend sah Hamish zu Alice hinüber.

»Sie sind erstarrt!«, sagte er und schob einem der Schrecklichen einen Finger ins glibberige Nasenloch.

Jetzt gab es nur noch eins zu tun.

33

# Das eine, was noch zu tun ist

Als Nächstes hörten alle das Plingplangplong der Nationalhymne, als Buster den Eiswagen auf den Festplatz steuerte und rutschend im Matsch zum Stehen kam. Allerdings war die Musik diesmal lauter. Offenbar hatte Buster ein Paar fette Bassboxen eingebaut.

»Warum ist es hier so matschig?«, fragte er durchs offene Fenster. »Es hat doch nicht geregnet, oder?«

»Das war der da!«, sagte Hamish und deutete auf den Weltstopper-General, der immer noch wie eine monströse Salzsäule über ihnen aufragte. »Er spuckt beim Sprechen.«

»Ich hab beim Militär angerufen, wie du gesagt hast«, erklärte Buster. »Hab mit einer sehr netten Frau namens Sandra gesprochen. Sie meinte, sie wollte die Informationen weiterleiten.«

»Was hast du mit dem Eiswagen angestellt?«, fragte Alice überrascht. Die Kiste hatte sich ziemlich verändert. Inzwischen waren Reifen aufgezogen, wie man sie normalerweise nur von Treckern kennt. Der Eiswagen sah aus wie einer von diesen Monster-Trucks, die sie in Amerika haben. Megalomantisch!

»Nur eine kleine Modifikation für Phase 2 unseres Plans«, sagte er stolz und von viel weiter oben, als er je gesessen hatte. »Gefällt euch die neue Lackierung? Ich finde, Schwarz und Gold gibt ihm so was Gewichtiges.«

»Pausenwandler!«, rief Hamish, nachdem Buster sein übergroßes blaues Blinklicht in Gang gesetzt hatte. »Auf die Roller!«

HH

Dann bretterte der Eiswagen durch den Wald, rumpelte über Stock und Stein, was ihm ein Leichtes war. Dahinter ritt ein Dutzend Pausenwandler auf schimmernden Vespas, deren Lichtkegel sich einen Weg durchs Dunkel bahnten.

Im Inneren des Streitwagens saß Hamish und dachte an Jimmy und seine arme Mum. Es musste einfach gelingen. Alice studierte gemeinsam mit Dexter die Karte.

»Wir müssen rüber zu den Klippen«, sagte er und deutete geradeaus, wobei ihn der bloße Gedanke daran die Stirn runzeln ließ. »Wir müssen über die Brücke …«

Einer nach dem anderen fuhr über die kleine graue Brücke und ließ das vertraute Städtchen hinter sich. Die Brücke erinnerte Hamish daran, dass er neulich erst an sie gedacht hatte. Wann war das noch gewesen?

»Na klar«, sagte Hamish, als ihm dieser Tag bei Grenville wieder einfiel. »Da hing ein Stadtplan beim Postmeister. Darauf stand ROUTEN, mit lauter Pfeilen, die aus dem Wald herausführten. Ich dachte, die galten den Briefträgern. Aber sie waren für die Schrecklichen gedacht! Ist ja auch sinnvoll – der Postmeister kennt Starkley besser als jeder andere, und deshalb haben sie als Allererstes Tubitha Bile verschleppt! Mit Hilfe ihres Stadtplans konnten sie die Überfälle besser planen. Da war genau verzeichnet, wo alle wohnen!«

»Deshalb sind sie bestimmt anfangs immer nachts gekommen«, sagte Alice. »Weil sie wussten, dass die Leute dann alle im Bett liegen!«

Eine Mischung aus Angst und Überschwang machte sich breit, als sie an einem Schild mit der Aufschrift **ZU DEN KLIPPEN →** vorüberkamen.

»Wir sind fast da«, sagte Dexter kleinlaut. »Von hier aus müssen wir zu Fuß weiter.«

»Dann gehen wir eben ein Stück zu Fuß«, sagte Hamish.

HH

Hohe Wellen schlugen an die Klippen, als Hamish aus dem Wagen hüpfte.

Hier oben war die Luft feucht von der Gischt des Meeres. Gnadenlos peitschte der Wind auf den kleinen Trupp ein.

»Da wären wir!«, deklamierte Hamish heldenhaft, als er das Steinhäuschen in der Ferne erblickte.

»Was?«, rief Clover gegen das Tosen der See.

»Ich sagte: ›Da wären wir!‹«, wiederholte Hamish, wenn auch diesmal nicht mehr ganz so heldenhaft.

»Könntest du etwas LAUTER SPRECHEN?«, rief Clover. »Hier ist ein ganz schöner KRACH!«

Mittlerweile waren Hamishs Haare klatschnass, und er wischte sie sich aus den Augen. Das Gebäude sah klein aus von hier, beleuchtet allein von einer alten orangefarbenen Gaslaterne, die über der Tür hing und quietschend im Wind schaukelte.

»Hamish …«, sagte Buster ganz nah an Hamishs Ohr, und Hamish wandte sich ihm zu. »Ich hoffe, du findest deinen Dad.«

Hamish sah in Busters traurige Augen.

»Danke, Buster«, sagte er. Und dann: »Dein Dad wäre heute Abend bestimmt besonders stolz auf dich.«

Buster lächelte.

»Meinst du?«

»Garantiert«, sagte Hamish. »Wenn wir die Welt gerettet haben – und wer weiß, ob uns das wirklich schon gelungen ist –, dann zum großen Teil deinetwegen. Und außerdem – sieh dir an, was du aus dem Eiswagen gemacht hast! Ich glaube, wenn er uns von irgendwo zusieht, wird er zu jedem sagen: ›Dieser Junge da … das ist mein Sohn!‹«

Buster lächelte, dann wandte er sich ab. Er nickte vor sich hin und lächelte noch etwas weiter.

»Es wird Zeit«, sagte Alice, als eine wütende Welle an die Klippen schlug und hoch aufspritzte.

Das alte Steinhaus war so unheimlich, wie Dexter es beschrieben hatte.

Na ja, wie sich herausstellte, war Dexters Beschreibung dann doch nicht sonderlich präzise, denn das alte Steinhaus war noch viel, viel unheimlicher.

Das Gemäuer wirkte feucht. Nicht vom Meer, sondern als würde davor ein unsichtbarer Fluss entlangfließen und die Mauern unentwegt feucht halten.

»Sichert das Gelände!«, rief Hamish. »Clover – nimm dir ein paar Pausenwandler, und umzingelt das Haus! Venk – sorg dafür, dass wir Verstärkung kriegen!«

Hamish inspizierte die Hausfront. Die Tür war aus verwittertem, gesplittertem Holz, mit einem schwarzen Klopfer in Form eines fauchenden Drachens. Steinerne Gargoyles hingen vom Dach. Und *überall* flogen Fliegen und eiergroße Bienen herum.

Was mochte wohl da drinnen sein?

Tapfer zog Hamish die Tür auf.

Er blinzelte.

Da drinnen sah man rein gar nichts.

Alles schwarz.

Zitternd stand Alice neben ihm.

»Ich weiß ja, ich hab gesagt, dass ich mich vor nichts fürchte«, sagte sie und nahm seine Hand. »Aber eins gibt es da doch.«

»Die Dunkelheit?«, fragte Hamish. »Du musst nicht mitkommen.«

Da fiel Hamish die kleine Taschenlampe am Schlüsselring ein, die er in sein PSK gepackt hatte. Er wusste doch, dass er sie irgendwann brauchen würde! Er knipste sie an und leuchtete vor sich her. Aber dieses Schwarz war einfach zu schwarz. Es war mächtig schwarz. Es war, als würde das Licht seiner kleinen Taschenlampe einfach vom Nichts aufgesogen. Er würde eine erheblich stärkere Lampe brauchen.

»Soll ich da mal nachhelfen?«, fragte Buster lächelnd.

HH

Fünf Minuten später leuchteten die Schweinwerfer des Eiswagens und sämtlicher Vespas in das Nichts hinein.

Jetzt konnte Hamish die ersten paar Stufen erkennen …

Er nickte Alice zu, holte tief Luft und machte den ersten Schritt.

34

# Die Tiefe

Abwärts, abwärts, immer weiter in die Tiefe stieg Hamish, wobei er seine klitzekleine Taschenlampe am ausgestreckten Arm vor sich hielt.

Vor jeder pechrabenschwarzen Stufe rechnete er mit dem Ende der Treppe.

Doch das hier war kein Keller. Diese Stufen nahmen ja kein Ende.

Irgendwann spürte er, dass links und rechts von ihm keine Mauern mehr waren. Nur noch die Stufen. Diese Stufen, die immer schmaler und schmaler zu werden schienen, bis er nur noch vorankam, indem er einen Fuß vor den anderen setzte.

»Bist du noch da?«, fragte er nervös.

»Ich bin noch bei dir«, sagte Alice und legte ihm ihre zitternde Hand auf die Schulter. »Ich lass dich nicht allein. Das stehen wir gemeinsam durch.«

Und so schlichen sie immer weiter, fürchteten im Stillen, sie könnten ein Knarren hören oder einen Schrei oder sonst irgendetwas aus der Tiefe, was verriet, dass da unten noch ein Schrecklicher lauerte.

Wohin würde dieses tintenschwarze Nichts sie führen? Gingen sie zu weit? War es das Dümmste, was sie tun konnten? Eine Falle?

»Warte!«, sagte Hamish schließlich. »Ich glaub, ich bin unten angekommen!«

Er tappte mit dem Fuß. Der Untergrund hatte sich verändert. Er war härter. Kleine Kieselsteinchen knirschten unter den Schuhen. Hamishs Taschenlampe wurde schwächer und war dem alles verschlingenden Schwarz nicht mehr gewachsen.

»Versuch es noch mal mit den Streichhölzern«, sagte Alice. »*Bitte.*«

Hamish riss eines an, und als es knisternd aufflammte, meinte er, etwas erkennen zu können, nur ein paar Meter weiter. Doch schon war das Streichholz am Ende, also riss er das nächste an und schlurfte ein Stückchen vorwärts.

Hier unten war die Luft dicker. Es fühlte sich an, als kitzelte ihn das dichte Moos beim Atmen in der Kehle. Und kalt war es auch. Im flackernden Licht der Streichhölzer konnten Hamish und Alice sogar ihren Atem sehen.

Totenstill war es, nur so ein fernes Knacken und Knistern, wie von alten Heizkörpern mitten in der Nacht …

Auf einmal spürte Hamish, dass direkt vor ihm irgendetwas war.

Er streckte die Hand aus und berührte es.

Es war kalt.

Feucht.

*Schleimig.*

Dort – kaum eine Armeslänge entfernt – befand sich eine große Eisentür.

Hamish tastete nach dem Schloss.

Da steckte noch der Schlüssel drin.

HH

Sie liefen den Korridor entlang.

Dort gab es mehr Licht – eine alte Messinglampe hing am Ende des Ganges und warf lange Schatten über die steinernen Wände.

Ihre Schritte klangen hier so klein.

»Mir ist kalt«, flüsterte Alice.

»Warte«, sagte Hamish. »Guck mal …«

Am finstersten Ende des unheimlichen, unterirdischen Ganges befand sich eine Bogentür – zerschrammt und zerkratzt.

Es gab keinen Türgriff – nur ganz oben ein kleines rundes Loch.

»Bestimmt ist da drinnen irgendwo ein Griff«, sagte Hamish. »Wenn wir die Tür aufkriegen wollen, müssen wir wohl reingreifen und danach tasten …«

Alice schüttelte den Kopf.

»Nein«, sagte sie. »Wer weiß, was hinter diesem Loch lauert? Vielleicht sind da noch mehr Schreckliche. Oder vielleicht halten sie ihre Requiden hier! Oder vielleicht ist da ein Spinnenmonster oder eine Riesenratte oder ein fünfzehn Meter langer Krake voller Saugnäpfe oder einfach nur eine feuchte Monsterzunge! Lass uns die anderen holen! Das schaffen wir nicht allein!«

»Jetzt sind wir schon mal hier«, sagte Hamish. »Nur wir zwei. Du und ich. Jetzt liegt es an uns.«

Hätte er im Dunkeln was erkennen können, hätte er das blasseste Mädchen von Starkley gesehen.

Doch dann kniff sie die Augen zusammen und schlang die Arme um sich.

»Okay«, sagte sie entschlossen. »Tun wir es!«

In diesem Moment hörten sie hinter der Tür ein Flüstern. Ein Rascheln. Hamish stellten sich die Nackenhaare auf. Alice bekam Gänsehaut. Sie schüttelte sich.

»Ich probier's«, sagte Hamish und schob langsam seine Hand in das Loch. Seine Fingerspitzen stießen an einen dünnen Schleimfilm, und er spürte, dass dieser wie eine Seifenblase platzte und an seinem Handgelenk herunterrann.

Er kniff die Augen zusammen.

*Bitte kein Spinnenmonster. Bitte keine Monsterzunge.*

Alice hörte hinter der Tür wieder so ein Schlurfen. Sie hörte jemanden atmen und Schritte und ein Klirren und Klappern und …

»Schnell, Hamish!«, sagte sie, weil sie fürchtete, dass gleich etwas Schreckliches nach seinem armen Arm greifen würde. »Das gefällt mir nicht!«

»Hab ihn!«, sagte Hamish, der irgendetwas Metallisches bewegte und spürte, wie der Rahmen die Tür mit einem mächtigen *Uuuuuffff* freigab.

Hamish und Alice nahmen einander bei der Hand, als sich die Tür knarrend vor ihnen öffnete …

Reglos standen sie da. Sie spürten, dass sich da drinnen etwas bewegte.

»Komm!«, sagte Hamish und setzte tastend einen Fuß ins Dunkel.

Irgendwo rechts von ihnen, hinter dicken Eisenstäben, beleuchtet von einer kleinen Flamme an der Wand …

Stand eine Frau.

Ein *Mensch*.

»Mum!«, rief Alice und warf sich gegen das Gitter.

»*Alice?*«, sagte die Frau. »Oh, Alice! Wir haben uns solche Sorgen gemacht! Stephen – es ist Alice!«

»Lauf!«, sagte ein Mann neben Alices Mum. »Rette dich, Alice!«

Immer mehr Stimmen wurden laut. Von überall her.

»Ist schon okay, Dad!«, sagte Alice unter Tränen der Erleichterung, und sie schob den rostigen Eisenriegel beiseite, der die Tür zuhielt. »Ich bin mit Hamish Ellerby hier!«

Da war es, als ginge in Hamish ein Licht an.

Er fühlte sich euphorisch.

*Dad!*, dachte er.

Er lief den Korridor entlang, entriegelte einen Käfig nach dem anderen, sah hinein, dann lief er zum nächsten.

Da war der alte Mr. Picklelips!

Dexters ganze Familie.

Da war Felicity Gobb!

Da war der Typ vom Fitnessstudio! Wow – den hatte gar keiner vermisst!

Immer weiter hetzte Hamish den endlosen, feuchten Gang entlang, auf der Suche nach seiner Familie, auf der Suche nach seinem *Dad*, bis …

»Hamish!«

Er fuhr herum.

»Mum!«, rief er. »Jimmy!«

»Oh, Hamish!«, sagte sie und streckte ihre Hand nach ihm aus.

»Ich heiße James?«, sagte Jimmy. »Hast du Felicity gesehen?«

»Wo ist Dad?«, fragte Hamish und nahm die Hände seiner Mutter. »Wo ist mein Dad?«

Ein Schatten fiel über ihr Gesicht.

»Ach, Hamish«, sagte sie.

»Was?«, sagte er. »Er ist doch auch hier, oder? Natürlich ist er hier! Er muss einfach hier sein!«

»Ach, mein Kleiner«, sagte sie, und selbst im trüben Lichtschein konnte Hamish sehen, dass sie Tränen in den Augen hatte.

»Sag nicht, dass er nicht hier ist!«, weinte Hamish und fiel auf die Knie. »*Bitte*, Mum! Sag nicht, dass nach allem, was wir durchgemacht haben, mein Dad nicht hier ist …«

HH

Draußen vor dem düsteren Gemäuer jubelten die Pausenwandler jedem neuen Erwachsenen zu, der blinzelnd in der Tür erschien und seine Augen vor dem Licht der Scheinwerfer schützte.

Familien fielen sich in die Arme. Kinder wurden in die Luft geworfen und geknuddelt und geschnuffelt und gedrückt.

Über ihnen kreisten Militärhubschrauber, die mit ihren grellen weißen Suchscheinwerfern den Wald ausleuchteten.

Erstarrte Schreckliche wurden in Käfige gesperrt, mit Winden hochgezogen und abtransportiert, in den rabenschwarzen Himmel über dem tosenden Meer.

»Hamish«, sagte Buster mit strahlendem Lächeln und einer Frau an der Hand. »Das ist meine Mum!«

Hamish gab sich alle Mühe, auch zu lächeln, und sagte »Hallo«, doch klang es nicht gerade fröhlich.

Felicity und Jimmy hatten einen Streit darum, wieso er überhaupt nichts mehr von ihr gehört hatte. Offenbar fand Jimmy, dass eine Entführung durch irgendwelche Monster keine Entschuldigung für solche Beziehungsspielchen war.

»Dann haben sie deinen Dad gar nicht geholt?«, fragte Alice, als sie plötzlich neben ihm stand.

Hamish ließ den Kopf hängen und schüttelte ihn.

»Scheint so«, sagte er.

»Also ist er einfach abgehauen?«, sagte sie. »Das ist ja mies.«

»Ja, das ist es wohl«, sagte Hamish und wischte an seinen Augen herum. Sie waren ganz rot und geschwollen.

Alice lächelte ihn an.

»Aber immerhin hast du Starkley gerettet, Hamish«, sagte sie und drückte seine Schulter. »Immerhin hast du die Welt gerettet.«

Und als dann Polizeisirenen durch den Wald hallten und der nächste Schreckliche hoch in die Nacht gehievt wurde, um auf Geheiß Ihrer Majestät beseitigt zu werden, wischte Hamish sich die Tränen weg und holte tief Luft.

»Ja«, sagte er und versuchte, überzeugend zu nicken. »Ich schätze, das ist auch was wert.«

35

# Eine Woche später

Eine Woche später, auf dem Rathausplatz, direkt unter der Turmuhr, die endlich wieder richtig ging, lächelte Alice das strahlendste Lächeln ihres Lebens.

»Und dieser ist für dich«, sagte der Bürgermeister, als er sich vorbeugte, um ihr unter dem Applaus der versammelten Stadt einen Orden anzustecken.

»Mit unserem ewigen Dank.«

Falls das überhaupt möglich war, wurde ihr Lächeln noch strahlender, und sie winkte ihren Eltern im Publikum zu.

Es war ein großer Tag. Der Bürgermeister hatte verkündet, dass Starkley nach sorgfältiger Prüfung durch eine fachkundige Jury (die sowohl die Monsterinvasion als auch die darauf folgende Kinderrebellion in Rechnung stellte) nun offiziell zu Großbritanniens *Un*langweiligstem Ort ernannt worden war!

Buster hatte seinen Orden für unbeschreibliche Tapferkeit bereits erhalten. Ebenso wie Venk und Clover und Elliot, deren Eltern allesamt ausflippten, als ihre Namen verlesen wurden. Robin konnte gar nicht glauben, dass man ihm

Tapferkeit bescheinigte, und seine Mum stand da, strahlte vor Stolz und futterte frische japanische Geleefischraspeln. Jedes Kind aus Starkley, das eine Plombe bekommen und gegen die Schrecklichen gekämpft hatte, wurde belobigt. Jedes einzelne von ihnen war so voller Licht und Leben, als sie dort alle versammelt auf der kleinen Bühne saßen, mit ihren silbernen Orden an himmelblauen Bändern, unter einem Banner, auf dem

**PAUSENWANDLER, WIR DANKEN EUCH!**

geschrieben stand.

Nur Hamish Ellerby schien nicht ganz bei der Sache zu sein.

Er wirkte ... grau. Als hätte er vergessen, wie man lächelte. Als hinge eine kleine dunkle Wolke über seinem Kopf.

»Komm schon, Mann!«, flüsterte Grenville, der sich mächtig herausgeputzt hatte in seinem vollen El-Gamba-Ornat samt festlichem Cape. »Du solltest dich freuen!«

»Und schließlich«, sagte der Bürgermeister, der nun zu Hamish kam, »möchte Starkley *dir* danken, Master Hamish Ellerby ...«

Mächtiger Jubel brach aus, und eine Blaskapelle legte los. Überall in Starkley knallten selbst die kleinsten Kinder mit Knallbonbons. Ein lächelnder Rex Ox pustete mit seinem Laubbläser Konfetti hoch in die Luft.

Hamishs Mum tippte die Leute an und sagte: »Das ist mein Sohn da oben! Das ist mein Hamish!« Selbst Jimmy stand auf und pfiff, stolz wie Oskar, dass er so einen tollen kleinen Bruder hatte.

Doch Hamish konnte nicht darüber hinwegsehen, dass der Stuhl neben den beiden leer blieb.

Und Hamish lächelte nicht.

HH

»Vielleicht liest dein Dad ja davon in der Zeitung, Hamish«, sagte Alice mitfühlend, als die beiden Freunde sich etwas von den Festlichkeiten absetzten. »Vielleicht merkt er dann, dass ihm was fehlt. Oder er will eben einfach wegbleiben. Und das ist dann auch besser so.«

Sie blickten über Starkley hinaus. Es war übersät von Sonnenblumen. Farmer Jamer hatte jedem Haus in Starkley eine Blume geschenkt, und die Einwohner hatten zusätzlich noch überall Samen verstreut. Womöglich waren die Monster gegen die Blumen allergisch, oder ihnen war deren Größe nicht geheuer, aber auf jeden Fall hatten die Schrecklichen ein Problem mit den Sonnenblumen. Und obwohl man die Ungeheuer allesamt in ihrer Pausenstarre eingefangen hatte, überließ Starkley doch lieber nichts dem Zufall.

Das Horn, das Alice ins Sonnenblumenfeld geworfen hatte, damit der Weltstopper-General es nicht in die Finger bekam, war dem Bürgermeister überreicht worden. Es sollte das erste und einzige Ausstellungsstück in Starkleys Internationalem Historischem Museum werden. Leider konnte man es gar nicht so richtig erkennen, denn der Bürgermeister hatte es sicherheitshalber in Zement gießen lassen.

Zumindest *glaubte* er, dass es Zement war. Hamish hatte so ein unbestimmtes Gefühl, dass es sich möglicherweise um ZINOXYKLUMP© handelte …

Das Städtchen war zuckersüß herausgeputzt. Überall auf dem Platz stapelten sich kostenlose Zuckerwaren – dank Madame Couscous. Auch sie war die ganze Nacht wach gewesen und hatte sämtliche Pflastersteine gegen Dauerlutscher ausgetauscht.

Sogar einen neuen Mann hatte sie kennengelernt.

»Wer ist das?«, fragte Clover sie.

»Das ist Håkon«, sagte sie und schmiegte sich verliebt an den blonden Hünen. »Er kommt aus Norwegen.«

Als Hamish das hörte, musste er doch *fast* lächeln.

»Na gut«, sagte er und wandte sich ab. »Ich glaub, ich geh nach Hause.«

»Hamish!«, rief jemand hinter ihm. »Sehen wir uns nachher noch?«

Es war sein Bruder. Er lächelte zaghaft, hoffnungsvoll.

»Klar«, sagte Hamish und hielt den Daumen hoch. »Bis nachher zu Hause, James.«

»Eigentlich …«, sagte James, während auch er seinen Daumen hochhielt. »Könntest du mich wieder Jimmy nennen?«

Hamish grinste in sich hinein. Vielleicht war nicht alles

perfekt, aber wenigstens war das Leben in Starkley wieder mehr oder weniger normal. Mum wollte später sogar Boggle spielen. Sie meinte, sie käme heute früher von der Arbeit nach Hause, weil die Beschwerden in Starkley von 3414 pro Woche auf zwei gefallen waren. Und die kamen beide von Mum selbst, die sich darüber beklagte, dass sie nicht genug zu tun hatte.

Vielleicht wollte Hamish auf dem Heimweg bei Slackjaw's Motorparadies vorbeilaufen. In letzter Zeit war Mr. Slackjaw ausgesprochen gut auf Hamish zu sprechen. Er hatte ihm sogar einen Samstagsjob angeboten, sobald er ein bisschen älter wäre. Seit der Rebellion war die Nachfrage nach Motorrollern um fünfhundert Prozent gestiegen! Dad hatte immer gesagt, ein Samstagsjob sei wichtig. Und vielleicht konnte er auf dem Heimweg noch ein paar Sonnenblumen pflanzen.

Für die Zukunft. Für alle Fälle.

Und dann passierte etwas sehr Sonderbares.

Aus heiterem Himmel, fast lautlos, landete eine Amsel auf dem Pflaster direkt vor Hamish.

Sie blickte zu ihm auf.

Also, ich weiß zwar nicht, wie es aussieht, wenn ein Vogel lächelt, aber bestimmt lächeln auch Vögel manchmal … und vielleicht war das jetzt eine dieser Gelegenheiten.

Sie blinzelte und neigte den Kopf zur Seite.

»Das ist seltsam«, sagte Alice.

Hamish runzelte die Stirn und beugte sich vor, um sich den Vogel genauer anzusehen.

»Die Amsel«, sagte eine große, gertenschlanke Frau, von der Hamish sicher war, dass sie eben noch nicht dort gestanden hatte. Sie war ihm völlig unbekannt. »So haben wir ihn immer genannt.«

Hamish und Alice sahen die Fremde an. Sie war in Weiß gekleidet. Sie hatte glatte blonde Haare, ordentlich hinters Ohr geklemmt. Eindringliche blaue Augen. Eine lange, gerade Nase.

»Verzeihung?«, sagte Hamish.

»Im Davor – haben wir ihn *Amsel* genannt.«

Die Kinder sahen sich an. Die Verrückte sprach in Rätseln.

»Okay …«, sagte Alice freundlich. »Wen? Wen haben Sie Amsel genannt?«

Die Frau lächelte.

»Deinen Vater, Hamish«, sagte sie.

Hamish wurde blass.

»Meinen Vater?«, sagte er leise, misstrauisch. »Sie kannten meinen Vater?«

»Ich *kenne* deinen Vater«, sagte sie. »Ich kannte ihn schon im Davor.«

»Wer sind Sie?«, fragte Alice.

»Ich bin eine Freundin«, sagte die Frau. »Ich bin niemand.«

»Was meinen Sie mit ›im Davor‹«, fragte Hamish, während die Frau sie zu einer Bank führte und sich mit ihnen hinsetzte. »Wovor?«

»Vor den Ereignissen«, sagte sie. »Dein Vater hat geholfen, den Aufstand zu organisieren. Die Weltstopper wollten ihn ausschalten. Deshalb sind sie nach Starkley gekommen. Seinetwegen.«

»Mein Dad … ist im Verkauf«, sagte Hamish, der nach wie vor nicht wusste, was das eigentlich bedeutete.

»Ich bin auch im … Verkauf«, sagte sie, und Hamish fiel ein kleines schwarzes Logo an ihrer Jacke auf. Eine geflügelte Sonnenblume. »Ich arbeite mit deinem Dad bei Belasko. Die Geschichten, die er dir erzählt hat – von denen du insgeheim glaubtest, er hätte sie sich ausgedacht? Sie sind alle wahr, Hamish.«

Sie überlegte kurz.

»Bis auf das eine Mal, wo ihm in einem Holiday Inn rumänische Spione auf den Fersen waren. Das war völliger Blödsinn, wenngleich es vermutlich auf einer wahren Begebenheit beruhte.«

Hamish hatte Probleme, das alles zu verarbeiten.

»Wo ist er?«, fragte Hamish. »Wenn Sie meinen Dad kennen … wo ist er?«

»Anfangs hat man ihn dort festgehalten, wo auch die anderen waren. Die ihr gerettet habt. Er saß ganz hinten in der letzten Zelle. Er hatte eine Amsel in die Mauer geritzt, für den Fall, dass du jemals seinen Hinweisen folgen würdest.«

»Seinen Hinweisen?«

»Er hat dir einen Hirten geschickt«, sagte sie mit Blick auf Alice Shepherd. »Er hat dafür gesorgt, dass es noch andere gibt wie dich.«

Sie deutete auf Buster und Venk und Elliott und Clover, die allesamt fröhlich ihre Orden polierten.

»Er hat dir eine Uhr gegeben. Er hat versucht, dich zu warnen, als die Lage ernst wurde.«

»Die Vögel«, sagte Hamish, als ihm die Amsel im Garten einfiel, auf dem Rathausplatz, am Fenster …

»Er liebt dich, Hamish. Aber dein Dad musste weg.«

»Wohin?«, fragte Hamish verzweifelt.

»Er musste den Nimmerleuten helfen.«

Und dann tönte eine laute, wütende Stimme aus dem Nichts, hallte durch die ganze Stadt und verbreitete eine Woge von Angst und Schrecken.

**»GRENVILLE BILE, WAS MACHST DU HIER DRAUSSEN, JUNGE?«**

Alles zuckte zusammen. Es war der Postmeister! Die furchterregende Furie Tubitha Bile! Sie stürmte auf den Platz, mit ihrem großen ausgebrannten Postkarren im Schlepptau. Ihr Gesicht war knallrot, und mit wurstigem Zeigefinger deutete sie vorwurfsvoll auf ihren Sohn.

»Tut mir leid, Mum!«, wimmerte Grenville. »Aber weißt du nicht? Ich hab doch einen Orden bekommen, weil da dieser ziemlich bedeutende internationale Zwischenfall war, der weitreichende, globale Auswirkungen hätte haben können und …«

»Ja, ja, ich weiß!«, sagte sie und tätschelte seinen Kopf. »Ich mach mir nur Sorgen, dass du dich erkältest, mein Dummerle!«

Sie lachte freundlich. Allen Umstehenden verschlug es die

Sprache. Seit *Ewigkeiten* hatte man sie nicht mehr lachen gehört.

»Ich habe dir einen Pulli mitgebracht. Und ein Hotdog! Und einen Hamburger. Ach, und ein paar Nachos, weil ich doch weiß, wie gern du mexikanisch isst … *El Gamba!*«

Sie zwinkerte ihrem Jungen zu, dann wandte sie sich an die Menge.

Die Leute starrten sie nur an.

»Ach, wie seht ihr alle hübsch aus! Da fällt mir was ein! Ich komme nur zu spät, weil ich einen ganzen Stapel Päckchen und Pakete gefunden habe, die alle für euch bestimmt sind! *Tausende*! Ein ganzes Zimmer voll! Ehrlich, was ist nur los mit mir? Ich würde noch meinen eigenen Kopf vergessen, wenn er nicht angeschraubt wäre!«

Alice lachte.

»Also, hier sind sie!«, sagte der Postmeister kopfschüttelnd.

Doch Hamish ging etwas ganz anderes durch den Kopf.

»Wer sind die Nimmerleute?«, sagte er an die geheimnisvolle Frau gewandt.

Doch die war nirgends mehr zu sehen.

Weg.

*Verschwunden.*

»Was hat sie noch gesagt, wer sie ist?«, fragte Hamish.

»Sie sagte, sie sei niemand«, antwortete Alice.

»So was von sich selbst zu sagen, ist doch sonderbar«, grübelte er. »*Niemand.*«

Wortlos sahen sie einander an. Sie hatten keine Ahnung, was sie damit jetzt anfangen sollten.

Und als sie sich achselzuckend auf den Weg zu den Feierlichkeiten und den Süßigkeiten und den Geschenken und den Orden machten, hörte Hamish von irgendwo hinter sich eine seltsam fröhliche Melodie.

Ein Vogel sang.

Und dort, auf der Bank, saß wieder diese Amsel.

Und im Schnabel hielt sie ein kleines, weißes Kärtchen, einmal gefaltet.

Hamish kniete nieder und nahm dem Vogel das Kärtchen sachte aus dem Schnabel.

»Was ist das?«, fragte Alice, als sich die Amsel in den stahlblauen Himmel aufschwang. »Was steht da?«

Hamish las und runzelte die Stirn.

»Eine Adresse«, sagte er.

**No. 1 ARCADIAN LANE**
**LONDON**

Alice nahm ihm das Kärtchen aus der Hand.

»*No. 1*«, sagte sie. »Sieht das nicht aus wie … *keine Eins* – also *Niemand*?«

Hamish lächelte.

Er hatte eine Adresse.

Vielleicht war es doch noch nicht das Ende, sondern vielmehr der *Anfang* von etwas Neuem.

Die Blaskapelle legte wieder los.

Und von irgendwo weit oben rief eine Amsel.

STOLZES ZENTRALORGAN FÜR GROSSBRITANNIENS UNLANGWEILIGSTEN

# Starkley Pos

Donnerstag, 22. Dezember 2015, 7. Jahrgang, Ausgabe Xil

PR

# TURM-UHR GEHT RICHTIG!

In einer schockierenden Wendung der Ereignisse zeigte die Turmuhr diese Woche plötzlich wieder die richtige Uhrzeit an.

»Um Punkt zwölf«, sagte ein Zeuge, »zeigte die Uhr an, dass es Punkt zwölf war!«

»So was habe ich noch nie gesehen«, fügte ein Mann hinzu, der so was noch nie gesehen hatte.

## REKORDMONAT FÜR AUSRUFE-ZEICHEN!

In den Ausgaben der Starkley Post fanden mehr Ausrufezeichen Verwendung als je zuvor, sagt Redakteurin Rhona Framp.

»Es ist erstaunlich! Alles hat sich verändert! Früher konnten wir es manchmal kaum ertragen, Sätze zu beenden, weil sie so langweilig waren! Aber heutzutage endet alles so!«

Und das stimmt! Sehen Sie nur!! Dieser Satz hatte zwei Ausrufezeichen!!! Und der eben hatte drei!!!!

Und jetzt schreiben wir mit GROSSBUCHSTABEN! Und wir machen sie *KURSIV!!!!!!!!!!!!*

## STARKLEY IST »SPANNENDSTER LANGWEILIGER WOHNORT!«

Starkley darf sich über noch mehr Lorbeeren freuen, denn es konnte sich – gegen starke Konkurrenz aus Urkley, Thunk und Sniffelton – im Wettbewerb um den begehrten Preis für den »spannendsten langweiligen Wohnort« durchsetzen.

»So spannend diese Auszeichnung ist«, sagte ein Sprecher, »so war es doch auch zu erwarten, dass wir sie bekommen würden. Was meiner Ansicht nach Starkley ganz gut beschreibt.«

Nach Aussage der Jury beka den Preis hauptsächlich, weil von Monstern heimgesucht w sich über alle bekannten Gese Raum und Zeit hinwegsetzter

Urkley belegte den zweiten sein neues Kartoffel-Recyclir gramm.

## AMTLICHE VERLAUTBARUNG: DOCH NICHT ALLES QU

Entgegen früherer Berichte ist NICHT alles Quatsch, so hörte man heute a

»Es ist NICHT alles Quatsch!«, riefen die Menschen wie mit einer Stim

»Ganz meine Meinung«, sagte ein anderer. »Ich weiß gar nicht, was wir gedacht haben!«

Berichte darüber, dass alles Quatsch war, sind hiermit zerquatscht word

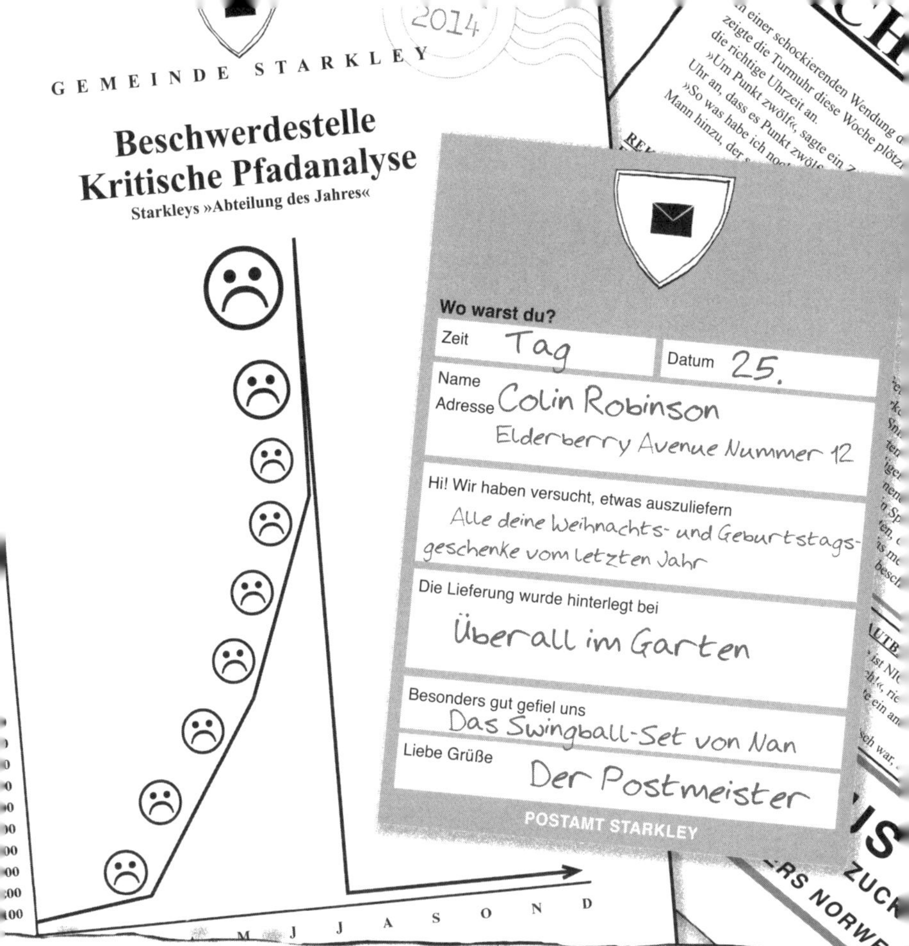


# HAMISH ELLERBY SAGT DANKESCHÖN

Unser Held Hamish Ellerby hat die Welt gerettet, räumt jedoch ein, dass er es ohne fremde Hilfe nie in ein Buch geschafft hätte.

Zuerst einmal dankt er den beiden Literaturagenten Robert Kirby und Ariella Finer, »weil sie mir gezeigt haben, wie das Textverarbeitungssystem in der Bücherei funktioniert«.

Sein Dank gilt auch den beiden Vertreterinnen Laura Hough und Elisa Offord (einer lokalen Marketinggröße und Flugblattautorin), »weil sie Plakate geklebt und Buchläden abtelefoniert haben«. Lauren Ace dankt er dafür, dass sie sich die Mühe gemacht hat, unablässig auf die Redakteure von *Starkley Post* und *Frinkley Examiner* einzuwirken.

E. B. Wallace ist er zu ewigem Dank verpflichtet, weil er das Buch als Erster gelesen hat.

Größerer Dank noch gilt Jamie Littler, dem schrägen Vogel mit lockigem Haar, »der geniales Zeug gekritzelt hat, weil ich meinen Fotoapparat nicht dabei hatte«. Ein besonderes DANKESCHÖN bewahrte Hamish sich auf für Paul Coomey (»weil er die Seiten und den Umschlag so verdammt cool gestaltet hat«) und für die Lokalgröße Jane Griffiths (»für ihre genialen Ideen und ihre wundervolle Fantasie«).

Und abschließend gebührt sein Dank DIR – dafür, dass du sein Buch gelesen hast!

HAMISH
P.A.G.